文学史家
鲁迅
——史料与阐释

鲍国华 ◎ 著

天津出版传媒集团
百花文艺出版社

图书在版编目（CIP）数据

文学史家鲁迅：史料与阐释 / 鲍国华著. -- 天津：
百花文艺出版社, 2021.6（2022.4 重印）
ISBN 978-7-5306-7929-6

Ⅰ．①文… Ⅱ．①鲍… Ⅲ．①鲁迅研究 Ⅳ.
①I210

中国版本图书馆 CIP 数据核字(2020)第 262307 号

文学史家鲁迅:史料与阐释
WENXUESHIJIA LUXUN:SHILIAO YU CHANSHI

鲍国华 著

出 版 人：薛印胜
选题策划：唐冠群　　责任编辑：胡晓童
装帧设计：郭亚红
出版发行：百花文艺出版社
地址：天津市和平区西康路 35 号　　邮编：300051
电话传真：+86-22-23332651（发行部）
　　　　　+86-22-23332656（总编室）
　　　　　+86-22-23332478（邮购部）

网址：http://www.baihuawenyi.com
印刷：天津新华印务有限公司
开本：787×1092 毫米　　1/16
字数：227 千字
印张：13.5
版次：2021 年 6 月第 1 版
印次：2022 年 4 月第 2 次印刷
定价：56.00元

如有印装质量问题,请与天津新华印务有限公司联系调换
地址:天津东丽开发区五经路 23 号
电话:(022)58160306　邮编:300300

目　录

·下 编·

鲁迅《魏晋风度及文章与药及酒之关系》及其周边

关于鲁迅，我们还能研究些什么？ （代前言）

对于我们这一代①相对年轻的鲁迅研究者而言，倘若抛开职业、成绩、荣誉等功利性因素（如发表论著、谋职和评定职称、获得奖项和知名度，等等），鲁迅和鲁迅研究带给我们的可谓成就感与挫败感并存，而后者似乎尤为深切。对我而言，一直困扰并促使我反思的是：关于鲁迅，我们还能研究些什么？

2004年秋，由业师王富仁先生推荐，我参加了在聊城大学举办的"中国现代文学研究会第三届青年学者研讨会"。蒙会议组织者不弃，给我这个还在读书的年轻人一次大会发言的机会。我发言的题目是"1990年代以来'学者鲁迅'的评价问题"。因为是第一次在学术会议上发言，紧张万分，内容夹缠不清，毫无头绪，还超了时。只是在临近结束时有感而发，"倚小卖小""童言无忌"般地提出"我们这一代"与前辈学人——如王得后先生、钱理群先生、王富仁先生诸位——有所不同。和他们相比，我们是被学院的研究与教学体制训练出来的一代，我们这一代——至少是我个人——接触中国现代文学也好，接触鲁迅也罢，是通过阅读前辈学人的著作而获得的最初体验，学术研究中属于个人的生命参与因此先天不足，也许我们能够成为"专家型"的学者，但对于中国现代文学研究，特别是鲁迅研究所必不可少的生命底色很可能极为苍白，承担意识也相当薄弱。大约一年后，在我的博士论文答辩会上，这段发言被钱理群先生戏称为"一个宣言"。当然，聊城会议上的发言并不是要表达一种超越前辈的勇气与豪情，而是我对于自身学术短板的一分担忧和一点反思。这一担忧和反思，一直萦绕在我十余年来的学术经历中。使我每当提笔，特别是撰写有关鲁迅的文章时，立刻感到压力陡增，感到与鲁迅、与鲁迅研究的前辈学人之间的巨大差距造成的不自信。

至今仍记得一位我极为尊重的师长的谆谆告诫："从事中国现代文学研

---

① 2015年两次鲁迅研究青年论坛的召开和一部《70后鲁迅研究学人论文集》（上海：上海三联书店2015年版）的出版似乎宣告了以"70后"为主的鲁迅研究新生代学人的崛起。但在笔者看来，所谓代际，似乎不能单纯以出生年龄为划分标志，而更应参考其进入学术机构的具体时间与从事研究的历史语境，即所谓学术年龄。如果真的存在所谓鲁迅研究的新生代学人，那么是20世纪90年代以后考入大学，在世纪之交陆续开始从事学术研究的。这代学人的年龄跨度可能超过20年。这样看来，所谓"崛起"，大约更应解释为由学术年龄而造成的研究者的自然更替。

究，以鲁迅为起点和以其他作家为起点，是不一样的。"这段话饱含着对于后辈的殷切期望，也道出了一个事实，即鲁迅在中国现代文学中的特殊性——鲁迅是那种可以凭借一己之力连接起整个中国现代文学甚至现代文化的人，以鲁迅为研究对象，可以观照并了解中国现代文学的方方面面。①从鲁迅出发，较之其他研究对象确实更具普遍性与穿透力，更有助于把握中国现代文学的高度、深度和广度。前述几位鲁迅研究的前辈学人在这方面做出了表率。然而，我们这一代研究者，由于自身和鲁迅，以及鲁迅研究的前辈学人之间的明显距离（姑且不使用"差距""落差"一类词，但这一距离不仅是知识的，还是经历的和精神的），既体现出相对独特的问题意识与研究趋向，并因而找到自身的学术立场，又明显感受到对鲁迅不易把握、难以穷尽的隐忧，感受到来自前辈学人的"影响的焦虑"，陷入在精神上、在视野上，甚至在表达上难以超越前辈的困境。特别是对我个人而言，可以说没有前辈学人的积累和指引，也许我不会选择鲁迅作为自己的研究对象。我们这一代中的多数人，自从进入学院体制后就不曾脱离（至少在身份上不曾脱离，而且在进入前也缺乏体制外生存的经历）。这是我们的幸运，可以在相对平稳（也可能是平庸）的环境中阅读和思考，获得相对扎实系统的学术训练。但也可能成为我们的"不幸"，至少是短板，缺乏生命的历练与沉淀，仅仅把鲁迅作为纯粹的学术对象。这或许能够避免主观的肆意妄言，但也可能抽空鲁迅和鲁迅研究的生命力。

至今仍记得一位与我私交甚好的同行不无揶揄的表达："从事中国现代文学研究的有两种人：研究鲁迅的和不研究鲁迅的。"抛开其中的情绪化因素，这段话也部分地道出了一个事实：鲁迅研究由于其所处的特殊时代背景和历史语境，曾经凌驾于其他中国现代作家的研究之上，本身也成为一种权力表达。这不是指曾经在中国现代文学研究界居于统治地位的"鲁郭茅巴老曹"的排序，而是指在部分研究者看来，鲁迅是一个可以自足的存在，与周遭世界无关，可以超越中国现代文学而进行独立的自我阐释与自我呈现。②这曾经造成个别研究者以鲁迅之是非为是非，甚至只许肯定，不容质疑，因此遭至诸多反对的声音。一时间，拥鲁者只读鲁迅，反鲁者不读鲁迅，彼此在对话过程中的隔膜与

---

① 这样的研究对象不止鲁迅一人，至少还应包括胡适和周作人，但考虑到20世纪后半叶中国（尤其是内地）的历史语境，似乎只有鲁迅和鲁迅研究实现了这一点。

② 当然，任何研究对象都具有不可替代的独立性，但这一独立性无疑是相对的，与其周遭世界相联系，才能对其进行更有效的阐释。

脱榫形成当代中国思想界的一大奇观。①甚至在鲁迅研究界内部,也曾有人将"鲁迅学"视为一座肃穆的"古堡"。②这样看来,鲁迅研究自身包含的权力表达无疑成为一把双刃剑:在特殊时期可能悬于反对者的头上,逼迫其噤声;但同时也构成对于试图摆脱权威、独立思考的鲁迅研究者的警示与威慑,使其放弃自身的努力,收归政治正确的标准阐释之账下。对于我们这一代研究者而言,尽管笼罩在鲁迅研究上的权力阴影已逐渐淡去,但历史的惯性仍在,现实的纷繁犹存,无论是努力为这座"古堡"添砖加瓦,还是试图破除障壁,都很难彻底摆脱由此带来的困境与压力。毕竟有一座几代人建造的恢宏建筑在前,我们为它做些什么才是有意义的?

现在可以回到本文开头提出的问题了:关于鲁迅,我们还能研究些什么?这里当然不包括学术研究的自然生长。尤其是对于鲁迅这样内涵丰富的研究对象而言,每一代人都有条件,也有必要做出新的阐释。这是学术发展的必然,也是研究者的职责所在。否则,本文开头提出的就是一个伪命题。因此,这一问题的提出,并非意在探讨新的学术生长点,而是在思考我们这一代研究者应该以怎样的立场和姿态面对鲁迅和鲁迅研究的前辈学人,为当下,甚至将来的鲁迅研究奉献有价值的学术成果。20世纪80年代的学人开始对"个人"鲁迅的研究,并由此实现了鲁迅研究的个人化。与之相比,我们这一代研究者的立场和姿态则可以用"私人化"来概括。学术经历与环境的近似,特别是训练方式的日趋规范,使我们在表面上呈现相近的知识结构、研究思路和学术规范意识,但这丝毫不能掩盖彼此之间超越环境的内在差异。我们在从事学院化知识生产的同时,关注的问题以及关注问题的方式存在明显的不同。对于鲁迅研究自身的丰富性与开放性而言,这本来是正常的。然而,我们对于鲁迅的理解和阐释,却缺乏一种属于自己时代的内在的共同性价值。这也是我一直认为"70后"作为鲁迅研究的新生代并未真正崛起的原因。内在的共同性价值的缺失也许顺应了这个价值多元(或价值缺失)的时代,有助于实现鲁迅研究的多元化,但存在的问题也很明显,即造成不同研究者之间难以形成有效的对话,造成鲁迅研究和鲁迅研究者内在价值的迷失。可见,相对于前辈学人面临如何"走出鲁迅",我们这一代所要面对的则是如何"走进鲁迅"。这对于研究者而言是一个

---

① 事实上,绝大多数反鲁的声音基于对拥鲁的逆反心理,而其中一些有见地的观点质疑则是对鲁迅的刻意拔高,而不是鲁迅本人。

② 汪晖:《鲁迅研究的历史批判》,《文学评论》1988年第6期。

至为关键的问题，甚至比学术思路、方法和规范都重要。"走进鲁迅"的立场和姿态决定着我们能否找到与鲁迅、与鲁迅研究的前辈学人之间的精神血脉，进而找到一个属于自己的鲁迅，找到属于自己时代的思想和价值的出发点，并最终通过鲁迅找到自己。只有这样，鲁迅才不是一个被学院体制设定的冷冰冰的研究对象，不是一个令人亦步亦趋或刻意反对的历史人物，而成为我们这一代研究者与时代、与世界、与前辈和后辈开展对话的精神坐标。钱理群先生曾将学术研究中的后辈与前辈的关系精辟地概括为："一是学习，二是反叛，三是在更高层面上相遇。"[1]我以为，这一概括同样适用于我们与鲁迅之间的精神联系。

综上所述，本文提出"关于鲁迅，我们还能研究些什么"这一问题，并非意在探讨鲁迅研究的学术生长点，也无意于关注我们这一代研究者还能奉献出哪些精彩的论述和独到的发现，而是借此追问"我们作为鲁迅研究者，如何成为可能"。这里想借用英国诗人托·斯·艾略特在其名作《传统与个人才能》中的一段论述："诗人，任何艺术的艺术家，谁也不能单独的具有他完全的意义。他的重要性以及我们对他的鉴赏就是鉴赏对他和已往诗人以及艺术家的关系。"[2]这段论述对于学人也同样适用。作为喜爱鲁迅的人与文，有志于从事鲁迅研究的学人，能否发出自己的声音，实现一个学术群体的崛起并不是多么重要的事。在中国现代文学和鲁迅研究的学术史上，也许我们注定只能是一群匆匆过客，能否作为"历史中间物"，连接前辈与后辈的学术血脉，使鲁迅研究薪火相传，并借此凸显我们这个时代的精神价值，实现对自己的生命承担，才是作为一个鲁迅研究者最重要的责任和使命。

---

① 钱理群：《"30后"看"70后"——读〈70后鲁迅研究学人论文集〉》，《鲁迅研究月刊》2014年第11期。
② [英]托·斯·艾略特著、卞之琳译：《传统与个人才能》，[英]戴维·洛奇编、葛林等译：《二十世纪文学评论》（上册），上海：上海译文出版社1987年版，第130页。

·上 编·

鲁迅《中国小说史略》及其后来

第一章　鲁迅《中国小说史略》的版本及其修改

《中国小说史略》由初创到最终成书，经鲁迅多次增补修订，历时近20年。从1920年陆续编印《中国小说史略》油印本，到1935年6月北新书局第十版再次修订本（是为鲁迅生前最后修订的版本），对《中国小说史略》的修改完善，贯穿了鲁迅的后半生。本章以鲁迅对《中国小说史略》的修改为中心，在考察版本流变的基础上，力图对该书增补修订过程中，体现出的鲁迅小说史观和学术论断由初创、发展到成熟的动态过程，做出学术史的分析。

一

《中国小说史略》经鲁迅多次增补修订，目前存世的有以下几个章节体例及文字互异的版本：

油印本；

铅印本；

1923、1924年北京大学第一院新潮社初版上、下册本；

1925年2月新潮社再版上、下册本；

1925年9月北新书局合订本；

1931年9月北新书局订正本；

1935年6月北新书局第十版再次修订本。

各版本题名不一，有作《小说史大略》、有作《中国小说史略》、有作《中国小说史》，章节体例及具体论断也不断修改。其中，1925年2月新潮社再版上、下册本在迄今的《中国小说史略》版本研究论著中均未见提及。[①]本章首先对《中国

---

① 迄今为止，《中国小说史略》版本研究的主要成果有荣太之《〈中国小说史略〉版本浅谈》（《山东师院学报》[社科版]1979年第3期）、吕福堂《〈中国小说史略〉的版本演变》（唐弢等著《鲁迅著作版本丛谈》，北京：书目文献出版社1983年版）和杨燕丽《〈中国小说史略〉的生成与流变》（《鲁迅研究月刊》1996年第9期）；日本学者中岛长文在其《"悲凉"の書——〈中国小说史略〉》（该文附录于中岛长文译注：《中国小说史略》，东京：平凡社1997年版）一文中，也辟专节讨论《中国小说史略》的版本。荣文和吕文在文献学层面对《中国小说史略》各版本予以简要介绍；杨文从鲁迅的资料准备工作开始，梳理了《中国小说史略》的成书过程；中岛长文的论文在简要介绍版本的同时，对《中国小说史略》编入《鲁迅三十年集》和各版本《鲁迅全集》的情况也予以大致说明，并介绍了《中国小说史略》的日文和英文译本。但《中国小说史略》1925年2月新潮社再版上、下册本在上述研究论著中均未见提及。

小说史略》版本流变的情况进行简要梳理,并在此基础上将研究视角从文献学层面转向小说史学层面,进一步考察《中国小说史略》的增补修订体现出的鲁迅小说史观和具体论断由初创、发展到成熟的动态过程,在整体上观照鲁迅小说史观的演变过程,分析其小说史观形成的内在理路。

1.油印本

从1920年起,鲁迅在北京大学、北京高等师范学校讲授中国小说史课,并陆续编发油印本小说史讲义。讲义现存两件。一为北京鲁迅博物馆收藏,由常惠捐赠,题名《中国小说史》,北大国文门教授会印发;一为单演义收藏,题名《小说史大略》,后经收藏者标点出版。两件题名不一,但文字相同,后者尚无法确认是由北大抑或高等师范印发。油印本讲义共17篇,各篇标题如下:

> 史家对于小说之论录
> 神话与传说
> 汉艺文志所录小说
> 今所见汉小说
> 六朝之鬼神志怪书(上)
> 六朝之鬼神志怪书(下)
> 世说新语与其前后
> 唐传奇体传记(上)
> 唐传奇体传记(下)
> 宋人之话本
> 元明传来之历史演义
> 明之历史的神异小说
> 明之人情小说
> 清之人情小说
> 清之侠义小说与公案
> 清之狭邪小说
> 清之谴责小说①

油印本最初以散页的方式,在每次课前发给学生,后由保存者装订成册,

---

① 单演义标点:《鲁迅小说史大略》,西安:陕西人民出版社1981年版。

因此没有目录,于史料运用和作品分析也较为简略,而且对作品的引录占据相当大的篇幅,只是一部小说史的梗概。不过,上引各篇的标题显示,油印本以小说发展的历史时期为背景,以小说类型为中心的论述方式,体现出用小说类型来概括一个时期小说发展的基本格局和艺术风貌的小说史意识。[①]可以说,在《中国小说史略》最初的版本中,鲁迅小说史写作的整体思路已经奠定。

2.铅印本

油印本陆续编印后,鲁迅在此基础上进行了大规模的增补修订,由北大印刷所铅印,题名《中国小说史大略》,鲁迅的学生常惠经手并负责校对。[②]铅印本讲义亦为散页,内容扩充至26篇,删去原第一篇《史家对于小说之论录》,新增8篇篇目如下:

> 第九篇 唐之传奇集及杂俎
>
> 第十篇 宋之志怪及传奇文
>
> 第十二篇 宋元之拟话本
>
> 第十四篇 明之讲史
>
> 第十九篇 明之拟宋市人小说及后来选本
>
> 第二十篇 清之拟晋唐小说及其支流
>
> 第二十一篇 清之讽刺小说
>
> 第二十三篇 清之以小说见才学者

此外,《明之神魔小说》和《明之人情小说》两篇,由于篇幅增加,均扩充为上下两篇。[③]与油印本相比,铅印本讲义不仅在篇幅和内容上有很大扩充,对油印本中采用的小说类型也重新进行了划分和命名,个别作品也重新予以归类。如"传奇体传记"易名为"传奇文","历史的神异小说"易名为"神魔小说"。《儒林外史》从"谴责小说"中分离,作为"讽刺小说"独立成篇;油印本中归入"狭邪小说"的《孽海花》则转入"谴责小说"。在《中国小说史略》版本的流变过程中,从油印本到铅印本是改动最大的一次。铅印本之后的各版本,只存在作品及相

---

① 陈平原《鲁迅的小说类型研究》指出《中国小说史略》中蕴含的小说史意识是把中国小说的"艺术发展理解为若干主要小说类型演进的历史",《鲁迅研究月刊》1991年第9期。

② 常惠:《回忆鲁迅先生》,鲁迅博物馆鲁迅研究室编:《鲁迅诞辰百年纪念集》,长沙:湖南人民出版社1981年版,第515—516页。

③ 许寿裳保存:《中国小说史大略》,鲁迅博物馆鲁迅研究室编:《鲁迅研究资料》第17辑,天津:天津人民出版社1986年版。

关史料的增补和论述文字的修改，小说类型的划分和命名至此基本确立。

3.1923、1924年北大新潮社初版上、下册本

1923年12月，《中国小说史略》上卷由北京大学新潮社出版。下卷出版于次年6月。这是《中国小说史略》第一次正式出版（以下简称"初版本"）。与铅印本相比勘，初版本增加了《序言》《后记》和目录。目录印在下册书后，在每篇标题左侧列有细目提要。目录后附有正误表，订正上下册中文字的错漏。初版本恢复了油印本中原有、铅印本中删去的第一篇《史家对于小说之论录》，并增补了若干史料。在油印本中，该篇稽考"小说"一词在中国古代典籍中的起源和含义，自东汉班固依据刘向、刘歆父子所撰之《七略》删改而成的《汉书·艺文志》始，初版本则上溯到《庄子·外物》，并新增明胡应麟《少室山房笔丛》中对小说的分类，均成为鲁迅划分小说类型的重要理论资源。《明之神魔小说》则由铅印本中的上、下篇扩充至上、中、下三篇，使《中国小说史略》的篇章规模达到二十八篇。《中国小说史略》此后各版本均为二十八篇，篇章数量不复增删。

除篇章的增加外，初版本对铅印本中的部分引文和小说史论断也进行了增删修订。以第二篇《神话与传说》为例，该篇开头论述神话与传说为小说的起源，有云：

> 志怪之作，庄子谓有齐谐，列子则称夷坚，然皆寓言，不足征信。《汉志》乃云出于稗官，然稗官者，职惟采集而非创作，"街谈巷语"自生于民间，固非一谁某之所独造也，探其本根，则亦犹他民族然，在于神话和传说。

为以往各版本所无，是初版本新增。引文方面，增加《太平御览》三百七十八所录《琐语》佚文一则、《论衡》二十二所录《山海经》佚文一则；分析屈原《天问》中所载神话和传说时，对铅印本中引《天问》诗句也做了改换。初版本对史料不仅有所增补，也在铅印本的基础上有所删减。如第三篇《〈汉书〉〈艺文志〉所载小说》（铅印本作为第二篇），铅印本引用《隋书·经籍志》所录《燕丹子》佚文三则，初版本亦删去，仅在正文中简要介绍了该书。除此之外，初版本在史料的增删和具体论述上的修改，尚有多处，不一一列举。

4.1925年2月北大新潮社再版上、下册本

《中国小说史略》初版本印成后，很快售完，并由新潮社于1925年2月再版。再版本在迄今的《中国小说史略》版本研究论著中均未见提及。再版本的开本和字体、字号与初版本相同，封面的颜色为橙黄。删去初版本后所列正误表，错

字均在原文中改正。再版本不限于错字的订正,也包括论述和史料的增删。论述方面,初版本第九篇《唐之传奇文(下)》中论及《谢小娥传》时说:"明人则本之作平话(见《拍案惊奇》十九),后来记包拯施纶断案,类此者更多矣。"再版本改作:"明人则本之作平话(见《拍案惊奇》十九)。"删去了后面的文字。初版本第十五篇《明之讲史》中论及《北宋三遂平妖传》中杜七圣卖符作法,遭弹子和尚戏弄一段情节的来源时说:"此乃明嘉靖庆隆间事,见《五杂俎》(六)。"再版本改作:"此盖相传旧话,尉迟偓(《中朝故事》)云在唐咸通中,谢肇淛(《五杂俎》六)又以为明嘉靖庆隆间事。"史料方面,初版本第十三篇《宋元之拟话本》述《大宋宣和遗事》内容时说:

> 次二为文言而并杂以诗,如叙宣和七年凶兆云:
> ……十二月,有天神降坤宁殿;修神保观。神保观者,乃二郎神也,都人素畏之。自春及夏,倾城男女皆负土以献神,谓之"献土";又有村落人装作鬼使,巡门催"纳土"者,人物络绎于道。徽宗乘舆往观之,蔡京奏道,"'献土''纳土',皆非好话头。"数日,降圣旨禁绝。诗曰:
> 道君好道事淫荒,稚意求仙慕武皇,
> 纳土识言无用禁,纵有佳识国终亡。
> 其四,则为梁山泺聚义本末,

再版本改作:

> 次二为文言而并杂以诗者①其四,则为梁山泺聚义本末,

同一篇引《大宋宣和遗事》中宋江于九天玄女庙见天书一段,三十六将姓名初版本只引至"九纹龙史进",余下省略。再版本则增补了省略的姓名。

再版本中的修改不多,但却是《中国小说史略》版本流变过程中不可或缺的一环。

5.1925年9月北新书局合订本

再版本问世以后不久,由于新潮社解散,继续出版《中国小说史略》的工作由1925年3月组建的北新书局承担。1925年9月,《中国小说史略》上、下卷合为一册由北新书局出版,是为"合订本"。

---

① 此处应当有逗号,是再版本漏排。

合订本不是对上、下册本的简单合并,出版前经过了鲁迅的又一次修订,保留了初版本中的《序言》和《后记》,在《序言》后新增《再版附识》。《中国小说史略》初版本印成后,胡适等人曾提出"论断太少"的意见。①鲁迅的老师寿镜吾之子寿洙邻(化名"钝拙")和当时任教于上海神州女校的谭正璧也分别来信,或指出《中国小说史略》中地名使用之误,或提供《水浒传》作者施耐庵的有关史料。②鲁迅在合订本中对上述意见酌情采纳,并在《再版附识》中加以说明。

与最初的两次修订相比,合订本中的修改较少。主要是部分史料的增删和文字的修饰。如第四篇《今所见汉人小说》引《西京杂记》中的文字,初版本共七段,合订本删去有关汉惠帝、刘道疆和汉武帝的三段,其余四段保留;第二十七篇《清之侠义小说及公案》述《儿女英雄传》情节云:"骥又有妻曰张金凤,与玉凤睦如姊妹,各生一子,故此书初名《金玉缘》。"合订本作:"骥又有妻曰张金凤,亦尝为玉凤所拯,乃相睦如姊妹,后各有孕,故此书初名《金玉缘》。"此外,于史料细节处也有所更正。初版本第二十二篇《清之拟晋唐小说及其支流》述纪昀于乾隆五十四年和嘉庆三年两赴奉天,合订本改作热河;第二十七篇论及《彭公案》续集的数量,初版本作"四集",合订本更正为"十七集"。类似修改尚多,仅举数例,以见一斑。

6.1931年9月北新书局订正本

1925年9月合订本出版后,《中国小说史略》继续由北新书局再版,到1930年5月出至第七版(实为第七次印刷)。同年11月20日起,鲁迅依据新发现的史料和新的研究成果,又一次对《中国小说史略》进行了修订。这次修订历时五天,至11月25日完成。③于次年9月由北新书局出版,这是北新版《中国小说史略》的第八版,鲁迅称之为"订正本"。④

订正本新增《题记》,置于《序言》之前,删去《再版附识》。订正本对文字和史料又有所增补修订。如第十八篇《明之神魔小说(下)》考订《封神演义》成书时间,此前各版本均作"张无咎作《平妖传》序已及《封神》,是其书殆成于隆庆万历间(十六世纪后半)矣",至订正本据新史料增补为"日本藏明刻本,乃题许

① 《新发现的鲁迅书简——鲁迅致胡适》,《鲁迅研究月刊》1990年第12期。
② 谭正璧:《漫谈修订本〈中国小说史略〉——为鲁迅先生百年诞辰纪念作》,鲁迅博物馆鲁迅研究室编:《鲁迅诞辰百年纪念集》,第542页。
③ 鲁迅:《日记十九》(一九三○年),《鲁迅全集》第16卷,北京:人民文学出版社2005年版,第220页。
④ 鲁迅1931年9月15日《日记》有收到"订正本《小说史略》二十本"的记载。《鲁迅全集》第16卷,第269页。

仲琳编(《内阁文库图书第二部汉书目录》),今未见其序,无以确定为何时作,但张无咎作《平妖传》序,已及《封神》,是殆成于隆庆万历间(十六世纪后半)矣"。谭正璧提供的有关施耐庵的史料,原写入《再版附识》,订正本也纳入正文。由于证据不足,鲁迅特意加上"不知本于何书,故亦未可轻信矣"的说明。

订正本中最重要的修改源于一批新史料的发现。日本学者盐谷温在日本内阁文库中发现元刊全相平话残本五种及"三言",据此撰写有关"三言"的研究论文[①],并将平话五种中的《三国志》影印出版,托人转赠鲁迅[②]。根据上述新史料和研究成果,鲁迅对《中国小说史略》第十四、十五、二十一篇进行了大幅修改。调换原第十四、十五篇的顺序,题目统一定为《元明传来之讲史》(上、下),对内容也做出相应的调整,并增补了对新发现的作品和史料的论述。第二十一篇则增加了对《全像古今小说》和《拍案惊奇》的分析,内容也有较大扩充。

7.1935年6月北新书局第十版再次修订本

订正本出版后,又由北新书局两次再版。期间鲁迅又积累了一些新史料,酝酿对《中国小说史略》的进一步修改。1931年3月,增田涉来到上海,经内山完造介绍认识鲁迅。在日本读大学时,增田涉已经接触到《中国小说史略》,并在该书的启发下从事研究。与鲁迅相识后,决意将《中国小说史略》译成日文。同年4月开始,增田涉每天到鲁迅家听讲《中国小说史略》,历时三个月。[③]回国后,增田涉经常写信向鲁迅请教小说史及翻译方面的问题,鲁迅也一一复信作答,在复信中披露了对《中国小说史略》的修订。[④]此次修订出现在1935年6月北新书局印行的《中国小说史略》第十版中(以下简称"再次修订本"),与鲁迅的复信相对照,修订内容完全相同。

再次修订本的修改有三处:一为对《红楼梦》作者生平的修改,一为对《品花宝鉴》作者姓名的订正,一为对《花月痕》作者生平的增补。后两处在目录中也做出相应调整。第二十四篇《清之人情小说》中,删去此前版本中引录的俞平

---

① 盐谷温:《关于明的小说"三言"》1924年发表于日本汉学杂志《斯文》第8编第6号,有孙俍工中译文,编入盐谷温著、孙俍工译:《中国文学概论》,上海:开明书店1929年版。

② 鲁迅:《日记十五》(一九二六年),《鲁迅全集》第15卷,第633页。

③ 鲁迅1931年7月17日《日记》有"为增田涉讲《中国小说史略》毕"的记载见《鲁迅全集》第16卷,第261页。增田涉在《鲁迅的印象·绪言》中详述此事,增田涉著、钟敬文译:《鲁迅的印象》,鲁迅博物馆鲁迅研究室编《鲁迅回忆录》(专著)下册,北京:北京出版社1999年版,第1341—1343页。

④ 鲁迅在书信《340108(日)致增田涉》中介绍了对《品花宝鉴》作者姓名和《花月痕》作者生平的修改。《鲁迅全集》第14卷,第275—276页。《340531(日) 致增田涉》中介绍了对《红楼梦》作者生平的修改。《鲁迅全集》第14卷,第302—303页。

伯所制"作者生平与书中人物故事年代之关系"的年表,对曹雪芹的名、字、生卒年及出身,依据最新研究成果予以订正。第二十六篇《清之狭邪小说》中,此前各版本中对《品花宝鉴》作者,署"常州人陈森书",再次修订本则改作"常州人陈森书(作者手稿之《梅花梦传奇》上,自署毘陵陈森,则'书'字或误衍)"。同一篇中《花月痕》作者名及生平史料也有较大增补。

再次修订本是《中国小说史略》在鲁迅生前最后一次修订的版本。

从以上对《中国小说史略》版本流变情况的大致梳理可见,鲁迅对自家著作反复修改,使之由比较简略逐渐趋于成熟。在这一过程中,鲁迅小说史观的发展也经历了由初创、发展到成熟的过程。考察鲁迅对《中国小说史略》的历次修改,有助于把握其小说史观演变的动态过程。

二

鲁迅对《中国小说史略》的增补修订主要体现在两个方面:一、小说史料的补充与修改;二、小说史论断的调整更易。前者依靠鲁迅本人对研究资料的不断发掘和学术同道的大力支援,后者基于鲁迅对作品理解的不断深入和小说史观的日益成熟。两者互相促进:一方面,新史料的发现,往往成为学术发展的动力,促使研究者重构对小说史现象与发展过程的理解和判断;另一方面,小说史观的日益成熟,又扩大了研究者的理论视野,促进对史料的进一步发现和取舍。

《中国小说史略》各版本中,油印本到铅印本修改最大,不仅是篇目的增加,还包括对油印本原有诸篇史料的增补和具体论断的修订,以及对部分小说类型的重新命名和归属。铅印本之后的各版本,除个别篇章和史料的扩充外,小说史写作的基本思路不复变化,唯自初版本起恢复铅印本中删去的原第一篇《史家对于小说之论录》,并增补了若干史料,值得注意。此外,1924年7月,鲁迅应邀到西安做关于中国小说史的讲演,历时八天,讲十一次,计十二小时。讲演记录稿经鲁迅整理后,题作《中国小说的历史的变迁》,刊于1925年西北大学出版部印行的《国立西北大学、陕西教育厅合办暑期学校讲演集》(二)。《中国小说的历史的变迁》因课时所限,无法像《中国小说史略》那样条分缕析,详细道来,只能删繁就简,省略一些作品和史料,部分小说类型则合并讲述,对《中国小说史略》中的论断有所调整;作为讲演,亦有若干现场发挥之处。因此,《中国小说的历史的变迁》中对部分小说类型的重新命名和归属并非鲁迅的对自家学术观点的修正,而应视为在不同论述体式下做出的相应调整。①下文以油印本到铅印本的修改为中心,同时参照《中国小说史略》其他版本,以及《中国小说的历史的变迁》中的调整,考察《中国小说史略》修改过程中体现出鲁迅小说史观念的发展演变。

在《中国小说史略》最早出现的油印本中,《史家对于小说之论录》即作为全书的首篇,旨在通过对史料的钩沉论列,稽考"小说"概念在中国古代典籍中的起源和流变。只不过油印本中的概念溯源,自东汉班固依据刘向、刘歆父子所撰之《七略》删改而成的《汉书·艺文志》始。而且对其他史料也以列举为主,极少评论性的文字。铅印本中删去该篇,直接从作为小说起源的神话与传说开始论述。可能鲁迅当时正在广泛查考史料,对该篇进行增补,而铅印本付排之前尚未最后完成,故未能一起刊出。当然,也不排除鲁迅出于保持《中国小说史略》的小说史特征的考虑,而删去这一具有概论性质的篇章。该篇在初版本中得以恢复,仍作为第一篇,内容则有明显补充。②首先,"小说"一词的起源,上溯到《庄子·外物》,使之获得了更可靠的语源学依据。其次,增补明胡应麟《少室山房笔丛》中的小说分类。胡应麟对小说进行分类时使用的"志怪"和"传奇"这两个概念,为鲁迅所采纳,作为对两种小说类型的命名。再次,鲁迅依据自家对小说概念的理解,增加了对所举史料的分析和评价。对庄子"饰小说以干县令"说,鲁迅评价为"然案其实际,乃谓琐屑之言,非道术所在,与后来所谓小说者固不同";而随后引桓谭《新论》中对"小说"一词的解说③,则评价为"始若与后之小说近似"。这体现出鲁迅异于传统的纯文学意义上的小说观。④《中国小说史略》作为以小说文类为论述中心的专门史,对小说概念的理解,是决定其立论的关键。中国小说之所以出现"自来无史"的局面,除文学史这一研究体式源自西

---

① 应指出的是,《中国小说的历史的变迁》并非独立于《中国小说史略》的另一部小说史著作,而是同一部学术著作的不同表述。《中国小说史略》1924年之后的各版本,没有依照《中国小说的历史的变迁》中的调整做进一步的修改。可见,《中国小说的历史的变迁》中对《中国小说史略》的调整与发挥之处,并非鲁迅对自家学术观点的修正。

② 该篇自初版本恢复并获得较大增补,此后各版本中,除合订本将《新唐书·艺文志》小说类中所录志神怪者十五家的卷数误作"一百五十卷",并为其后版本所延续外,其余文字均与初版本同。这一误排在《中国小说史略》编入人民文学出版社 1981 年版《鲁迅全集》第 9 卷时得到改正。

③ 桓谭《新论》一书已佚,《文选》卷三十一江淹诗《李都尉》李善注中保存若干片段,鲁迅据此引录。

④ "小说"概念在中国古代,一直被视为"补正史之阙"的边缘文类,在史学价值体系中阐释和估价,作为文学文类的性质没有得到充分理解和全面揭示。在中国,小说作为"叙述性的虚构作品"这一纯文学意义上的理论概括,自晚清始。黄霖《近代文学批评史》指出:晚清"'小说界革命'对于纯文学观念在我国的确立也具有不可估量的意义",上海:上海古籍出版社 1993 年版,第 449 页。宁宗一主编《中国小说学通论》(合肥:安徽教育出版社 1995 年版)第一编第七章和袁进《中国小说的近代变革》(北京:中国社会科学出版社 1992 年版)对近代中国"小说"观念向纯文学意义上的转型亦有深入分析,可参见。

方，到近代方转道日本传入中国①，一直没有足够的理论支撑这一因素外，更主要的原因还是小说在中国古代文学理论体系中，一直作为边缘文类而得不到重视，其内涵因缺乏科学的界定而相对含混。《中国小说史略》之前既鲜见小说的"史"，也少有"小说"的史。即便晚清以降研究者开始有意识地从史的角度考察小说，小说概念的含混也往往影响到研究的学术含量。《中国小说史略》问世之前的出版两部小说研究著作，蒋瑞藻《小说考证》和张静庐《中国小说史大纲》，研究对象均兼及小说和戏曲。②这两部著作之所以成就有限，除作者理论修养和学术才能的相对不足外，小说概念的汗漫不清也是阻碍研究深入的重要因素。而鲁迅对小说概念的准确把握，使"小说"的名与实在文学文类上实现了统一。《中国小说史略》开篇即解决了中国古代"小说"概念的名实错位现象③，为接下来的小说史论述奠定了坚实的理论基础。该篇对古代文献的钩沉论列及相关评价，使之成为一篇较为简略的中国小说概念演变史。鲁迅在该篇结尾特别指出："目录亦史的支流。"可见，该篇不仅意在从文献学层面介绍中国古代小说的相关史料，而且有意识地从"纯文学"意义上的小说观念出发，观照小说概念在历史上的沿革，体现出自家的理论设计。

　　《中国小说史略》从油印本到铅印本的修改过程中的一个突出之处是对小说类型的重新命名和归属，《中国小说史略》中各小说类型的命名方式，至铅印本确立，此后各版本不复更改。只是《中国小说的历史的变迁》限于课时和讲演体例，略做调整。《中国小说史略》从油印本到铅印本对小说类型的重新命名与归属，以及《中国小说的历史的变迁》中的调整和发挥，已有研究者列表详细介绍④，这里仅以"讽刺小说"和"谴责小说"这两个类型命名与归属的演变为例，考察《中国小说史略》修改过程中体现出的鲁迅小说史观的发展。

　　油印本《中国小说史略》第十七篇名为《清之谴责小说》，内容涵盖有清一

---

① 参见戴燕《文学史的权力·前言》中的相关论述，北京：北京大学出版社 2002 年版，前言。

② "小说"概念范围中包含戏曲的观念，在晚清具有普遍性。即如当时小说研究的代表性论著——管达如《说小说》一文，论及小说价值和功能时不乏卓识，而对小说"文学上之分类"，则断为"文言体""白话体"和"韵文体"，后者包括作为戏曲之传奇与弹词。陈平原、夏晓虹编：《二十世纪中国小说理论资料》（第一卷），北京：北京大学出版社 1989 年版，第 373—374 页。晚清学人的这一普遍认识，与主要从功能层面理解"小说"的理论出发点有关。晚清对"小说"的空前重视，主要针对其作为俗文学的传播功能，在这一层面上，小说与戏曲作用相近。

③ 中国古代"小说"概念的名实错位现象，参见陈洪《中国小说理论史》第一章，合肥：安徽文艺出版社 1992 年版，第 6—24 页。

④ 陈平原：《鲁迅的小说类型研究》，《鲁迅研究月刊》1991 年第 9 期。

代"文人于当时政治状态或社会现象有不满,摹绘以文章,且专著其缺失,则所成就者,常含有攻击政俗之精神"①的作品,包括《儒林外史》《老残游记》《官场现形记》《二十年目睹之怪现状》等。铅印本中,《儒林外史》从"谴责小说"中分离,作为"讽刺小说"独立成篇,《孽海花》则由"狭邪小说"转入"谴责小说",该篇标题也改作《清末之谴责小说》,并在开篇增加一段文字,介绍清末的政治和文化环境及其对小说创作的影响。鲁迅认为,正是清末政治的动荡,促使民众对清政府的不满,表现在小说创作上,"则揭发伏藏,显其弊恶,而于时政,严加纠弹,或更扩充,并及风俗,虽命意在于匡世,似与讽刺小说同伦;而辞气浮露,笔无藏锋,甚且过甚其辞,以合时人嗜好,则其度量技术之相去亦远矣,故别谓之谴责小说"②。铅印本中"谴责小说"不再是概括有清一代的小说类型,而特指清末这一特殊的历史和文化语境中的小说观念与创作趋向。此后正式出版的各版本《中国小说史略》均延续了铅印本的处理方式,除文字略有增删外,对两种小说类型的界定及评价并无大异。《中国小说史略》对"讽刺小说"和"谴责小说"命名和归属,在铅印本中已基本确立。《中国小说的历史的变迁》限于篇幅,将清代小说并入一讲,划分为四派,《官场现形记》和《二十年目睹之怪现状》与《儒林外史》一起归入讽刺派,没有使用"谴责"这一称谓,《中国小说史略》中列入"谴责小说"的《老残游记》和《孽海花》也未提及。以上简要介绍了《中国小说史略》中"讽刺小说"和"谴责小说"概念分合过程,从中不难发现鲁迅在界定和使用这两种小说类型时,二者始终互相参照,具有相当密切的理论关联。

鲁迅的文学史观(小说史观)与同时代人相比的独特之处在于,他并不限于对具体作家作品或文体流变的分析,而注重一个时代的政治环境、社会风尚以及文人心态等文学外部因素,着力于穿越纷繁复杂的社会现象透视时代的精神。无论是拟想中的《中国文学史》的章节设置,还是可视为这部文学史一部分的《魏晋风度及文章与药及酒之关系》均体现出这一研究思路。③《中国小说史略》从铅印本开始,增加了相当篇幅的对小说发展的历史文化背景的介绍和分析,使其以朝代为时间线索的章节设置并不限于对小说史时间性的表达,而

---

① 单演义标点:《鲁迅小说史大略》,第111页。
② 许寿裳保存:《铅印本中国小说史大略》,《鲁迅研究资料》第17辑,第184页。
③ 许寿裳《亡友鲁迅印象记·一五·杂谈著作》中称鲁迅和他谈到拟作文学史的分章为"(一)从文字到文章,(二)诗无邪(《诗经》),(三)诸子,(四)从《离骚》到《反离骚》,(五)酒,药,女,佛(六朝),(六)廊庙与山林",并称"他那篇《魏晋风度及文章与药及酒之关系》(《而已集》),便是这部文学史的一部分"。鲁迅博物馆鲁迅研究室选编:《鲁迅回忆录》(专著)上册,第252–253页。

是着眼于不同朝代或历史阶段所代表的文化倾向和文化心态。这一点特别体现在鲁迅对小说类型的设计之中。油印本以"谴责"涵盖有清一代"攻击政俗"的小说，主要根据创作态度立论，对晚清这一相对独立的历史时期的文化特质及其对小说创作的影响有所忽视。而且以"谴责"概括《儒林外史》的创作倾向和审美品格也并不准确。铅印本为晚清单独设章，以"谴责"命名这一时期"揭发伏藏，显其弊恶"的创作倾向，对其艺术水准评价不高。《儒林外史》则作为"讽刺小说"单独论述，被给予很高的评价。铅印本这一修改体现出鲁迅小说史观发展的内在理路：由依据题材划分小说类型，到依据小说创作的特定的历史文化因素，以两种小说类型分别概括同题材作品在不同历史阶段的创作趋向和艺术成就。小说类型既是历史的命名，又隐含着价值判断，在对历史的描述中体现价值立场。鲁迅对以《儒林外史》为代表的"讽刺小说"和《官场现形记》为代表的"谴责小说"褒贬分明，正是出于以上判断标准。在油印本中，《官场现形记》与《儒林外史》同置于"谴责小说"类型中，对后者的评价略高于前者，但也大体相当，铅印本中褒贬分明的情况尚未出现。从铅印本开始，《儒林外史》独立为《清之讽刺小说》，获得极高评价，"秉持公心，指摘时弊""感而能谐，婉而多讽"，今天已成为对这部作品讽刺精神及艺术特质的定评。在铅印本第二十一篇《清之讽刺小说》开头，鲁迅简述了"讽刺小说"这一类型的概念及其特征，指出"寓讥弹于稗史者，晋唐已有，而明为盛，尤在人情小说中"①。可见，"讽刺小说"古已有之，并非自《儒林外史》始。鲁迅以"公心讽世"和"婉曲"之美，作为"讽刺小说"的最高标准，只有《儒林外史》完全符合这一标准。因此，该篇只讨论《儒林外史》一部作品，称自该书问世"说部中乃始有足称讽刺之书"②。以一部作品代表并概括一种小说类型，看似不符合小说史写作的常规（第二十四篇《清之人情小说》也做同样处理》），但鲁迅的小说史观恰恰体现于此：即以类型的演进概括小说史的发展历程，某一类型及其代表作既包含对小说观念和创作倾向的价值评判，又作为与其他历史阶段的相关小说类型的参照，突出小说史的理论设计。

可见，在《中国小说史略》建构的小说史体系中，任何一种小说类型都不是孤立存在的，都与其他一些类型形成关联，在相互联系与对照中凸显其小说史地位。鲁迅针对"谴责小说"在小说观念和创作趋向上的缺失，批评其"揭发伏

① 许寿裳保存：《中国小说史大略》，《鲁迅研究资料》第17辑，第135页。
② 许寿裳保存：《中国小说史大略》，《鲁迅研究资料》第17辑，第135页。

藏""笔无藏锋"而使讽刺流于谩骂，丧失了"讽刺小说"公心讽世的精神，损害了作品的价值，这些缺失正是在以《儒林外史》为代表的"讽刺小说"的对照下显现出来的。可以说，正是与《儒林外史》这部"足称讽刺之书"的优秀作品的对照，才使鲁迅对"谴责小说"做出了贬大于褒的评价。这样，铅印本中"谴责小说"成为一种与"讽刺小说"相关联并相对照的小说类型的理论界定，在类型的设计与命名中隐含着对作品的价值评判。

作为小说类型，"谴责小说"较之"讽刺小说"更具有对特定历史时期的指向性与概括性。后者主要基于小说采用的艺术手法及由此形成的审美品格，具有超越个别历史阶段的普遍性，而前者则明确突出一个历史阶段的创作趋向和艺术观念。这在《中国小说的历史的变迁》中也有体现。限于篇幅，《中国小说的历史的变迁》不再对清代小说做若干分期，而合并于一讲之中，题为《清小说之四派及其末流》。"讽刺派"作为四派之一，涵盖《儒林外史》和"谴责小说"，指有清一代于"小说中寓讥讽"的题材选择和审美趋向。这主要出于对作品的历史判断。但是，《中国小说的历史的变迁》并没有将《儒林外史》和"谴责小说"的价值相等同，而采用"末流"这一断语，对"谴责小说"做出了相对独立的评价，称之为"讽刺小说之末流"，评价标准与《中国小说史略》中相近，针对的仍是小说观念和创作趋向，唯以"末流"概括"谴责小说"颇具深意。事实上，"末流"说在《中国小说史略》中已初显端倪，主要用来概括清代模仿或续作前人小说的创作趋向。至《中国小说的历史的变迁》中则成为对晚清小说的概括。"末流"不只用于评价《官场现形记》为代表的"谴责小说"，还包括作为"人情小说"之末流的《九尾龟》，《聊斋》《阅微》之末流的民初文言笔记小说，以及"谴责小说"之末流——"黑幕小说"。可见，"末流"是对晚清小说模仿前人而又等而下之的整体创作趋向的历史定位和价值评判。

从鲁迅对小说类型的命名与归属的修改不难看出，《中国小说史略》的小说类型，并不是在严格的类型学范畴中使用的，而是在小说史学层面上的理论设计。在类型的设计与命名中，隐含着对作品的小说史价值的评判。同时，当采用一种类型无法涵盖和说明某一创作趋向的整体特征时，鲁迅宁可放弃使用类型，而采用"清之拟晋唐小说及其支流""清之以小说见才学者"等概括方式。即如对小说类型的命名，"传奇"指文体、"神魔"按题材、"讽刺"据手法、"谴责"寓风格，表面看来标准极不统一，实质上正是鲁迅小说史观念的体现：鲁迅不墨守任何既定理论，关注的也不是自家理论设计的整齐划一，而是怎样更准确更充分地概括和分析研究对象的小说史意义。

第二章　鲁迅《中国小说史略》校勘记

校勘说明：

《中国小说史略》由最早出现的油印本，到铅印本，再到新潮社的初版本，修改较大。因此，油印本和铅印本暂不列入《汇校记》中，而仅将初版本、合订本、订正本和再次修订本等四个版本进行汇校。校对过程中只记录各版本与内容相关的较明显的修改，对误排文字及标点的改动，由于与著作内容关系不大，暂不列入汇校记。在校录过程中，将繁体字转换为简化字，旧式标点转换为现今通行标点。同时，以人民文学出版社1981年版《鲁迅全集》第9卷为参照。

版本说明：

初版本：

上册，北大第一院　新潮社1923年12月初版。

下册，北大第一院　新潮社1924年6月初版。

合订本：北京：北新书局1925年9月版。

订正本：上海：北新书局1931年7月版。

再次修订本：上海：北新书局1935年6月版，简称"再订本"。

全集本：《鲁迅全集》第9卷，北京：人民文学出版社1981年版。

汇校记：

目录

[初版本]　无目录。

[合订本]　第X页，第6行：陈森《品花宝鉴》。魏子安《花月痕》。

[订正本]　同[合订本]。

[再订本]　第14页，第7行：陈森《品花宝鉴》。魏秀仁《花月痕》。

[全集本]　同[再订本]。

题记：[订正本]　增入，此后各版本与[订正本]同。

序言

[初版本] 第Ⅰ页,第6行:执笔赋墨者实早劳矣,

[合订本] 第Ⅰ页,第7行:任其事者实早劳矣,

[订正本] 同[合订本]。

[再订本] 同[合订本]。

[全集本] 同[合订本]。

第一篇

1.[初版本] 第2页,第8行:孙卿道:"宋子,其言黄老意。"

[合订本] 同[初版本]。

[订正本] 同[初版本]。

[再订本] 同[初版本]。

[全集本] 第6页,第5行:孙卿道宋子,其言黄老意。

[注] 中华书局标点排印本《汉书》作:孙卿道宋子,其言黄老意。

2.[初版本] 第2页,第9行:其言者殷时,

[合订本] 同[初版本]。

[订正本] 同[初版本]。

[再订本] 同[初版本]。

[全集本] 第6页,第6行:其言殷时者,

[注] 中华书局标点排印本《汉书》作:其言非殷时。

3.[初版本] 第5页,第5行:十五家一百十五卷,

[合订本] 第5页,第5行:十五家一百五十卷,

[订正本] 同[合订本]。

[再订本] 同[合订本]。

[全集本] 同[初版本]。

第二篇

1.[初版本] 第9页,第10行:以是神话虽托诗歌以光大,

[合订本] 同[初版本]。

[订正本] 第27页,第10行:是以神话虽托诗歌以光大,

[再订本] 同[订正本]。

[全集本] 同[订正本]。

2.[初版本]　第13页,第1—2行:有人戴胜虎齿豹尾穴处,

　[合订本]　同[初版本]。

　[订正本]　第31页,第3行:有人戴胜虎齿,豹尾,穴处,

　[再订本]　同[订正本]。

　[全集本]　第19页,第19—20行:有人戴胜,虎齿豹尾,穴处,

3.[初版本]　第13页,第8行:西王母为天子谣曰,

　[合订本]　同[初版本]。

　[订正本]　第31页,第9—10行:西王母为天子谣,曰,

　[再订本]　同[订正本]。

　[全集本]　同[订正本]。

4.[初版本]　第15页,第9行:图画天地山川神灵琦玮谲诡及古圣贤怪物行事,

　[合订本]　同[初版本]。

　[订正本]　同[初版本]。

　[再订本]　同[初版本]。

　[全集本]　第21页,第15—16行:图画天地山川神灵琦玮谲诡及古贤圣怪物行事,

第三篇

1.[初版本]　第20页,第3行:《汉志》道家有《鬻子》二十一篇,

　[合订本]　同[初版本]。

　[订正本]　同[初版本]。

　[再订本]　同[初版本]。

　[全集本]　第27页,第17行:《汉志》道家有《鬻子》二十二篇,

2.[初版本]　第21页,第5—6行:古者年八岁而出就外传……束发而就大学,……居则习礼文,行则鸣珮玉,升车则闻和鸾之声,是以非僻之心无自入也。……(《大戴礼记》《保傅篇》)

　[合订本]　第21页,第5—9行:古者年八岁而出就外舍,学小艺焉,履小节焉;束发而就大学,学大艺焉,履大节焉。居则习礼文,行则鸣珮玉,升车则闻和鸾之声,是以非僻之心无自入也。……古之为路车也,盖圆以象天,二十八橑以象列星,轸方以象地,三十辐以象月。故仰则观天文,俯则察地理,前视则睹和鸾之声,侧听则观四时之运:此车巾之教也。(《大戴礼记》《保傅篇》)

　[订正本]　同[合订本]。

[再订本]　同[合订本]。

[全集本]　同[合订本]。

3.[初版本]　第21页,第10—11行:《逸周书》《大子晋》篇记师旷见大子,聆听而知其不寿,大子亦自知"后三年当宾于帝所",

[合订本]　同[初版本]。

[订正本]　第40页,第2—3行:《逸周书》《大子晋》篇记师旷见太子,聆听而知其不寿,太子亦自知"后三年当宾于与帝所"。

[再订本]　同[订正本]。

[全集本]　第29页,第2—4行:《逸周书》《太子晋》篇记师旷见太子,聆听而知其不寿,太子亦自知"后三年当宾于帝所",

第四篇

1.[初版本]　第26页,第11行:乃延朔问其所在及所有之物名,

[合订本]　第26页,第11行:乃延朔问其所有之物名,

[订正本]　同[合订本]。

[再订本]　同[合订本]。

[全集本]　同[合订本]。

2.[初版本]　第29页,第8行:因出桃七枚,母自啖二枚,与帝二枚。

[合订本]　同[初版本]。

[订正本]　同[初版本]。

[再订本]　同[初版本]。

[全集本]　第35页,第4行:因出桃七枚,母自啖二枚,与帝五枚。

3.[初版本]　第31页,第8行:可不勉勖耶?

[合订本]　同[初版本]。

[订正本]　同[初版本]。

[再订本]　同[初版本]。

[全集本]　第36页,第13行:可不勖勉耶?

4.[初版本]　第34页,第2—4行:惠帝尝与赵王同寝处,吕后欲杀之而未得。后帝早猎,王不能夙兴,吕后命力士被中缢杀之。及死,吕后之不信,以绿囊盛之,载以小骈车入见,乃厚赐力士。力士是东郭门外官奴;帝后知,腰斩之,后不知也。(卷一)

[合订本]　无。

[订正本]　无。

[再订本]　无。

[全集本]　无。

5.[初版本]　第35页,第6—7行:

　　　　齐人刘道强善弹琴,能作单鹄寡凫之弄,听者皆悲不能自摄。(卷五)

　　　　武帝以象牙为簟,赐李夫人。(同上)

[合订本]　无。

[订正本]　无。

[再订本]　无。

[全集本]　无。

第五篇

1.[初版本]　第39页,第10—11行:地以名山为辅佐,石为之骨,川为之脉,草木为之毛,土为之肉,三尺以上为粪,三尺以下为地。(卷一《地》)

[合订本]　无。

[订正本]　无。

[再订本]　无。

[全集本]　无。

第六篇

1.[初版本]　第54页,第8—9行:与皇娥宴戏,

[合订本]　第54页,第9—10行:与皇娥游戏,

[订正本]　同[合订本]。

[再订本]　同[合订本]。

[全集本]　第57页,第20行:与皇娥宴戏,

[注]　此处修改自新潮社1925年2月再版本始。

第七篇

1.[初版本]　第57页,第10行:然要为远实用而近文艺矣。

[合订本]　同[初版本]。

[订正本]　第77页,第10行:然要为远实用而近娱乐矣。

[再订本]　同[订正本]。

[全集本] 同[订正本]。

2.[初版本] 第58页,第4行:五侯家各饷遗之,

[合订本] 同[初版本]。

[订正本] 同[初版本]。

[再订本] 同[初版本]。

[全集本] 第60页,第18行:五侯家各遗饷之,

3.[初版本] 第54页,第4行:唐志云,贾泉注,

[合订本] 同[初版本]。

[订正本] 同[初版本]。

[再订本] 同[初版本]。

[全集本] 第61页,第13—14行:唐志云,"贾泉注",

4.[初版本] 第63页,第11行:横执之不可入,

[合订本] 同[初版本]。

[订正本] 同[初版本]。

[再订本] 同[初版本]。

[全集本] 第64页,第16—17行:横执之亦不可入,

5.[初版本] 第64页,第12行:《唐志》有《启颜录》二卷,

[合订本] 同[初版本]。

[订正本] 同[初版本]。

[再订本] 同[初版本]。

[全集本] 第65页,第10行:《唐志》有《启颜录》十卷,

6.[初版本] 第67页,第2行:焦竑《类林》,

[合订本] 同[初版本]。

[订正本] 第87页,第5行:焦竑《类林》及《玉堂丛话》,

[再订本] 同[订正本]。

[全集本] 同[订正本]。

7.[初版本] 第67页,第3—4行:至于清,又有吴肃公作《明语林》,

[合订本] 同[初版本]。

[订正本] 第87页,第7行:至于清,又有梁维枢作《玉剑尊闻》,吴肃公作《明语林》,

[再订本] 同[订正本]。

[全集本] 同[订正本]。

8.[初版本]　　第67页,第5行:汪琬作《说铃》,

[合订本]　　同[初版本]。

[订正本]　　第87页,第8—9行:汪琬作《说铃》而惠栋为之补注,

[再订本]　　同[订正本]。

[全集本]　　同[订正本]。

第八篇

1.[初版本]　　第71页,第6行:有深州陆泽人张鷟字文成,

[合订本]　　同[初版本]。

[订正本]　　第91页,第7行:有深州陆浑人张鷟字文成,

[再订本]　　同[订正本]。

[全集本]　　同[订正本]。

2.[初版本]　　第71页,第9行:盖即鷟少时所为,

[合订本]　　同[初版本]。

[订正本]　　第91页,第10—12行:莫休符谓"鷟弱冠应举,下笔成章,中书侍郎薛元超特授襄乐尉,"(《桂林风土记》)则尚其年少时所为。

[再订本]　　同[订正本]。

[全集本]　　第71页,第23—24行:莫休符谓"鷟弱冠应举,下笔成章,中书侍郎薛元超特授襄乐尉"(《桂林风土记》),则尚其年少时所为。

3.[初版本]　　第71页,第10行:逢二女曰十娘五娘,

[合订本]　　同[初版本]。

[订正本]　　同[初版本]。

[再订本]　　同[初版本]。

[全集本]　　第72页,第1行:逢二女曰十娘五嫂,

4.[初版本]　　第75页,第3—4行:《沈下贤集》卷二卷三,

[合订本]　　同[初版本]。

[订正本]　　同[初版本]。

[再订本]　　同[初版本]。

[全集本]　　第74页,第8—9行:《沈下贤集》卷二卷四,

第九篇

1.[初版本]　　第83页,第9—10行:崔终不出,张怨念之诚,动于颜色,将行,赋诗

一章以绝之云,

[合订本]　同[初版本]。

[订正本]　第103页,第10—11行:崔终不出;后数日,张生将行,崔则赋诗一章以谢绝之云,

[再订本]　同[订正本]。

[全集本]　同[订正本]。

2.[初版本]　第83页,第11行:时人多许张为善补过者云。

[合订本]　同[初版本]。

[订正本]　第103页,第12行:自是遂不复知。时人多许张为善补过者云。

[再订本]　同[订正本]。

[全集本]　同[订正本]。

3.[初版本]　第87页,第1—2行:明人则本之作平话(见《拍案惊奇》十九),后来记包拯施纶断案,类此者更多矣。

[合订本]　第87页,第2—3行:明人则本之作平话(见《拍案惊奇》十九)。

[订正本]　同[合订本]。

[再订本]　同[合订本]。

[全集本]　同[合订本]。

[注]　此处修改自新潮社1925年2月再版本始。

4.[初版本]　第87页,第3行:其余二篇,未详原题,

[合订本]　同[初版本]。

[订正本]　第107页,第5行:所余二篇,其一未详原题,

[再订本]　同[订正本]。

[全集本]　同[订正本]。

5.[初版本]　第87页,第3—4行:曰李汤(四百六十七)。

[合订本]　同[初版本]。

[订正本]　无。

[再订本]　无。

[全集本]　无。

6.[初版本]　第87页,第4行:《冯媪记》董江妻亡更娶,

[合订本]　同[初版本]。

[订正本]　第107页,第5—6行:记董江妻亡更娶,

[再订本]　同[订正本]。

[全集本]　同[订正本]。

7.[初版本]　第87页,第5行:李汤者,

　[合订本]　同[初版本]。

　[订正本]　第107页,第7—8行:其一曰《古岳渎经》(见《广记》四百六十七,题曰《李汤》),有李汤者,

　[再订本]　同[订正本]。

　[全集本]　同[订正本]。

8.[初版本]　第88页,第8—9行:元人《西游记》(有数出在《纳书楹曲谱》中)有"无支祁是他姊妹"语,

　[合订本]　同[初版本]。

　[订正本]　第109页,第1行:元吴昌龄《西游记》杂剧中有"无支祁是他姊妹"语,

　[再订本]　同[订正本]。

　[全集本]　同[订正本]。

第十篇

1.[初版本]　第93页,第7行:然《太平广记》所引尚三十三篇,

　[合订本]　同[初版本]。

　[订正本]　同[初版本]。

　[再订本]　同[初版本]。

　[全集本]　第91页,第9—10行:然《太平广记》所引尚三十一篇,

第十一篇

1.[初版本]　第108页,第5行:唯利是视,

　[合订本]　同[初版本]。

　[订正本]　同[初版本]。

　[再订本]　同[初版本]。

　[全集本]　第103页,第24行:唯利是务,

第十二篇

1.[初版本]　第116页,第10行:曰说经说参,

　[合订本]　同[初版本]。

[订正本]　同[初版本]。

[再订本]　同[初版本]。

[全集本]　第112页,第14行:曰说经说参请,

第十三篇

1.[初版本]　第129页,第2—3行:师不要敬,

[合订本]　同[初版本]。

[订正本]　第151页,第3行:师不要敬(惊字之略),

[再订本]　同[订正本]。

[全集本]　同[订正本]。

2.[初版本]　第129页,第7行:当时吞入腹中,

[合订本]　同[初版本]。

[订正本]　同[初版本]。

[再订本]　同[初版本]。

[全集本]　第121页,第24行:当时吞入口中,

3.[初版本]　第130页,第8行—第131页,第4行:

次二为文言而并杂以诗,如叙宣和七年凶兆云:

……十二月,有天神降伸霄殿;修神保观。神保观者,乃二郎神也,都人素畏之。自春及夏,倾城男女皆负土以献神,谓之"献土";又有村落人装作鬼使,巡门催"纳土"者,人物络绎于道。徽宗乘舆往观之,蔡京奏道,"'献土''纳土',皆非好话头。"数日,降圣旨禁绝。诗曰:

道君好道事淫荒,稚意求仙慕武皇,

纳土谶言无用禁,纵有佳谶国终亡。

其四,则为梁山泺聚义本末,

[合订本]　第132页,第9—10行:次二为文言而并杂以诗者其四,则为梁山泺聚义本末,

[订正本]　同[合订本]。

[再订本]　同[合订本]。

[全集本]　第122页,第18—19行:次二为文言而并杂以诗者;其四,则为梁山泺聚义本末,

[注]　此处修改自新潮社1925年2月再版本始。

4.[初版本]　第132页,第1行:九纹龙史进……

[合订本]　第133页,第7行—第134页,第2行:九纹龙史进入云龙公孙胜浪里白条张顺霹雳火秦明活阎罗阮小七立地太岁阮小五短命二郎阮进大刀关必胜豹子头林冲黑旋风李逵小旋风柴进金枪手徐宁扑天雕李应赤发鬼刘唐一直撞董平插翅虎雷横美髯公朱同神行太保戴宗赛关索王雄病尉迟孙立小李广花荣没羽箭张青没遮拦穆横浪子燕青花和尚鲁智深行者武松铁鞭呼延绰急先锋索超拼命三郎石秀火船工张岑摸着云杜千铁天王晁盖

　　[订正本]　同[合订本]。

　　[再订本]　同[合订本]。

　　[全集本]　同[合订本]。

　　[注]　此处修改自新潮社1925年2月再版本始。

5.[初版本]　第133页,第5行:宣和六年正月十四日,

　　[合订本]　同[初版本]。

　　[订正本]　同[初版本]。

　　[再订本]　同[初版本]。

　　[全集本]　第124页,第13行:宣和六年正月十四日夜,

第十四篇、第十五篇

　　[初版本]　第十四篇标题为"元明传来之讲史",[合订本]同[初版本]。[订正本]经修改,作为第十五篇,标题为"元明传来之讲史(下)"。[初版本]第十五篇标题为"明之讲史",[合订本]同[初版本]。[订正本]经修改,作为第十四篇,标题为"元明传来之讲史(上)"。此后各版本与[订正本]同。至[全集本]文字又做个别修改。

1.[初版本]　第135页,第1行—第136页,第2行:

　　　　宋之说话人,于小说讲史皆多高手(名见《梦粱录》及《武林旧事》),而不闻有着作;其以讲史著称后世者,盖莫过于元之施耐庵。耐庵,钱唐人(明高儒《百川书志》六),着《水浒传》;胡应麟曾见一小说序,云耐庵"尝入市肆紬阅故书,于敝楮中得宋张叔夜擒贼招语一通,备悉其一百八人所由起,因润饰成此编。"而名及事迹皆不可考,(序言见《笔丛》四十一,然难信,又云"施某事见田叔禾《西湖志余》",而实无有,乃误记也。)或者实无其人。又有罗本字贯中,亦钱唐人(明郎瑛《七修类稿》二十二田汝成《西湖游览志余》四十五及《笔丛》),或云耐庵门人(亦《笔丛》说),或云名贯(明王圻《续文献通考》),或云越人,生洪武初(周亮工《书影》一);疑实生于元,至明初犹在(约一三三〇——一四〇〇)。其所着小说尤伙,明时云有数

十种(《志余》),今存者有《三国志演义》《隋唐志演义》及《三遂平妖传》;亦能词曲,有杂剧《龙虎风云会》(目见《元人杂剧选》)。然今所传《水浒》《三国志》等书,皆屡经后人增损,施罗真面,殆已无从复见矣。

[合订本] 同[初版本]。

[订正本] 第157页,第2行—第159页,第8行:宋之说话人……余四种恐亦此类。

[再订本] 同[订正本]。

[全集本] 同[订正本]。

[注] 此段文字[订正本]中改动较大,与[全集本]第127页第2行至第128页第18行文字同,在此不录全文。

2.[初版本] 第135页,第7—8行:又有罗本字贯中,亦钱唐人(明郎瑛《七修类稿》二十二田汝成《西湖游览志余》四十五及《笔丛》),

[合订本] 同[初版本]。

[订正本] 第160页,第5行:贯中,名本钱唐人(明郎瑛《七修类稿》二十二田汝成《西湖游览志》四十五胡应麟《少室山房笔丛》四十一),

[再订本] 同[订正本]。

[全集本] 第129页,第5—6行:贯中,名本钱唐人(明郎瑛《七修类稿》二十三田汝成《西湖游览志余》二十五胡应麟《少室山房笔丛》四十一),

3.[初版本] 第146页,第1—4行:其成书年代,殆在嘉靖中(一五二二——五六六),设郭本所据旧本已列施名,则其人当生成化至正德(一四六五——一五二一)之际(详见《胡适文存》三)。后人见繁本题作施作罗编,未及悟其依托,遂或意为次第,定耐庵生元代,而贯中为其门人。

[合订本] 同[初版本]。

[订正本] 第183页,第3行—第184页,第2行:后人见繁本题作施作罗编……未可轻信矣。[再订本]同[订正本]。

[全集本] 同[订正本]。

[注] 此段文字[订正本]中改动较大,与[全集本]第145页第18行至第146页第3行文字同,在此不录全文。

4.[初版本] 第148页,第9行:忱浙江乌程人,

[合订本] 同[初版本]。

[订正本] 第186页,第4—5行:忱字退心,浙江乌程人,

[再订本] 同[订正本]。

[全集本] 同[订正本]。

5.[初版本] 第148页,第10行:(俞樾《茶香室丛钞》十三引沈登瀛《南浔备志》),

[合订本] 同[初版本]。

[订正本] 第186页,第5—6行:(《两浙輶轩录》补遗一《光绪嘉兴府志》五十三),

[再订本] 同[订正本]。

[全集本] 同[订正本]。

6.[初版本] 第151页,第2—3行:明代所传罗贯中小说至数十种,虑亦当有依托者,然不可考,现存三种中,则大抵文词已多改易,徒存贯中之名而已,其最著称者为《三国志通俗演义》。

[合订本] 同[初版本]。

[订正本] 无。

[再订本] 无。

[全集本] 无。

7.[初版本] 第151页,第4行:三国时多英雄,

[合订本] 同[初版本]。

[订正本] 第159页,第9行:说《三国志》者,在宋已甚盛,盖当时多英雄。

[再订本] 同[订正本]。

[全集本] 同[订正本]。

8.[初版本] 第151页,第5行:宋时,里巷间有说古话者,其中即含三国故事,东坡(《志林》六)所谓

[合订本] 同[初版本]。

[订正本] 第159页,第10行:东坡(《志林》六)谓

[再订本] 同[订正本]。

[全集本] 同[订正本]。

9.[初版本] 第151页,第10行:则其为世所乐道可知也。

[合订本] 同[初版本]。

[订正本] 第160页,第3—4行:则其为世所乐道可知也。其在小说,乃因有罗贯中本而名益显。

[再订本] 同[订正本]。

[全集本] 同[订正本]。

10.[初版本] 无。

[合订本]　无。

[订正本]　第160页,第6—10行:或云名贯……真面殆无从复见矣。

[再订本]　同[订正本]。

[全集本]　同[订正本]。

[注]　此段文字为[订正本]新增,与[全集本]第129页第5行至第13行文字同,在此不录全文。

11.[初版本]　第152页,第1—3行:然宋元之三国话本,今俱不传,能见者要以罗氏本为最古,惟亦莫辨其出于模拟,抑又有所师承。全书一百二十回,回分上下,得二百四十卷。明嘉靖时本题曰

[合订本]　同[初版本]。

[订正本]　第160页,第11—12行:罗贯中本《三国志演义》,今得见者以明弘治甲寅(一四九四)刊本为最古,全书二十四卷,分二百四十回,题曰

[再订本]　同[订正本]。

[全集本]　同[订正本]。

12.[初版本]　第152页,第3行:明罗本贯中编次。"(《百川书志》六)

[合订本]　同[初版本]。

[订正本]　第160页,第12行:后学罗贯中编次。"

[再订本]　同[订正本]。

[全集本]　第129页,第12行:后学罗贯中编次"。

13.[初版本]　第152页,第5行:间采稗史,且又杂以臆说作之;

[合订本]　同[初版本]。

[订正本]　第161页,第2—3行:间亦仍采平话,又加推演而作之;

[再订本]　同[订正本]。

[全集本]　同[订正本]。

14.[初版本]　第152页,第6行:引诗则多为胡曾与周静轩。

[合订本]　同[初版本]。

[订正本]　第161页,第3—4行:且更盛引"史官"及"后人"诗。

[再订本]　同[订正本]。

[全集本]　同[订正本]。

15.[初版本]　第153页,第10行:而羽之气概则凛然:

[合订本]　同[初版本]。

[订正本]　第162页,第8—9行:而羽之气概则凛然,与元刊本平话,相去远矣:

[再订本]　同[订正本]。

[全集本]　同[订正本]。

16.[初版本]　第155页,第10行:清康熙时,

[合订本]　同[初版本]。

[订正本]　第164页,第9—10行:弘治以后,刻本甚多,即以明代而论,今尚未能详其凡几种(详见《小说月报》二十卷十号郑振铎《三国志演义的演化》)。迨清康熙时,

[再订本]　同[订正本]。

[全集本]　同[订正本]。

17.[初版本]　第155页,第11行:而旧本乃不复行。

[合订本]　同[初版本]。

[订正本]　第164页,第12行:而一切旧本乃不复行。

[再订本]　同[订正本]。

[全集本]　同[订正本]。

18.[初版本]　第155页,第12行:如旧本第八十回上

[合订本]　同[初版本]。

[订正本]　第164页,第12行—第165页,第1行:如旧本第百五十九回

[再订本]　同[订正本]。

[全集本]　同[订正本]。

19.[初版本]　第156页,第1行:如第八十四回上

[合订本]　同[初版本]。

[订正本]　第165页,第2行:如第百六十七回

[再订本]　同[订正本]。

[全集本]　同[订正本]。

20.[初版本]　第156页,第3行:如第百三回上

[合订本]　同[初版本]。

[订正本]　第165页,第3—4行:如第二百五回

[再订本]　同[订正本]。

[全集本]　同[订正本]。

21.[初版本]　第156页,第4行:如第百十七回上

[合订本]　同[初版本]。

[订正本]　第165页,第4—5行:如第二百三十四回

[再订本]　同[订正本]。

[全集本]　同[订正本]。

22.[初版本]　第157页,第7行:禄山侍坐于侧旁,

[合订本]　同[初版本]。

[订正本]　同[初版本]。

[再订本]　同[初版本]。

[全集本]　第133页,第11行:禄山侍坐于侧,

23.[初版本]　无。

[合订本]　无。

[订正本]　第167页,第2行—第168页,第1行:《残唐五代史演义》未见,日本《内阁文库书目》云二卷六十回,题罗本撰,汤显祖批评。

[再订本]　同[订正本]。

[全集本]　同[订正本]。

[注]　此段文字为[订正本]新增。

24.[初版本]　第158页,第10行:《北宋三遂平妖传》二十回,

[合订本]　同[初版本]。

[订正本]　第168页,第2行:《北宋三遂平妖传》原本亦不可见,较先之本为四卷二十回,序云王慎修补,

[再订本]　同[订正本]。

[全集本]　同[订正本]。

25.[初版本]　第161页,第8行:此乃明嘉靖庆隆间事,见《五杂俎》(六),

[合订本]　第163页,第11—12行:此盖相传旧话,尉迟偓(《中朝故事》)云在唐咸通中,谢肇淛(《五杂俎》六)又以为明嘉靖庆隆间事,

[订正本]　同[合订本]。

[再订本]　同[合订本]。

[全集本]　同[合订本]。

[注]　此处修改自新潮社1925年2月再版本始。

26.[初版本]　第161页,第10—11行:余人所作讲史,种类尤多,明已有荒古(周游《开辟演义》),

[合订本]　同[初版本]。

[订正本]　第187页,第2—3行:此外讲史之属,为数尤多。明已有荒古虞夏(周游《开辟演义》钟惺《开辟唐虞传》及《有夏志传》),

[再订本]　同[订正本]。

[全集本]　同[订正本]。

27.[初版本]　第161页,第11行:两汉(《前汉演义》《后汉演义》)

[合订本]　同[初版本]。

[订正本]　第187页,第3行:两汉(袁宏道评《两汉演义传》),

[再订本]　同[订正本]。

[全集本]　同[订正本]。

28.[初版本]　第161页,第11—12行:两唐(《说唐前传》《说唐后传》),两宋(《北宋志传》《南宋志传》)

[合订本]　同[初版本]。

[订正本]　第187页,第4行:唐(熊钟谷《唐书演义》),宋(卫蠖斋评释《两宋志传》)

[再订本]　同[订正本]。

[全集本]　同[订正本]。

29.[初版本]　第162页,第8—9行:有《精忠全传》,吉水邹元标编次,记宋岳飞功绩及冤狱;

[合订本]　同[初版本]。

[订正本]　第188页,第2—3行:有《宋武穆王演义》,熊大本编,有《岳王传演义》,余应鳌编,又有《精忠全传》,邹元标编,皆记宋岳飞功绩及冤狱;

[再订本]　同[订正本]。

[全集本]　同[订正本]。

第十六篇

1.[初版本]　第166页,第8行:言有妙吉祥童子以杀独火鬼忤如来,

[合订本]　同[初版本]。

[订正本]　第190页,第9—10行:象斗为明末书贾,《三国志演义》刻本上,尚见其名。书言有妙吉祥童子以杀独火鬼忤如来,

[再订本]　同[订正本]。

[全集本]　同[订正本]。

2.[初版本]　第167页,第8行:何又想吃人,

[合订本]　第169页,第9行:如何又想吃人,

[订正本]　第191页,第10行:如何又要吃人,

[再订本] 同[订正本]。

[全集本] 同[订正本]。

3.[初版本] 第168页,第6—7行:惟书于何时始出,则未详。

[合订本] 同[初版本]。

[订正本] 无。

[再订本] 无。

[全集本] 无。

4.[初版本] 第170页,第9—10行:一名《西游记》,倘《纳书楹曲谱》(补遗一)所摘录者即此本,则收孙悟空,加戒箍,火孩儿,猪八戒皆已见。

[合订本] 同[初版本]。

[订正本] 第194页,第10—12页:一名《西游记》(今有日本盐谷温校印本),其中收孙悟空,加戒箍,沙僧,猪八戒红孩儿,铁扇公主等皆已见。

[再订本] 同[订正本]。

[全集本] 第157页,第22—24行:一名《西游记》(今有日本盐谷温校印本),其中收孙悟空,加戒箍,沙僧,猪八戒,红孩儿,铁扇公主等皆已见。

5.[初版本] 第171页,第3行:悟空被获。书叙当时战斗变化之状云:

[合订本] 第173页,第4行:悟空手所获爽叙当时战斗变化之状云:

[订正本] 第195页,第4行:悟空为所获,其叙当时战斗变化之状云:

[再订本] 同[订正本]。

[全集本] 同[订正本]。

6.[初版本] 第171页,第7行:钻入水中。

[合订本] 第173页,第8行:入水中。

[订正本] 同[合订本]。

[再订本] 同[合订本]。

[全集本] 同[合订本]。

7.[初版本] 第171页,第8行:又变一群飞鸟,

[合订本] 同[初版本]。

[订正本] 同[初版本]。

[再订本] 同[初版本]。

[全集本] 第158页,第12行:又变一鹁鸟,

8.[初版本] 第173页,第6—7行:《西游记》杂剧中《揭钵》一出,盖用鬼子母揭钵盂救幼子事者,中有云,

[合订本]　第175页,第8—9行:《西游记》杂剧中《鬼母皈依》一出,即用揭钵盂救幼子故事者,其中有云,

[订正本]　同[合订本]。

[再订本]　同[合订本]。

[全集本]　同[合订本]。

9.[初版本]　第173页,第8行:(《纳书楹曲谱》补遗一引)即此事,

[合订本]　同[初版本]。

[订正本]　第197页,第10行:(卷三)

[再订本]　同[订正本]。

[全集本]　同[订正本]。

第十七篇

1.[初版本]　第176页,第5—6行:杂记之一即《西游记》,余未详(见天启《淮安府志》一六及一九光绪《淮安府志贡举表》)。

[合订本]　第178页,第6—7行:杂记之一即《西游记》(见天启《淮安府志》一六及一九《光绪淮安府志》贡举表),余未详。

[订正本]　同[合订本]。

[再订本]　同[合订本]。

[全集本]　第161页,第24行—第162页,第2行:杂记之一即《西游记》(见《天启淮安府志》一六及一九《光绪淮安府志》贡举表),余未详。

2.[初版本]　第179页,第12行:后一事则取《华光传》中之铁扇公主以配《西游志传》中仅见其名之牛魔王,

[合订本]　同[初版本]。

[订正本]　第204页,第2—3行:后一事则取杂剧《西游记》及《华光传》中之铁扇公主以配《西游志传》中仅见其名之牛魔王,

[再订本]　同[订正本]。

[全集本]　同[订正本]。

3.[初版本]　第180页,第1行:灭火焰山,

[合订本]　第182页,第3—4行:灭火焰山火,

[订正本]　同[合订本]。

[再订本]　同[合订本]。

[全集本]　同[合订本]。

第十八篇

1.[初版本]　第185页,第2行:不题撰人。

　[合订本]　同[初版本]。

　[订正本]　第209页,第2行:今本不题撰人。

　[再订本]　同[订正本]。

　[全集本]　同[订正本]。

2.[初版本]　第185页,第5—6行:然名宿之名未详。

　[合订本]　同[初版本]。

　[订正本]　第209页,第6行:然名宿之名未言。

　[再订本]　同[订正本]。

　[全集本]　同[订正本]。

3.[初版本]　第185页,第6—7行:张无咎作《平妖传》序已及《封神》,是其书殆成于隆庆万历间(十六世纪后半)矣。

　[合订本]　同[初版本]。

　[订正本]　第209页,第6—8行:日本藏明刻本,乃题许仲琳编(《内阁文库图书第二部汉书目录》),今未见其序,无以确定为何时作,但张无咎作《平妖传》序,已及《封神》,是殆成于隆庆万历间(十六世纪后半)矣。

　[再订本]　同[订正本]。

　[全集本]　同[订正本]。

4.[初版本]　第195页,第2行:倒是我绿珠楼上强遥丈夫。

　[合订本]　同[初版本]。

　[订正本]　同[初版本]。

　[再订本]　同[初版本]。

　[全集本]　第176页,第23行:倒是我绿珠楼上的遥丈夫。

第十九篇

1.[初版本]　第201页,第1—2行:你何如这等厚爱?

　[合订本]　同[初版本]。

　[订正本]　同[初版本]。

　[再订本]　同[初版本]。

　[全集本]　第181页,第20行:你如何这等爱厚?

2.[初版本]　第204页,第6行:耀亢(作元或作光者误),字西生,

　[合订本]　第206页,第9行:耀亢字西生,

　[订正本]　同[合订本]。

　[再订本]　同[合订本]。

　[全集本]　同[合订本]。

3.[初版本]　第204页,第11行:志但云

　[合订本]　第207页,第1行:《诸城志》但云

　[订正本]　同[合订本]。

　[再订本]　同[合订本]。

　[全集本]　同[合订本]。

第二十篇

1.[初版本]　第218页,第1行:往往略不如意。

　[合订本]　同[初版本]。

　[订正本]　同[初版本]。

　[再订本]　同[初版本]。

　[全集本]　第194页,第23行:往往略不加意。

第二十一篇

1.[初版本]　第220页,第9行:崇祯中,

　[合订本]　同[初版本]。

　[订正本]　第245页,第1行:故绿天馆主人称之曰茂苑野史,崇祯中,

　[再订本]　同[订正本]。

　[全集本]　同[订正本]。

2.[初版本]　第222页,第5行:有何不可?

　[合订本]　同[初版本]。

　[订正本]　同[初版本]。

　[再订本]　同[初版本]。

　[全集本]　第199页,第13行:有何不美?

3.[初版本]　第222页,第12行:那有白做?

　[合订本]　同[初版本]。

　[订正本]　同[初版本]。

[再订本] 同[初版本]。

[全集本] 第199页,第23行:那有白做的?

4.第二十一篇中有三段文字,至[订正本]有大幅修改,[再订本]、[全集本]同[订正本],[合订本]同[初版本]。现抄录[初版本]原文如下。

[初版本] 第219页,第6行—第220页,第4行:

此等书之繁富者,最先有三言。三言云者,一曰《喻世明言》,二曰《警世通言》,今皆未见。王士祯(《香祖笔记》十)云,"《警世通言》有《拗相公》一篇,述王安石罢相归金陵事,极快人意,乃因卢多逊谪岭南事而稍附益之。"《拗相公》见宋《京本通俗小说》第十四卷中,则《通言》盖兼采故书,不尽为拟作。三曰《醒世恒言》,凡四十卷三十九事,不题撰人名,首有天启丁卯(一六二七)陇西可一居士云,"六经国史而外,凡著述,皆小说也,而尚理或病于艰深,修词或伤于藻绘,则不足以触里耳而振恒心,此《醒世恒言》所以继《明言》《通言》而作也。"是知《恒言》之出,在三言中为最后,中有《十五贯戏言成巧祸》一事,即《京本通俗小说》卷十五之《错斩崔宁》,因知此亦兼存旧作,为例盖同于《通言》。

[初版本] 第224页,第3—9行:

《拍案惊奇》三十六卷,卷为一篇,凡唐六,宋六,元四,明二十,亦兼收古事,与《醒世恒言》同。首有即空观主人序云,"龙子犹氏所辑《喻世》等书,颇存雅道,时着良规,复取古今来杂碎事可听睹佐谈谐者,演而畅之,得若干卷。"颇似三言仅辑旧文,而此则冯梦龙所自作,顾叙述平板,引证贫辛,冯犹龙虽"不得为诗家,然亦文苑之滑稽,"(朱彝尊云)其伎俩当不仅此。松禅老人序《今古奇观》,于言墨憨斋纂三言之下,即云"即空观主人壶矢代兴,爰有《拍案惊奇》之刻,颇费搜获,足供谈麈。"是作书撰序,同出一人,谓龙子犹,乃假托也。

[初版本] 第229页,第3—8行:

《喻世》等三言在清初盖尚通行,后渐晦,然其小分,则又由选本流传至今。其本曰《今古奇观》,凡四十卷四十回,殆成于崇祯时,序谓三言与《拍案惊奇》合之共二百事,观览难周,故抱瓮老人选刻为此本。校以见存原书,则取《醒世恒言》者十一篇(第一,二,十五至十七,二十五,二十八回),取《拍案惊奇》者七篇(第九,十,十八,二十九,三十七,三十九,四十回),余二十八篇自当为《明言》及《通言》之文,可借此窥见二书大略,且推知原本当有一百二十余卷也。

第二十二篇

1.[初版本]　第236页,第7—8行:时则有吴门沈凤起作《谐铎》一卷(乾隆三十六年序),

　[合订本]　同[初版本]。

　[订正本]　同[初版本]。

　[再订本]　同[初版本]。

　[全集本]　第211页,第19—20行:时则有吴门沈起凤作《谐铎》一卷(乾隆五十六年序),

2.[初版本]　第236页,第9行:(亦三十六年序),

　[合订本]　同[初版本]。

　[订正本]　同[初版本]。

　[再订本]　同[初版本]。

　[全集本]　第211页,第21—22行:(亦五十六年序),

3.[初版本]　第238页,第5—6行:以编排秘籍至奉天,

　[合订本]　第240页,第6行:以编排秘籍至热河,

　[订正本]　同[合订本]。

　[再订本]　同[合订本]。

　[全集本]　同[合订本]。

4.[初版本]　第238页,第8行:嘉庆三年夏复至奉天,

　[合订本]　第240页,第8行:嘉庆三年夏复至热河,

　[订正本]　同[合订本]。

　[再订本]　同[合订本]。

　[全集本]　同[合订本]。

第二十三篇　　无异文。

第二十四篇

1.[初版本]　第255页,第10行:一把酸辛泪。

　[合订本]　同[初版本]。

　[订正本]　同[初版本]。

　[再订本]　同[初版本]。

[全集本]　第227页,第13行:一把辛酸泪。

2.[初版本]　第256页,第11—12行:左即贾氏谱,而省其无关重要者,

　[合订本]　第258页,第12行:左即贾氏谱大要,

　[订正本]　同[合订本]。

　[再订本]　同[合订本]。

　[全集本]　第228页,第7—8行:右即贾氏谱大要,

3.[初版本]　第260页,第8行:是谁给了宝玉气受?

　[合订本]　第262页,第8行:是谁给了宝玉受气?

　[订正本]　同[合订本]。

　[再订本]　同[合订本]。

　[全集本]　同[初版本]。

4.[初版本]　第269页,第4行:雪芹名霑,一字芹圃,镶蓝旗汉军。

　[合订本]　同[初版本]。

　[订正本]　同[初版本]。

　[再订本]　第297页,第6行:雪芹名霑,字芹溪,一字芹圃,正白旗汉军。

　[全集本]　同[再订本]。

5.[初版本]　第269页,第10行:乾隆二十九年,

　[合订本]　同[初版本]。

　[订正本]　同[初版本]。

　[再订本]　第297页,第12行:乾隆二十七年,

　[全集本]　同[再订本]。

6.[初版本]　第269页,第10行:数月而卒,

　[合订本]　同[初版本]。

　[订正本]　同[初版本]。

　[再订本]　第297页,第12行—第298页,第1行:至除夕,卒,

　[全集本]　同[再订本]。

7.[初版本]　第269页,第10—11行:(一七一九? ——一七六四)

　[合订本]　同[初版本]。

　[订正本]　同[初版本]。

　[再订本]　第298页,第1行:(一七一九? ——一七六三)

　[全集本]　同[再订本]。

8.[初版本]　第269页,第11—12行:其《石头记》未成,止八十回,次年遂有传写

本。(详见《胡适文存》三及《努力周报》一)

[合订本] 同[初版本]。

[订正本] 同[初版本]。

[再订本] 第298页,第1—2行:其《石头记》尚未就,今所传者止八十回。(详见《胡适文选》)

[全集本] 第236页,第20—21行:其《石头记》尚未就,今所传者止八十回(详见《胡适文选》)。

9.[初版本] 第270页,第12行—第272页,第8行:

以上,作者生平与书中人物故事年代之关系,俞平伯有年表(见《红楼梦辨》卷中)括之,并包续书。今最其略:

一七一五,清康熙五十四年,曹𫖯为江甯织造。

一七一九,康熙五十八年,曹雪芹生于南京。

一七二八,雍正六年,曹𫖯卸江甯织造任。雪芹随他北去。

一七三〇,雍正八年,《红楼梦》从此起笔,雪芹十一岁。

一七三二,雍正十年,凤姐谈南巡事,宝玉十三岁。依这里所假定的推算,雪芹也是十三岁。

一七三七,乾隆二年,书中贾母庆八旬。

一七三八,乾隆四年,八十回《红楼梦》止此。雪芹十九岁。

一七三九—五七,乾隆三一二二年,这十八年之中,雪芹遭家难,以致困穷不堪,住居于北京之西郊。

一七五四—六三,乾隆一九—二八年,雪芹三十五至四十岁(?),作《红楼梦》八十回。

一七六四,乾隆二十九年,曹雪芹卒于北京,年四十余,无子,有妇孀居。

一七六五,乾隆三十年,《红楼梦》初次流行。

一七七〇,乾隆三十五年,《红楼梦》盛行。

一七八八,乾隆五十三年,高鹗中戊申科举人。

一七九一,乾隆五十六年,高鹗补《红楼梦》四十回。

一七九二,乾隆五十七年,程伟元本———一百二十回本——初成。从此以后,方才有了百二十回的《红楼梦》。

[合订本]除"今最其略"作"今撮其略"外,其余文字同[初版本]。

[订正本]同[合订本]。

[再订本]无。

[全集本]无。

第二十五篇

1.[初版本]　第283页,第6行:(《光绪嘉兴府志》五十三)

　[合订本]　第285页,第7行:(《光绪嘉兴府志》五十二)

　[订正本]　同[合订本]。

　[再订本]　同[合订本]。

　[全集本]　同[合订本]。

2.[初版本]　第285页,第12行:京兆大兴人,

　[合订本]　第288页,第1行:直隶大兴人,

　[订正本]　同[合订本]。

　[再订本]　同[合订本]。

　[全集本]　同[合订本]。

3.[初版本]　第287页,第11—12行:而实风姨月姊化身,即席成诗,

　[合订本]　第289页,第12行—第290页,第2行:而实风姨月姊化身,旋复以文字结嫌,弄风惊其坐众。魁星则现形助诸女;麻姑亦化为道姑,来和解之,于是即席诵诗,

　[订正本]　同[合订本]。

　[再订本]　同[合订本]。

　[全集本]　同[合订本]。

第二十六篇

1.[初版本]　第296页,第1行:实为常州人陈森书,

　[合订本]　同[初版本]。

　[订正本]　同[初版本]。

　[再订本]　第324页,第3—4行:实为常州人陈森书(作者手稿之《梅花梦传奇》上,自署毘陵陈森,则"书"字或误衍),

　[全集本]　同[再订本]。

2.[初版本]　第300页,第3—7行:子安名未详,福建闽县人,少负文名,尤工骈俪,长而客游四方,所交多一时名士,亦常出入狭邪中,中年以后,乃折节治程朱之学,乡里称长者;晚年事事为身后志墓计,学行益高,而于少作诗词,未忍割弃,于是撰《花月痕》收纳之(同上引《小奢摩馆脞录》)。

[合订本]　同[初版本]。

[订正本]　同[初版本]。

[再订本]　第328页，第6—11行：子安名秀仁，福建侯官人，少负文名，而年二十余始入泮，即连举丙午（一八四六）乡试，然屡应进士试不第，乃游山西陕西四川，终为成都芙蓉书院院长，因乱逃归，卒，年五十六（一八一九——一八七四），著作满家，而世独传其《花月痕》。（《赌棋山庄文集》五）秀仁寓山西时，为太原知府保眠琴教子，所入颇丰，且多暇，而苦无聊，乃作小说，以韦痴珠自说，保偶见之，大喜，力奖其成，遂为巨帙云。（谢章铤《课余续录》一）

[全集本]　第260页，第19行—第261页，第1行：子安名秀仁，福建侯官人，少负文名，而年二十余始入泮，即连举丙午（一八四六）乡试，然屡应进士试不第，乃游山西陕西四川，终为成都芙蓉书院院长，因乱逃归，卒，年五十六（一八一九——一八七四），著作满家，而世独传其《花月痕》（《赌棋山庄文集》五）。秀仁寓山西时，为太原知府保眠琴教子，所入颇丰，且多暇，而苦无聊，乃作小说，以韦痴珠自况，保偶见之，大喜，力奖其成，遂为巨帙云（谢章铤《课余续录》一）。

3.[初版本]　第300页，第7行：然其故似不尽此，

[合订本]　同[初版本]。

[订正本]　同[初版本]。

[再订本]　第328页，第11行：然所托似不止此，

[全集本]　同[再订本]。

4.[初版本]　第303页，第7行：寄与拜林梦仙仲莫，

[合订本]　同[初版本]。

[订正本]　同[初版本]。

[再订本]　同[初版本]。

[全集本]　第263页，第2行：寄与拜林梦仙仲英，

第二十七篇

1.[初版本]　第312页，第12行：因奉母居京师，

[合订本]　第315页，第1行：因奉母避居山林，

[订正本]　同[合订本]。

[再订本]　同[合订本]。

[全集本]　同[合订本]。

2.[初版本]　第313页，第3—4行：骥又有妻曰张金凤，与玉凤睦如姊妹，各生一

子,故此书初名《金玉缘》。

[合订本] 第315页,第4—5行:骥又有妻曰张金凤,亦尝为玉凤所拯,乃相睦如姊妹,后各有孕,故此书初名《金玉缘》。

[订正本] 同[合订本]。

[再订本] 同[合订本]。

[全集本] 同[合订本]。

3.[初版本] 第314页,第1行:问得他动吗?

[合订本] 同[初版本]。

[订正本] 同[初版本]。

[再订本] 同[初版本]。

[全集本] 第271页,第3行:问得动他吗?

4.[初版本] 第323页,第12行—第324页,第1行:为潞河张广瑞录哈辅源演说,

[合订本] 同[初版本]。

[订正本] 同[初版本]。

[再订本] 同[初版本]。

[全集本] 第277页,第20行:为潞河郭广瑞录哈辅源演说,

5.[初版本] 第324页,第5行:《彭公案》续至四集;

[合订本] 第326页,第9—10行:《彭公案》续至十七集;

[订正本] 同[合订本]。

[再订本] 同[合订本]。

[全集本] 同[合订本]。

6.[初版本] 第324页,第8—9行:张广瑞序《永庆升平》云,

[合订本] 同[初版本]。

[订正本] 同[初版本]。

[再订本] 同[初版本]。

[全集本] 第278页,第7行:郭广瑞序《永庆升平》云,

第二十八篇

1.[初版本] 第327页,第8—9行:则南亭亭长与我佛山人尤有名。

[合订本] 第329页,第9行:则南亭亭长与我佛山人名最着。

[订正本] 同[合订本]。

[再订本] 同[合订本]。

[全集本]　同[合订本]。

2.[初版本]　第327页,第10行:江苏上元人,

[合订本]　第329页,第10行:江苏武进人,

[订正本]　同[合订本]。

[再订本]　同[合订本]。

[全集本]　同[合订本]。

3.[初版本]　第328页,第2—3行:有长篇小说曰《文明小史》,斥责时弊,分刊于《绣像小说》中,亦有名。

[合订本]　第330页,第2—4行:所着有《庚子国变弹词》若干卷,《海天鸿雪记》六本,《李莲英》一本,《繁华梦》《活地狱》各若干本。又有专意斥责时弊者曰《文明小史》,分刊于《绣像小说》中,尤有名。

[订正本]　同[合订本]。

[再订本]　同[合订本]。

[全集本]　同[合订本]。

4.[初版本]　第328页,第8行:(见周桂笙《新庵笔记》三及李祖杰致胡适书)

[合订本]　第330页,第9行:(见周桂笙《新庵笔记》三,李祖杰致胡适书及顾颉刚《读书杂记》等)

[订正本]　同[合订本]。

[再订本]　同[合订本]。

[全集本]　第283页,第5—6行:(见周桂笙《新庵笔记》三,李祖杰致胡适书及顾颉刚《读书杂记》等)。

5.[初版本]　第333页,第2行:年四十四(一八六七一一九一〇)。

[合订本]　同[初版本]。

[订正本]　同[初版本]。

[再订本]　同[初版本]。

[全集本]　第286页,第5—6行:年四十五(一八六六一一九一〇)。

6.[初版本]　第340页,第6行:则改称李纯客者实其师

[合订本]　同[初版本]。

[订正本]　第368页,第11行:则改称李纯客者实其师李慈铭字莼客

[再订本]　同[订正本]。

[全集本]　同[订正本]。

第三章　鲁迅《中国小说史略》与中国小说史学之建立

在众多涉足中国小说史研究的新文学倡导者中，鲁迅的学术贡献与成就极为突出。《中国小说史略》开创了中国人独立撰写小说史的先河，以宏大的学术视野和精辟的理论概括，改变了中国之小说"自来无史"的局面，奠定了中国小说史写作的基本格局。在鲁迅之后撰写小说史者，代不乏人，在史料占有上较之中国小说史学的发生期有很大提高，研究方法也不断更新，力图实现超越。唯小说史体例和叙述框架仍多因袭《中国小说史略》，鲜有突破。对作家作品的论断更是奉《中国小说史略》为圭臬。之所以如此，除基于鲁迅杰出的艺术感受力和深厚的学术积累外，也和鲁迅对小说史这一研究体式进行了成功的理论设计密切相关。作为现代中国学人对小说史写作的最初尝试（尽管是最初尝试，却凭借鲁迅杰出的理论才能和深厚的学术积累，成为中国小说史研究的一座高峰），《中国小说史略》的学术思路和研究方法在中国小说史学的发生时期具有典范意义。本章力图将《中国小说史略》的出现视为现代中国学术史上的一个文化事件，对这部著作进行发生学意义上的考察，通过分析《中国小说史略》的学术思路和研究方法，进而凸显鲁迅小说史研究背后的文化选择。

一

1923年10月，鲁迅为新潮社初版《中国小说史略》撰写序言，开篇即称：

> 中国之小说自来无史；有之，则先见于外国人所作之中国文学史中，而后中国人所作者中亦有之，然其量皆不及全书之什一，故于小说仍不详。[①]

视自家著作为第一部由中国人撰写的小说专史，鲁迅的这一论断，充满了

[①] 鲁迅：《中国小说史略·序言》，《鲁迅全集》第9卷，北京：人民文学出版社2005年版，第4页。以下引用《中国小说史略》中的文字，无特别注明者，均出自这一版本。

学术自信，并得到后世研究者的认可。①尽管在《中国小说史略》之前出现的冠以"小说史"名称的著作，尚有王钟麒《中国历代小说史论》和张静庐《中国小说史大纲》二种，但前者是一篇论文，仅以数百字概括中国小说几千年的变迁，而将主要篇幅用于分析古人作小说的原因，体现出鲜明的宣传色彩，意不在于学术，尚不具备小说专史的性质和规模；后者则在"小说"概念下兼及戏曲，并且在史料的准确性和论断的严密性上均嫌不足。最初几种由中国人撰写的文学史，诚如鲁迅所言，专论小说的篇幅极其有限。其中"第一部"——林传甲著《中国文学史》②，鲜见对小说的正面评价；稍后出现的黄人(摩西)著《中国文学史》③，虽然在著作规模和理论深度上均超林著，但仍以诗文为论述中心，对小说较少涉及。文学史家对小说的态度，既体现在若干具体论断之中，亦通过文学史著作留给小说的论述空间得以彰显。可见，《中国小说史略》之前的小说史写作，之所以成就有限，不仅源于著者学术水平的高下，更是其学术观念的使然。在中国古代以诗文为中心的文学批评体系中，很难有作为俗文学文类的小说的生存空间。小说尚不被正统的诗文评所接纳，遑论入史。传统的小说评点，尽管不乏精辟的见解与独到的发现，但整体观之尚不能望诗文研究之项背，而且印象式的批评毕竟无法取代以系统严密见长的小说史研究。对鲁迅及其同时代人而言，小说如何成为学术、如何入史，在中国几无先例可循，基本上是从头做起。这一方面使其学术成绩比较容易获得凸显④，另一方面，则由于缺乏可供借

---

① 黄霖等著《中国小说研究史》指出"在鲁迅《中国小说史略》之前出现的小说史著作尚无严谨的体例与科学的指导思想，显得较为稚嫩"，杭州：浙江古籍出版社2002年版，第244页。胡从经《中国小说史学长编》亦认为《中国小说史略》"发前人未发之覆，于'自来无史'的空白中进行首创"，上海：上海文艺出版社1998年版，第403页。胡著第五章论及包括《中国小说史略》在内的十五种小说史论著，称"其中有三种问世于鲁著之前，十一种出版于鲁著之后"，第373—374页。依胡著的论述顺序，"三种"当指张静庐《中国小说史大纲》(上海：泰东图书局1920年版)、郭希汾编译《中国小说史略》(上海：中国书局1921年版，系日本人盐谷温所著《支那文学概论讲话》之一节)和庐隐《中国小说史略》(1923年6—9月连载于《晨报》附刊《文学旬刊》3—11号)。可见，胡著判定《中国小说史略》的问世时间，是以该书的初版本(北京大学第一院新潮社1923年12月初版上卷)为据。而在此之前问世的铅印本《中国小说史略》(1921—1922年由北京大学印刷科陆续排印)，小说史体例和基本论断已大体确立。由此可知，《中国小说史略》之前出现的中国人所著之小说史，仅张静庐《中国小说史大纲》和胡著中未提到的王钟麒《中国历代小说史论》(1907年发表于《月月小说》第一年第十一号，署名"天僇生")二种。
② 初为光绪三十年(1904)京师大学堂优级师范馆中国文学史课程讲义，宣统二年(1910)武林谋新室出版，是中国人独立撰写的第一部中国文学史。
③ 该书是作者任教于东吴大学时所编之教材，国学扶轮社印行，约1905年前后出版。
④ 陈平原《小说史学的形成与新变》指出："正因为'中国之小说自来无史'，鲁迅、胡适等人的实绩便更容易凸显。不仅如此，日后几代学者孜孜以求，耕耘于小说研究这一园地，且大都有所收获，也跟其起点较低有关。"陈平原：《文学的周边》，北京：新世界出版社2004年版，第160页。

鉴的本土学术资源,小说史的理论框架和术语都需要重新创制。早期研究者多采取借鉴乃至直接移植西人成说的方式解决这一问题,把中国小说纳入西人现成的理论框架之中。然而真正卓有成就的学人,却在借鉴西人研究成果的同时努力突出自家的理论创见,保持中国小说史学独立的学术品格。这一努力自鲁迅及其同时代学人开始,并在他们手中收获了第一批学术成果。因此,前引《中国小说史略》序言中的文字,可以作为一种学术史观来解读。对他人小说史著作的评价,往往依据论者眼中“小说史应该怎样”的理论设计。鲁迅对既往研究成果的褒贬取舍,实隐含着对自家著作的理论设计与期待——探索并总结适用于中国小说史研究的理论体系、批评方法和概念术语。这一理论设计与期待,显示出鲁迅创建中国小说史学的独立研究体系的理论勇气与学术自觉。《中国小说史略》的学术生命力,首先植根于鲁迅对小说史的学术定位,植根于对以下几个关键问题的理论设计:何谓“小说”,何谓“小说史”,小说如何入史。

小说作为“散文体的叙事性虚构文类”这一定义在今天已成共识,何谓“小说”似乎构不成一个理论命题。①但如果考虑到中国古代文学理论体系中“小说”概念的宽泛与流动,以及近代以来在西学参照下产生的种种歧见②,对于今人“文学常识”中的“小说”概念在中国的确立就有进一步追问的必要。“小说”一词在中国古代文献中,指非关大道的琐屑之言,与今人作为文学文类的定义相去甚远。③“小”既包含着价值判断,也是对其篇幅短小的文体特征的形象概括,本身即具有贬义。这在相当长的时间里成为文人的普遍观念。小说也因此一直处于文学的边缘地位。尽管历代不乏肯定和推崇小说者,但终究是凤毛麟角,未能占据主流。④将小说置于文学体系的中心地位而提升其价值,自晚清始。梁启超等人接受自日本转道传入的西方文学观念,发起“小说界革命”,将小说纳入文学范畴之中,实为中国小说理论史上的重要事件。小说从此获得了承载“大道”的文化职能和地位,并逐渐成为最受重视的文学文类。不过,晚清学人主要强调小说的知识传播作用和社会影响力,首先在功能层面立论,对其

① 童庆炳主编:《文学概论》(修订本),武汉:武汉大学出版社1995年版,第200页。

② 黄霖等著《中国小说研究史·引言》指出中国古代的“小说”概念过宽,而现代某些学者“以有完整故事的唐代传奇开始,甚至以个人独立创作的《金瓶梅》开始才承认其为‘小说’的观点”则又过严,《引言》第1页。

③ “小说”一词最早见于《庄子·外物》:“饰小说以干县令,其于大达亦远矣。”并不是对后世理解的一种文学文类的概括。

④ “小说”概念在中国古代的流变及其地位的升沉,参见陈洪:《中国小说理论史》,合肥:安徽文艺出版社1992年版。

作为文学文类的艺术本质缺乏透辟的认识。而且，"小说界革命"实际上也包括对戏曲的革新，在"小说"概念的理解上仍有汗漫不清之处。①即如当时最具理论深度的小说研究论著——管达如《说小说》一文，借鉴西方小说理论，论及小说价值和功能时不乏卓识，而对小说"文学上之分类"，则断为"文言体""白话体"和"韵文体"三类，后者包括作为戏曲的传奇及弹词。"小说"概念兼及戏曲，是清末民初的普遍观念。②可见，晚清学人实现了对小说价值的前所未有的提升，但对其文学本质的探索和总结，尚有不如人意之处。五四学人在晚清学术积累的基础上，通过对西学更直接、更透彻的理解和接受，克服了晚清小说理论的不足，注重考察小说的文学本质，并将戏曲摒除于小说概念范畴之外。至此，作为独立的文学文类的小说概念，在中国终获确立。综上可知，今人"文学常识"中"小说"概念的形成，历经晚清至五四两代学人的理论探索和学术创建。晚清学人的理论贡献主要在于奠定了小说在文学体系的中心地位，并尝试建立系统的中国小说学，为后世提供了深厚的学术积累。五四一代学人则进一步将小说纳入学术研究的视野中，通过创建具有学科意义的中国小说史学，重新绘制中国文学的历史图景，进而实现对中国文化与文学秩序的重建。小说概念更因中国小说史的出现，获得了充分的历史依据和坚实的理论支撑，逐渐成为常识，深入人心。

由于知识背景和学术理念的相对一致，鲁迅与其新文学同道对小说概念的理解近似。而这一理解上的近似又有助于在他们小说史研究中形成合力。20世纪初的小说史研究，成就最著者当推鲁迅与胡适。同为新文学代表人物，鲁迅以《中国小说史略》开中国人著小说史之先河，对中国小说的发展历程进行了史的概括，创建了中国小说史写作的科学体系；胡适则凭借其小说考证，辨正了中国小说史实上的若干疑难，并以历史的眼光考察了多部章回小说的情节、版本由初创到最终确立的演进过程，提供了一种具有典范意义的研究方法。③两人在研究思路和成就上交相辉映，形成学术上的默契，共同奠定了中国小说史学的研究格局。此后的小说史研究者，几乎都是在鲁、胡二人开创的研

① 黄霖：《近代文学批评史》，上海：上海古籍出版社1993年版，第380页。
② 民初问世的几部小说理论著作，蒋瑞藻《小说考证》、钱静方《小说丛考》、张静庐《中国小说史大纲》均兼及戏曲。参见陈平原：《鲁迅以前的中国小说史研究》，《陈平原小说史论集》(下)，石家庄：河北人民出版社1997年版，第1394—1399页。
③ [美]余英时：《中国近代思想史上的胡适》，欧阳哲生选编：《解析胡适》，北京：社会科学文献出版社2000年版，第112页。

究格局中继续开拓。以上论断，建立在整体观的基础之上，倘若做细部考察，鲁迅与胡适及其他学术同行，对"小说"概念的理论设计仍有区别。

周作人曾对《中国小说史略》的学术成就做出以下概括："其后研究小说史的渐多，各有收获，有后来居上之概，但那些成绩似只在后半部，即明以来的章回小说部分，若是唐宋以前古逸小说的稽考恐怕还没有更详尽的著作。"①周作人这一评价是否准确客观尚可进一步讨论，值得关注的是，上述评价提供了一个颇有价值的观察视角，即《中国小说史略》前半部对先秦至唐代文言小说的研究，更能凸显鲁迅小说史研究的理论特色。如前文所述，小说在中国古代被排斥在正统的文学研究范畴之外，在最初由中国人撰写的文学史中也未能占据一席之地。晚清至五四两代学人参考西方文学理论，试图重建中国人对"小说"的理解与想象，主要依据小说的俗文学性质立论，这决定了他们对白话小说的格外关注，在文学史著作中留给白话小说的篇幅也逐渐增多。②两代人对小说的重视和推崇，主要针对白话而言。综上可知，小说在晚清前后的文学研究中经历了或弃或取的不同际遇，但在这一弃一取之中，被遗漏的恰恰是文人创作而又受文人轻视的文言小说。较之白话小说，文言小说在中国文学史上的地位显得更为尴尬。首先，尽管出自文人之手，但在古代仍被视为与大道相对的琐屑之言和诗文之外的游戏之作③；即使如唐传奇那样得到文人称赏，也是就其文章价值而言，作为小说文类的特质仍不被看重。其次，晚清至五四学人注重小说的俗文学价值，白话小说显然更符合他们的这一理论期待，更容易成为立论的依据，文言小说因此仍被排除在学术研究的视野之外。可见，晚清至五四，对白话小说的认识，基本上达成共识，而对文言小说的态度，则尚有分歧。在中国小说史学的发生时期，对文言小说的研究，鲁迅差不多是孤军深入。

---

① 周作人：《关于鲁迅》，鲁迅博物馆鲁迅研究室《鲁迅研究月刊》编辑部选编：《鲁迅回忆录》（专著）中册，北京：北京出版社1999年版，第884页。

② 以两代学人的代表——梁启超和胡适为例。梁启超在"小说界革命"的纲领性文章《论小说与群治之关系》（最初发表于1902年《新小说》第一号，署名"饮冰"）中，主要依据白话小说（兼及同属"说部"的戏曲）立论，对小说"熏、浸、刺、提"四功效的概括，也针对白话小说的作用而言。晚清学人强调小说的知识传播功能，文言小说显然不适用。胡适在新文学的"开山纲领"《文学改良刍议》（最初发表于1917年1月《新青年》第二卷第一期）中，强调白话文学在中国文学史上的正宗地位；旨在为新文学主张寻求历史依据的《白话文学史》（上海：新月书店1928年版）一书，尽管只完成上卷，至唐代而绝，但却体现出概括并总结中国文学史中白话文学的发展线索这一研究思路；其小说考证，也只涉及明清两代的章回小说。至于五四之后出现的各种中国文学史，虽然观点和体例不一，但论述小说、尤其是白话小说的章节，却逐渐呈增加之势。参见陈玉堂：《中国文学史书目提要》，合肥：黄山书社1986年版。

③ 浦江清：《论小说》，浦江清：《浦江清文录》，北京：人民文学出版社1958年版，第181—182页。

鲁迅对"小说"概念异于同时代人的理论设计,集中体现在《中国小说史略》对唐前文言小说的命名之中。

《中国小说史略》作为以小说为论述中心的专门史,对小说概念的理解,是决定其立论的关键。鲁迅通过小说类型的划分和命名,承担对不同时期小说创作形态的历史定位。①《中国小说史略》中对小说类型的命名,或借用前人成说,如"志怪""传奇"等;或出于自创,如"神魔小说""人情小说""谴责小说"等。对于唐代"叙述宛转,文辞华艳"的小说,鲁迅袭取明人胡应麟《少室山房笔丛》中的概念,命名为"传奇文";而唐前"粗陈梗概"的丛残小语,则依题材分为两类:"张皇鬼神"者名为"志怪",仍借用胡应麟说,记时人言行流品者则名为"志人",系自创。以上都是小说史意义上的命名。鲁迅对唐前文言小说尚有一总称,曰"古小说"。

1901至1912年间,鲁迅辑录唐前小说佚文36种,汇为长编,题名《古小说钩沉》。②"古小说"这一称谓,自该书始。与鲁迅对小说类型的命名相比,"古小说"缺乏对特殊的历史和文化语境中小说创作形态的概括力,小说史意味不甚突出。"古小说"并不是类型学层面的概念,而是鲁迅旨在揭示中国小说的发展特质的理论设计。晚清以降的中国学人开始借鉴西方小说理论,总结中国小说的特色和价值。但是,中国古代小说毕竟有着相对独立的发展形态。对多数研究者而言,西方小说理论所提供的思路和方法,扩大了他们的学术视野,而中西文化差异造成的理论盲点,又限制了他们对中国小说独特性的认知,在促进研究者发现问题的同时,也可能遮蔽一些问题。如前文所述,有研究者从西人小说概念出发,将中国小说的发生,限定为作者立意虚构且有完整情节的唐传奇。而唐前小说由于创作理念和艺术形态与上述标准存在出入,被多数研究者排除在小说史研究视野之外。鲁迅将无意虚构并且呈只言片语形态的唐前文言小说纳入小说史叙述的框架之中,体现出以研究对象为中心的学术理念:根据研究对象的特点调整理论,而不是从理论出发对研究对象进行取舍,在借鉴西人成说的同时,保持了必要的冷静与审慎。为探索和总结中国小说的发展形态、为创建独立的中国小说史学的理论话语开辟了广阔的空间,奠定了小说史

---

① 陈平原《鲁迅的小说类型研究》指出《中国小说史略》"把中国小说(尤其是元明清三代的章回小说)的艺术发展理解为若干主要小说类型演进的历史"这一学术思路,《鲁迅研究月刊》1991年第9期。
② 《古小说钩沉》的辑录时间及成书过程,参见林辰:《关于〈古小说钩沉〉的辑录年代》,1950年《人民文学》第3卷第2期。

写作的中国形态：既是中国"小说"的历史，又是"中国"的小说史。

之所以特别强调《中国小说史略》的"中国"形态，意在揭示鲁迅小说史研究的一个重要思路：通过对中国小说的历史概括突出其独有的艺术特质与发展形态，进而探索并总结适用于中国小说史研究的理论体系和批评方法。这一思路，决定着鲁迅对"小说史"概念的理论设计，以及对"小说文类如何写入历史"这一问题的处理方式。作为近代思想与文化的产物，文学史（小说史）以19世纪以来的民族——国家观念为基础。以历史的方式概括一个民族国家的文学创作及其发展过程，实现对民族精神的揭示，是其主要文化职能之一。[①]晚清以降的中国学人开始关注并尝试撰写文学史，也正是出于探索民族国家的历史定位这一政治诉求与文化期待。五四一代学人，多将文学史纳入文化史范畴之中，力图重新绘制中国文学的历史图景，进而实现重建文化与文学秩序的思想主张。小说的俗文学属性，使之在新的文学秩序中占据中心地位，无论是进入大学课堂，还是入史，都使之获得了文化价值的空前提升，为小说由边缘走向中心提供了历史依据和理论支撑。鲁迅对"小说史"的学术定位，即体现出上述思路。这决定了《中国小说史略》在分析具体作家作品，突出小说的艺术本质的同时，格外重视一个时期的政治环境、社会风尚以及文人心态等文化因素，着力于穿越纷繁复杂的文化现象透视时代的精神。这样，小说就以一种文化形态的身份进入历史。《中国小说史略》通过若干小说类型的演进概括小说艺术的发展历程，对不同类型的命名，不仅是对一个时期小说艺术的总结，也是对小说创作所代表的文化精神的揭示。

以"神魔小说"这一类型为例。"神魔小说"是对明代奇幻怪异题材小说创作的概括。这一类型在《中国小说史略》最初的油印本中，名为"历史的神异小说"：

> 至于取史上之一事或一人，而又不循旧文，出意虚造，以奇幻之思，成神异之谈，则至明始有巨制，其魁杰曰《西游记》。[②]

在油印本中，《西游记》与《英烈传》等"讲史"（油印本称为"英贤小说"）列入同一篇，"历史的神异小说"这一命名，主要针对这类作品在借用历史事件的

---

① 戴燕：《文学史的权力·前言》，北京：北京大学出版社2002年版，《前言》第2页。

② 单演义标点：《鲁迅小说史大略》，西安：陕西人民出版社1981年版，第76页。

基础上,敷衍出具有奇幻色彩的情节这一创作理念。《西游记》《封神演义》等作品尽管将历史事件植入情节之中,但主要作为故事发生的背景,讲述历史并不是小说创作的初衷,小说叙述主要建立在对天上人间各种奇幻怪异故事的想象之上。因此,"历史的神异小说"这一命名并不准确。铅印本《中国小说史略》易名为"神魔小说":与"讲史"分离,独立成篇。这一处理方式在《中国小说史略》以后的各版本中不复更改。

《中国小说史略》在论述"神魔小说"出现的文化背景时说:

> 奉道流羽客之隆重,极于宋宣和时,元虽归佛,亦甚崇道,其幻惑故遍行于人间,明初稍衰,比中叶而复极显赫……且历来三教之争,都无解决,互相容受,乃曰"同源",所谓义利邪正善恶是非真妄诸端,皆混而又析之,统于二元,虽无专名,谓之神魔,盖可赅括矣。

可见,"神""魔"并举,突出以道教为代表的中国本土宗教神秘文化和佛教为代表的外来宗教文化的合流①,正是基于明代特殊的文化趋向和小说创作环境。"神""魔"相对,又是对这类以正邪之争为主要情节的小说创作倾向的形象概括。因此,"神魔小说"是中国古代奇幻怪异题材的小说创作发展到明代的一种特殊形态,具有鲜明的小说史意味和文化内涵。这一命名,较之"神异""神怪"等更能反映出一个时期的社会风尚和文化精神对小说创作的影响。

从《中国小说史略》对小说类型的命名不难看出,鲁迅重视小说创作背后的文化因素,借此寻求建立中国小说史学的理论体系;同时,避免使用现实主义、浪漫主义等西人成说,保持中国文学研究的独立的命名权。类型的命名,既是对小说艺术特质的概括,又是对其产生的文化环境的还原。以上思路使《中国小说史略》不仅是一部中国小说的艺术史,也是一部中国小说的文化史,为建立中国小说史学的理论体系做出了有益的探索,显示出鲁迅独特的小说史运思方式。

---

① "神"是宗教及神话中所指的超自然体,是源自中国本土的概念。罗竹风主编:《汉语大词典》第7卷,北京:汉语大词典出版社1991年版,第855页。"魔"则是梵文māra的音译,"魔罗"的略称。佛教把一切扰乱身心,破坏行善者和一切妨碍修行的心理活动均称作"魔",是源于佛教的外来语。罗竹风主编:《汉语大词典》第12卷,北京:汉语大词典出版社1993年版,第473页。

二

与晚清至五四许多学术经典著作一样,《中国小说史略》最初也是大学讲义。尽管鲁迅在辛亥革命之前就曾辑录《古小说钩沉》,但当时未必有研究小说的想法;即便有此想法,也未必采用小说史的书写方式。鲁迅撰小说史,很大程度上是在大学授课的需要。①不过,考虑到鲁迅在离开大学讲坛后仍反复对《中国小说史略》做出修改,足可见其将《中国小说史略》作为专著经营的用心。这使该书成为一部介乎教材与专著之间的文学史,具备双重的学术职能。②讨论《中国小说史略》这方面的理论特征,有助于进一步考察鲁迅对"小说史"的理论设计,以及背后的学术价值取向。

韦勒克、沃伦在《文学理论》一书中,列专章讨论了文学理论、文学批评和文学史相互区别而又相互包容的关系。③文学史首先作为一种文学研究体式,与文学理论和文学批评相区别,三者分别代表不同的研究思路,以及相应的著述体式。18世纪,文学史的写作开始由罗列作家和作品名称的百科全书式的大纲向历史描述转移。这次转移进一步强化了其作为独立的文学研究体式的理论个性,并担负起民族意识的教化任务。④教育功能开始成为文学史的文化职能之一。可见,文学史在其诞生地西方,教育功能只是其诸多文化职能之一,而且还是一种后来追加的职能。而中国古代不存在文学史这一研究体式,以之取代传统"文章流别",实有赖于晚清以降对西方学制的引进,对近代日本及欧美文学教育思路的移植。⑤这使文学史的理论个性在传入中国过程中发生了微妙的偏转,教育功能进一步突出,教材成为其主要书写形态。因此,由中国人撰写的文学史一经出现,即先天地具备教材性质,承担教学职能,并逐渐形成弥漫

---

① 陈平原:《作为文学史家的鲁迅》,《陈平原小说史论集》(下),第1771页。
② 陈平原:《小说史:理论与实践》第三章《独上高楼》,根据学者撰史时对"拟想读者"的不同认定,将文学史的书写形态划分为研究型、教科书型和普及型三类,这是恰当的划分。见《陈平原小说史论集》(下),第1201—1202页。但考虑到《中国小说史略》问世之初,各种文学史著作主要作为大学讲义,供大众阅读的功能尚未显露,故本文将普及型文学史暂且搁置,仅讨论研究型和教科书型两类。
③ [美]韦勒克、沃伦著、刘象愚等译:《文学理论》第四章《文学理论,文学批评和文学史》,北京:生活·读书·新知三联书店1984年版,第30—39页。
④ [德]赫·绍伊尔著、章国锋译:《文学史写作问题》,[英]凯·贝尔塞等著、黄伟等译:《重解伟大的传统》,北京:社会科学文献出版社1999年版,第74—79页。
⑤ 陈平原:《新教育与新文学——从京师大学堂到北京大学》,陈平原:《中国大学十讲》,上海:复旦大学出版社2002年版,第112—113页。

于学界的"教科书心态"。①仍以中国人撰写的第一部"中国文学史"——林传甲著《中国文学史》为例。林著是京师大学堂优级师范馆中国文学课程的授课报告书。尽管著者自陈以日本人笹川种郎《支那文学史》为蓝本,但又将笹川著作中予以专门论述的戏曲、小说等一并弃置,而大体上以文体递变为中心,兼及文字和文法,使西来之文学史与中国传统的"文章流别"两种研究思路相错杂,讲述历史与应用写作的功能相并置。之所以产生这样复杂的文本形态,除体现出新旧交替之际,传统文学观念的巨大惯性在林氏身上的投影外,也是他严格遵从1903年颁布的《奏定优级师范学堂章程》对中国文学课程的基本定位的结果。②林著虽冠以"文学史"的名目,本质上却更接近于"国文讲义"③,照章办事的教科书心态,使其基本上不敢放手发挥,作为个人独立的著述来经营。这令该书无论在学术思路还是书写形式上均与后世的文学史大相径庭。不过,像林著这样亦步亦趋地遵循教学章程的文学史毕竟还是少数。在与林氏同时代的研究者中,已经有人开始注意到"教科书"与"专家书"的区分。④只是在经营自家著述时极少采用文学史这一书写形式。⑤可见,即使依据欧美学制设置了文学史课程,若非完成教学章程所规定的任务,绝大多数研究者是不愿意采用文学史体式的。这一方面与对文学史的思路和体式不尽熟悉,暂时采取谨慎回避的态度有关;另一方面,"教科书"与"专家书"的严格区分,亦包含对两种著述类型之高下的价值评判。毕竟,普及知识的"教科书"无法像立一家之言的"专家书"那样引起研究者的兴趣,前者对具体学术运作的严格规定,也可能限制研究者学术专长的充分发挥。何况,京师大学堂的管理者和教员,多为清廷官员和旧派读书人。尽管依据欧美学制为"文学"设科,但对"文学"概念的设定却往往"别具幽怀"。⑥对绝大多数人而言,为适应新学制的要求,不得已对西方文

① 陈平原:《小说史:理论与实践》第三章《独上高楼》,《陈平原小说史论集》(下),第1204页。
② 夏晓虹:《作为教科书的文学史——读林传甲〈中国文学史〉》,陈平原、陈国球主编:《文学史》(第二辑),北京:北京大学出版社1995年版。
③ 林著于宣统二年(1910)由武林谋新室出版,封面标有"京师大学堂国文讲义"的字样。陈国球《"错体文学史"——林传甲的"京师大学堂国文讲义"》亦指出该书"主要目标是编'国文讲义'多于撰写'文学史'"。陈国球:《文学史书写形态与文化政治》,北京:北京大学出版社2004年版,第59页。
④ 陈平原:《新教育与新文学——从京师大学堂到北京大学》,陈平原:《中国大学十讲》,第118页。
⑤ 林氏之后任教大学堂的林纾、姚永朴等人,均在讲义基础上形成自家著述。但初为讲义的《春觉斋论文》《文学研究法》等,虽然其中不乏精彩的文学史论断,却都没有采用文学史的书写方式。
⑥ 陈平原《新教育与新文学——从京师大学堂到北京大学》详细梳理了"文学"学科在京师大学堂学制中逐渐确立的过程;陈国球《文学立科——〈京师大学堂章程〉与"文学"》对晚清新学制设立过程中"文学"概念的流变及其背后的政治诉求与文化期待亦有深入考辨,可参见陈平原:《文学史书写形态与文化政治》。

学观念和著述体式采取俯就的态度,其内心仍保持着对传统意义上的"文学",尤其是经学与文章的高度自信。这也使他们无法以平静的心态接纳文学史。

之所以率先讨论林著这一不甚成功的文学史写作实践,意在指出西方学制及文学史研究思路初入中国时,研究者反应的不甚积极和自身选择的被动性。这也是作为"专家书"的文学史迟迟不得以面世的主要因素之一。上述局面,自蔡元培执掌北大,特别是"章门弟子"和刘师培等人陆续登上北大讲台之后,始有根本性的改观。

新文化运动之后的北京大学,在文学课程设置上较之大学堂章程有相当大的调整和突破,其中最突出的是"中国文学史"和"中国文学"课程的分置。[①]此举使二者的学术分界渐趋明朗,开始形成各自独立的学术视野和理论个性。这两门课程的边界,类似于后来高等院校文学专业的"文学史"和"文学作品选"的区分,前者讲历史演变,提供文学知识和研究思路;后者重艺术分析,培养鉴赏能力和写作水平。[②]课程分置改变了晚清学制中"文学史"概念的混沌局面,使之逐渐摆脱了传统"文章流别"的干扰,理论个性得到更充分的发挥。文学史概念的正本清源,是提升其学术价值的基本条件之一。同时,为长期被排除在学术视野之外的小说和戏曲单独设课,也使具有西学背景的研究者有了用武之地。这一时期进入北大的刘师培、"章门弟子"等学人,既有深厚的国学基础,又对西方文学理论非常熟悉,在经营文学史方面有着前辈学人不可比拟的理论优势。他们往往依据自家的研究兴趣与学术水平,对教学大纲中规定的文学史教学内容及书写形式有所调整和自由发挥,植入研究者本人的理论个性,促进了文学史由教科书向个人著作的转化。此外,蔡元培掌校时期的北大,在为各门课程选择教师时,特别注重其学有所长与术业专攻,延请刘师培讲授中古文学史,周作人讲授欧洲文学史,吴梅讲授戏曲史,鲁迅讲授小说史,俱为一时之选。其中小说史课程的设置,最初由于找不到合适的人选,而暂时搁置。1920年国文系预备增加小说史课,最初拟请周作人讲授。周作人考虑到鲁迅更为适合,就向当时的系主任马幼渔推荐。鲁迅于是受聘北大,开设小说史课,并

① 参见陈平原《新教育与新文学——从京师大学堂到北京大学》中引录的1917年北京大学中国文学门课程表。该文未指出两门课程内容上的区别。陈平原:《中国大学十讲》,第131页。在最近的一篇学术随笔中,陈平原先生依据巴黎法兰西学院汉学研究所收藏的北大讲义,论述了两门课程的分界,并有精彩的发挥。陈平原《在巴黎邂逅"老北大"》,《读书》2005年第3期。"中国文学史"和"中国文学"课程的分置,突出两种文学研究思路,并规定了各自的学术对象和方法,使前者逐渐趋向史学。

② 陈平原:《在巴黎邂逅"老北大"》,《读书》2005年第3期。

因此成就了其小说史的撰写。①可见，在北京大学的课程设置和教师遴选中，体现着因人设课，因课择人的办学理念。这既保证了各门课程的学术水平，又促使学者将其学术思路与研究成果以文学史的书写方式落实到文字，公诸于世。

综上可知，晚清至五四学人选择文学史这一著述体式，大都与在高等院校任教的经历有关。而且随着对文学史概念理解的深入，以及具有西学背景的研究者加盟，文学史开始由教材式的书写形态向专著化发展，学术价值获得了明显的提升。在讲义基础上形成的文学史著作，不乏在观点和体例上卓有创见者，不仅显示出作者的学术个性，而且实现了对文学史这一著述体式的学术潜质的创造性发挥。可见，衡量一部文学史著作学术价值的高下，除作者学术水平的因素外，也有赖于作者对自家著作的学术定位。教材型的文学史，以知识的传授为主，汇集各家学术观点，避免自家见解的过分突出，强调史料的准确和论述的稳健。专著型的文学史，则避免滞着于知识的介绍，而重在研究思路与方法的展示，以及个人学术创见的充分发挥。依上述标准考量《中国小说史略》，不难看出鲁迅经营自家小说史专著的明确意识。与刘师培、黄侃、吴梅等学者一样，鲁迅登北京大学讲坛，是因为在某一学术领域中的非凡造诣，而不是为课程的开设涉足新的专业，这保证了从事研究的主动性和学术特长的发挥。鲁迅在讲授小说史之前，在这一研究领域中浸淫已久。凭借深厚的学术积累撰写讲义，一出手便不同凡响。同时，小说史作为选修课，不同于必修课在内容上有明确的规定，讲授者可根据自家的学术兴趣和研究水平调整课程的内容，选择讲述的方式，可进可退，拥有更大的自由度。鲁迅个人的学术创见因此得到了更充分的发挥。应北大之请讲授小说史，为鲁迅学术思路的系统梳理和研究成果的全面展示提供了一个难得的契机。

鲁迅将《中国小说史略》作为专著经营，还有赖于他对文学史这一著述体式的学术定位。首先，鲁迅非常重视文学史的学术职能。在厦门大学中文系讲授中国文学史期间，他曾致信许广平，介绍自己授课和编写讲义的情况：

> 我的功课，大约每周当有六小时，因为语堂希望我多讲，情不可却。其中两点是小说史，无须豫备；两点是专书研究，须豫备；两点是中国文学史，须编讲义。看看这里旧存的讲义，则我随便讲讲就很够了，但我还

① 周作人：《知堂回想录·一三七·琐屑的因缘》，《知堂随想录》（下），石家庄：河北教育出版社2002年版，第466—467页。

想认真一点，编成一本较好的文学史。①

这段自述，体现出鲁迅对自家著作的学术期待：不仅满足教学需要，更要在学术上有所创获，希望奉献流传后世的学术经典，而非只供教学的普通讲义。这使他对文学史的撰写，精益求精，下笔极为谨慎。鲁迅晚年屡有撰写中国文学史的想法，并做了较长时间的准备，但终未着手。②除过早去世不及动笔，远离学院的研究环境，以及晚年的创作心态等因素外③，多少也与其过于求精的治学态度有关。其次，鲁迅考量文学史的眼界甚高，对同时代人著作的评价极严。④在中国学者撰写的文学史中，得鲁迅激赏者仅刘师培《中国中古文学史》。不仅向友人大力推荐⑤，而且在自家关于魏晋文学的演讲中，明示以刘著为参考文献，详其所略并略其所详，对魏晋文学特色的概括也明显师承刘氏⑥。这与鲁迅对郑振铎《插图本中国文学史》的评价恰堪对照。在致台静农信中，鲁迅批评郑振铎"恃孤本秘笈，为惊人之具"的做法，称其文学史著作为"史料长编"⑦。这一评价道出了鲁迅考量文学史的独特眼光——对"史识"的特别看重。推崇刘师培，正是出于对其史识的钦佩，对其文学史写作思路的认同。同信中，鲁迅谈及《中国小说史略》的修改：

> 虽曰改定，而所改实不多，盖近几年来，域外奇书，沙中残楮，虽时时介绍于中国，但尚无需因此大改《中国小说史略》，故多仍之。⑧

---

① 鲁迅：《两地书·四一》，《鲁迅全集》第11卷，第119页。
② 鲁迅在与友人的通信中，多次表达出撰写文学史的想法。如《320413 致李小峰》："文学史不过拾集材料而已，倘生活尚平安，不至于常常逃来逃去，则拟于秋间开手整理也。"《鲁迅全集》第12卷，第298页。《320514② 致许寿裳》："而今而后，颇欲草中国文学史也。"《鲁迅全集》第12卷，第305页。《320509（日）致增田涉》："今后拟写小说或中国文学史。"《鲁迅全集》第14卷，第203页。1928年以后的日记中也多有购买商务印书馆版《四部丛刊》和《二十五史》的记载。
③ 关于鲁迅晚年文学史著述的"中断"现象及其文化意义，参见陈平原《作为文学史家的鲁迅》中的有关分析，《陈平原小说史论集》（下），第1770—1776页。
④ 鲁迅在《331220① 致曹靖华》中推荐若干种文学史著作，包括谢无量《中国大文学史》，郑振铎《插图本中国文学史》，陆侃如、冯沅君《中国诗史》，王国维《宋元戏曲史》，鲁迅《中国小说史略》。但评价为："这些都不过可看材料，见解却都是不正确的。"《鲁迅全集》第12卷，第523页。
⑤ 鲁迅在《280224 致台静农》中说："中国文学史略，大概未必编的了，也说不出大纲来。我看过已刊的书，无一册好。只有刘申叔的《中古文学史》，倒算好的，可惜错字多。"《鲁迅全集》第12卷，第103—104页。
⑥ 鲁迅：《而已集·魏晋风度及文章与药及酒之关系》，《鲁迅全集》第3卷，第524—526页。
⑦ 鲁迅：《320815① 致台静农》，《鲁迅全集》第12卷，第321—322页。
⑧ 鲁迅：《320815① 致台静农》，《鲁迅全集》第12卷，第322页。

这段话值得仔细玩味。在鲁迅看来，尽管新史料层出不穷，但不足以撼动《中国小说史略》的学术框架和基本论断。维系《中国小说史略》学术生命的不是对史料的占有，而是在"史识"基础上对史料的重新"发现"——在取舍之间体现学术眼光。一部《中国小说史略》，稀见史料不多，尽管时人对其考证方面的成绩大加赞赏①，但该书其实并不以此见长。论史料上的成就，郑振铎并不在鲁迅之下，甚至对一些具体问题的研究还有过之。鲁迅的优势，在于"史识"——通过寻常的作品和寻常的史料，能够产生不同寻常的发现。对史识的注重，使鲁迅在《中国小说史略》中着力突出自家的理论创见，而将知识性的内容以史料长编的形式，单独成书，既体现出"先从做长编入手"②的治学理念，又使小说史著作获得了准确的学术定位。《中国小说史略》超越于教材的学术个性与魅力，也因此得以凸显。

以《中国小说史略》中对《儒林外史》的分析为例。

《中国小说史略》第二十三篇《清之讽刺小说》中只讨论了《儒林外史》一部作品。这是不同于当时及后世小说史的处理方式，体现出独特的理论设计。"讽刺小说"这一类型在《中国小说史略》最初的油印本中尚未出现，《儒林外史》归入"谴责小说"范畴中。铅印本对此做出调整，《儒林外史》从"谴责小说"中分离，作为《清之讽刺小说》独立成篇，并获得极高评价："秉持公心，指摘时弊""感而能谐，婉而多讽"，成为对作品讽刺精神及艺术特质的定评。该篇对"讽刺小说"类型的概念及特征有如下概括："寓讥弹于稗史者，晋唐已有，而明为盛，尤在人情小说中。"③可见，"讽刺小说"古已有之，并非自《儒林外史》始。以《儒林外史》为"讽刺小说"的唯一代表，基于鲁迅衡量"讽刺小说"思想和艺术价值的最高标准——"公心讽世"和"婉曲"之美。完全符合这一标准的仅有《儒林外史》一部作品，自该书问世"说部中乃始有足称讽刺之书"④。仅以一部作品概括一种小说类型，看似不符合小说史写作的常规，而且上述标准也似乎过于严苛。但《中国小说史略》中独特的小说史运思方式恰恰体现于此：类型的设计与

---

① 胡适《〈白话文学史〉自序》评《中国小说史略》曰："搜集甚勤，取裁甚精，断制也甚谨严，可以为我们研究文学史的人节省无数精力。"阿英《作为小说学者的鲁迅先生》称《中国小说史略》"实际上不止是一部'史'，也是一部非常精确的'考证'书"。二者都在史料学层面立论，虽言之凿凿，但有些不得要领。

② 鲁迅：《330618② 致曹聚仁》，《鲁迅全集》第12卷，第404页。

③ 许寿裳保存：《中国小说史大略》，鲁迅博物馆鲁迅研究室编：《鲁迅研究资料》第17辑，天津：天津人民出版社1986年版，第135页。

④ 许寿裳保存：《中国小说史大略》，鲁迅博物馆鲁迅研究室编：《鲁迅研究资料》第17辑，天津：天津人民出版社1986年版，第135页。

命名,体现对小说创作观念和审美取向的历史定位与价值评判;选取某一类型的代表作品,反过来又对类型的小说史意味做出准确的概括与诠释。鲁迅对"讽刺小说"价值标准的认定,以及对《儒林外史》的推崇,表面上将同类型中其他作品排除于理论视野之外,但实质上却通过一部代表作品的参照,完成了对其他作品的小说史定位,而无需做一一评述,从而超越了务多求全的"教科书心态",超越了作品罗列式的静态研究。

综上可知,《中国小说史略》作为专著型小说史的学术个性在于:对作品和史料的选择不求多多益善,而在取舍之间凸显作者的学术眼光。鲁迅最初应授课之需,编写教材,但出于杰出的理论才能和对自家著作的学术期待,在此过程中显示出经营个人著作的明确意识。鲁迅对小说史的学术定位,使之超越了单一的教学职能:一部《中国小说史略》,用于讲坛则是教材,供同行阅读则为专著,在教材和专著之间自由出入,形成一种学术张力,实现了对小说史学术价值的提升。

三

晚清以降,中国传统的循环论的文学史观念模式开始为进化史观所取代,后者更因五四时期胡适等人的大力倡导,逐渐居于20世纪中国文学史观之主流。[1]同为五四学人的鲁迅,与其同道具有相近的学术兴趣与文化追求,加之早年亦曾深受进化论的影响,在学术研究与文化批评中均不免此理论印记。[2]然而,就鲁迅的小说史观而言,则与占据主流的进化史观判然有别。

1924年7月,鲁迅应邀到西安做关于中国小说史的讲演,记录稿经本人整理后,题作《中国小说的历史的变迁》(以下简称《中国小说的历史的变迁》),次年刊于西北大学出版部印行的《国立西北大学、陕西教育厅合办暑期学校讲演集》(二)。在开场白中,鲁迅说:

> 我所讲的是中国小说的历史的变迁。许多历史家说,人类的历史是进化的,那么,中国当然不会在例外。但看中国进化的情形,却有两种很

① 陈伯海:《中国文学史之宏观》,北京:中国社会科学出版社1995年版,第166—185页。
② 鲁迅留日时期通过阅读严复译《天演论》和日本人丘浅治郎著《进化论讲话》,开始接触进化论。参见鲁迅:《朝花夕拾·琐忆》,《鲁迅全集》第2卷,第296页;周启明:《鲁迅的青年时代·鲁迅的国学与西学》,《鲁迅回忆录》(专著)中册,第821页。鲁迅在介绍西方生物进化学说的《人之历史》和阐述浪漫主义文艺思潮的《摩罗诗力说》等论文中均论及进化学说,至于杂文中关涉进化论之处更是不胜枚举。

特别的现象：一种是新的来了好久之后而旧的又回复过来，即是反复；一种是新的来了好久之后旧的并不废去，即是羼杂。然而就并不进化吗？那也不然，只是比较的慢，使我们性急的人，有一日三秋之感罢了。文艺，文艺之一的小说，自然也如此。①

　　这一论断常为研究者引用，作为论证鲁迅与进化论相关而又相异的文学史观的重要依据。然而仔细体味上述论断，似乎还包括另一重内涵：对文学史这一研究体式的理论预设。在鲁迅看来，文学史研究的基本思路在于考察不同时代文学现象的变迁过程，这是由其先在的理论视野决定的，"史总须以时代为经"②。同时，文学史和文学现象并不仅仅是研究方法与研究对象的关系。文学现象的复杂性使之呈现相对独立的存在方式，而不完全遵循研究者的理论认定。因此，对文学现象的任何一种考察方式，都只是研究者基于自家学术观念的一种研究思路和言说方式而已，其阐释的有效性和有限性往往同时存在。鲁迅在《中国小说的历史的变迁》开场白中明确交代以历史的眼光考察中国古代小说这一理论出发点，力图"从倒行的杂乱的作品里寻出一条进行的线索"③，正是基于对自家学术思路的功效与局限的理论自觉。这一自觉使鲁迅突破了进化史观的先在局限，依照已成的事实，对中国小说的变迁过程予以详细的梳理和准确的把握，从而对文学史观念模式做出了独立的理论选择。鉴于进化史观在二十世纪中国文学史写作中的重要地位，本节首先对晚清至五四文学史观中的进化论因素进行一番正本清源式的梳理，以凸显鲁迅的理论选择的学术背景。

　　韦勒克、沃伦在《文学理论》一书中介绍了两种进化概念：一是由蛋成长为鸟的进化过程，二是由鱼脑到人脑的进化过程，并指出后者不仅"假定有变化的系列"，还"假定这变化系列有它的目的"，因此更接近"历史"进化的观念。④以之作为文学史写作的假定性前提，可以把文学史解释为向一个特殊目标进化的一系列文学作品与文学现象的序列。这使进化论的文学史观念模式具备了鲜

---

① 鲁迅：《中国小说的历史的变迁》，《鲁迅全集》第9卷，第311页。
② 鲁迅：《351105　致王冶秋》，《鲁迅全集》第13卷，第576页。该信中，鲁迅还对"文学史"与其他文学研究体式的边界做出了明确限定："讲文学的著作，如果是所谓'史'的，当然该以时代来区分，'什么是文学'之类，那是文学概论的范围，万不能牵进去，如果连这些也讲，那么，连文法也可以讲进去了。"从中可见鲁迅对"文学史"理论视野的基本预设。
③ 鲁迅：《中国小说的历史的变迁》，《鲁迅全集》第9卷，第311页。
④ [美]韦勒克、沃伦著，刘象愚等译：《文学理论》第十九章《文学史》，第294—296页。

明的决定论和目的论色彩。进化论的文学史观在晚清以降大行其道,主要原因有二:一是在19世纪后半叶的西方,实证主义成为最主要的历史和思想文化思维模式之一,对文学史写作产生了决定性的影响,向后者输入自然科学的规律性思维,突出进步与发展的历史观念。[①]作为进化史观的思想基础,实证主义被当时热衷引进西学的中国人作为最新的历史与文化观念而接纳。二是晚清的政治危局,促使中国知识分子寻找强国保种的思想动力和文化资源。进化论对发展与进步的强调,非常切合晚清的这一政治期待与文化诉求。被后人誉为"介绍西洋近世思想的第一人"[②]的严复,通过翻译《天演论》介绍进化学说[③],影响了晚清至五四两代学人的历史观念。在文学史观上的影响,则见于两代学人对"一代有一代之文学"这一命题的反复申说。

王国维《宋元戏曲史·序言》开篇有云:

> 凡一代有一代之文学:楚之骚,汉之赋,六代之骈语,唐之诗,宋之词,元之曲,皆所谓一代之文学,而后世莫能继焉者也。[④]

王国维这一论断首先是对清人焦循(理堂)观点的转述。焦循《易余籥录》卷十五提出"一代有一代之胜"说,并在《与欧阳制美论诗书》中加以发挥:

> 故五代之词。六朝初唐之遗音也。宋人之词。盛唐中唐之遗音也。诗亡于宋而遁于词。词亡于元而遁于曲。[⑤]

对此,钱钟书《谈艺录》第四评曰:

> 若用意等于理堂,谓某体限于某朝,作者之多,即证作品之佳,则又买菜求益之见矣。元诗固不如元曲,汉赋遂能胜汉文,相如高出子长耶。

---

① 参见[德]赫·绍伊尔著、章国锋译:《文学史写作问题》,《重解伟大的传统》,第81—82页。
② 胡适:《五十年来中国之文学》,姜义华编:《胡适学术文集·新文学运动》,北京:中华书局1993年版,第106页。
③ 《天演论》是英国人赫胥黎《进化论与伦理学》的中文译本,但严复在翻译过程中进行了大量的增删。在翻译过程中随意发挥本是晚清译界之风尚,但严复的改写中突出"物竞天择,适者生存"的理念,进一步将生物进化学说引入社会文化领域,体现出晚清知识分子寻求富强的文化诉求。[美]施瓦茨著、叶凤美译:《寻求富强:严复与西方》,南京:江苏人民出版社1989年版。
④ 王国维:《宋元戏曲史》,上海:华东师范大学出版社1995年版,第1页。
⑤ 焦循:《与欧阳制美论诗书》,焦循:《雕菰集》(下),第235页,北京师范大学图书馆藏商务印书馆国学基本丛书本,书无版权页,出版地及时间不详。

唐诗遂能胜唐文耶。宋词遂能胜宋诗若文耶。①

　　焦氏此论，是一种以文类衰变为中心的退化论文学史观②，这在中国古代文论中并不鲜见。钱钟书《谈艺录》中即从各种古籍中摘引多则相似的论断。王国维转述焦循观点，并未持肯定态度，看法却和钱钟书相近。③《宋元戏曲史》第十二节《元剧之文章》有云：

　　　　焦氏谓一代有一代之所胜，欲自楚骚以下，撰为一集，汉则专取其赋，魏晋六朝至隋，则专录其五言诗，唐则专录其律诗，宋专录其词，元专录其曲。余谓律诗与词，固莫盛于唐宋，然此二者果为二代文学中最佳之作否，尚属疑问。④

　　可见，王国维只是借用焦循的表达方式，文字虽同，观念实异。焦循依朝代立论，以历朝新见之文类为文学史之主流，忽视其他文类的存在，简化了文学史的复杂性。王国维则依文类立论，某一文类在某一朝代达到其高峰，所谓"后世莫能继焉者"即指文类自身的发展状况而言，各文类之间不存在相互取代的关系。《宋元戏曲史》以戏曲这一中国古代的边缘文类为研究对象，借用"一代有一代之文学"的命题，意在突出其文学史地位。王国维借用焦循观点，而剔除其文类以朝代为限的批评观和退化论因子，部分地体现出进化论的理论倾向。

　　王国维提出"一代有一代之文学"这一命题，主要还是借以突出戏曲的文学史价值，进化论对其文学史观而言，只是多种理论元素之一，尚不具备方法论的决定性意义。进化史观真正大行其道并深入人心，还有赖于五四时期胡适等人的大力倡导。

　　与王国维借用"一代有一代之文学"说的研究姿态不同，胡适则明确地赋予这一命题以方法论的意义，体现出鲜明的进化论色彩。首先，在新文学开山纲领——《文学改良刍议》中，胡适基于重建中国文学秩序的新文化立场，重申"一时代有一时代之文学"这一命题，力图提升白话文学的文学史地位。在"文

---

① 钱钟书：《谈艺录》（补订本），北京：中华书局1984年版，第31页。
② 陈伯海：《中国文学史之宏观》，第175页。
③ 王国维"一代有一代之文学"说常被研究者等同于焦循的观点，高恒文《读〈管锥编〉〈谈艺录〉札记》较早对此提出不同看法，并对二者的区别有精辟的辨析，《文艺理论研究》2001年第6期。
④ 王国维：《宋元戏曲史》，第120页。

学因时进化,不能自止"①的观念下,中国文学史被胡适解释为白话文学不断进化,逐渐占据文学发展的主流,动摇并最终取代古文文学正宗地位的过程,强化了中国文学史之变迁的目的性和方向性。其次,历史进化的文学史观,还体现出方法论意义。胡适承认在治学方法上受到赫胥黎进化论和杜威实验主义哲学的影响。②在他看来"一切学说都必须约化为方法才能显出它们的价值"③,其大部分学术著作也都具有教人以"拿证据来"的思想方式和治学方法这一终极目的。④进化史观的建立,一方面从文学史的发展趋势上肯定白话文学的"正宗"地位,为新文学的合理性与合法性提供了历史依据⑤;另一方面则便于把复杂的文学现象系统化与知识化,形成一种简单可行、操作性强的文学史写作思路。进化史观由此成为中国文学史学(小说史学)发生阶段被绝大多数研究者所接受的一种观念模式。五四以后多有冠以"发展史"或"发达史"名目的著作出现,一些虽不以此命名,但也以进化论为基本思路。在破旧立新的历史阶段,进化论为中国文学史的价值重建提供了可借鉴的理论资源,在特定的历史与文化语境中具有重要意义。但是,进化史观的理论缺陷,如强调文学史变迁的连续性和方向性,热衷于总结规律与建立联系,使这一观念模式体现出明显的先验性。而且,胡适等人对进化论的宣扬,现实功利目的过强,在特定历史阶段具有阐释的有效性,但随着时间的推移,其弊端也就日益显露出来。

　　以上简要论述了晚清至五四文学进化史观的基本状况,意在揭示鲁迅小说史研究的学术背景及其相对独立的理论选择。如前文所述,鲁迅曾深受进化论的影响,在学术研究和文化批评中均体现其理论印记。但是,进化论只是构成鲁迅精神世界与思维方式的诸多因素之一,而不是唯一的决定性因素,在接受并阐释这一理论的过程中也时有质疑与反思。特别是某些文化现象的反复,

①　胡适:《文学改良刍议》,欧阳哲生编:《胡适文集》第2卷,北京:北京大学出版社1998年版,第7页。

②　唐德刚译:《胡适口述自传》,北京:华文出版社1992年版,第102—109页。

③　[美]余英时:《中国近代思想史上的胡适》,欧阳哲生选编:《解析胡适》,第112页。

④　对此胡适曾多次予以承认。《〈胡适文存〉序例》中称:"我的唯一的目的是注重学问思想和方法。故这些文章无论是讲实验主义,是考证小说,是研究一个字的文法,都可以说是方法论的文章。"《胡适文集》,第2卷,第1页。《介绍我自己的思想》中还特别强调:"我的几十万字的小说考证,都只是用一些'深切而著明'的实例来教人怎样思想。"《胡适文集》第5卷,第517页。

⑤　胡适在《〈中国新文学大系·建设理论集〉导言》中称:"我们特别指出白话文学是中国文学史上的'自然趋势',这是历史的事实。……我们再三指出这个文学史的自然趋势,是要利用这个自然趋势所产生的活文学来正式替代古文学的正统地位。简单来说,这是用谁都不能否认的历史事实来做文学革命的武器。"《中国新文学大系·建设理论集》,上海:良友书局1935年版,第20—21页。

使鲁迅产生一种"回到过去"的历史轮回之感。①在考察历史时,也就对各种"反复"和"羼杂"的现象格外敏感。同时,鲁迅的小说史研究,始终以研究对象为中心,依其特点选择研究方法,而不是依据方法对文学现象做出取舍,从而祛除个人主观的好恶成见,避免了先验性的思维模式。上述研究姿态使鲁迅的小说史著述超越了进化史观的理论局限。

《中国小说史略》对进化史观的超越集中体现在两个方面:一是对小说史时间性的独特处理,二是"拟"与"末流"等小说史论断的提出。

文学史作为对既往文学现象的回顾式的研究,对时间有着先在的依赖。"史"的眼光首先将研究对象置于时间线索之上,在时间流程中展现文学现象的演变过程。尤其是进化史观,更加突出文学史写作的时间意识,强调文学史变迁的连续性与方向性,把复杂的文学现象落实在因时进化的规律之中,显示出线性的思维模式。新与旧、进步与倒退也都是以时间性为基本前提的理论预设。可以说,进化论是一种维系在单一的时间性基础上的文学史观。鲁迅的小说史观则与此不同。首先,以中性的"变迁"而非"发展""演进"等具有明显方向性的称谓命名自家的小说史著作,正是出于对进化史观过于明确的方向感的警惕。其次,《中国小说史略》(包括《中国小说的历史的变迁》)对于小说的历史演化不仅进行历时性的描述,还予以共时性的考察。该书以朝代为经,但只作为小说产生的时间背景,对创作观念与审美趋向没有决定性作用。②以类型为中心,突出小说创作背后的文化因素,同一时代的各种小说类型共同构成这一时代整体的艺术成就与文化面貌。可见,《中国小说史略》中每一小说类型都是一个相对独立的空间性存在,其篇章设置也因此体现出空间意识。同一时代的若干小说类型,无论省略其中的任何一种,对小说史知识的全面性可能有所影响,但都不会造成历史线索的中断。鲁迅中国小说史研究的空间意识,打破了进化史观对时间性的单一依赖。这样,小说史不再滞着于对连续性与规律性的主观想象之上,不再被视为向某一终极目标演进的包含若干阶段性的序列,从而对

①　鲁迅:《集外集拾遗·又是"古已有之"》,《鲁迅全集》第7卷,第239页。
②　鲁迅在《中国小说史略·题记》中说:"即中国尝有论者,谓当有以朝代为分之小说史,亦殆非肤泛之论也。"这里"论者"即指郑振铎。该《题记》手稿作:"郑振铎教授之谓当有以朝代为分之小说史,亦殆非肤泛之论也。"据增田涉回忆,《中国小说史略》付印时,郑振铎知道点了他的名字,要求不要点出,因此,校正时改作"尝有论者"。鲁迅对此的解释是:"'殆非肤泛之(浅薄之)论',实际上正是'浅薄之论',所以本人讨厌。"[日]增田涉著、钟敬文译:《鲁迅的印象·三三·鲁迅文章的"言外意"》,《鲁迅回忆录》(专著)下册,第1405—1406页。可见,鲁迅对以朝代为小说史变迁的决定因素这一研究思路并不认同。

每一时代每一类型小说创作的特色与价值,都做出了准确而清晰的理论概括。

《中国小说史略》对进化史观的突破还体现在部分小说史论断上。该书大体上是以朝代为经,小说类型为纬,用类型概括某一朝代主要的小说创作趋向,尤其是新出现的趋向。但并不局限于此。对个别不适合用单一类型概括者,鲁迅宁可放弃类型化的命名方式,如"明之拟宋市人小说""清之拟晋唐小说""清之以小说见才学者"等。如果说后者是对清代独有的以"文章经济"为宏旨的小说创作风尚的概括,本身仍具有类型化命名的理论特征的话,前两者则针对古已有之,经过一段时间的消遁后重新进入作家创作视野的小说类型,并使用"拟"字概括小说史上的这类"反复"现象。《中国小说史略》中的"拟"字,除在引文及叙述语中出现外,作为判断语出现者凡14次,含义有二,而又彼此关联。一是对摹拟前人,缺乏独创精神的创作趋向的批评,如"拟古且远不逮,更无独创之可言矣"(第十二篇),"惟后来仅有拟作及续书,且多滥恶"(第二十七篇)等,是一种基于创作经验和审美趣味的价值判断,体现出鲁迅的小说批评观。一则如前述,概括小说史上某一创作类型中断后复又盛行的现象,主要承担历史判断,体现出鲁迅的小说史观。以《中国小说史略》第二十二篇《清之拟晋唐小说及其支流》为例。志怪传奇至元代渐趋消亡,明初复有文人仿效,因朝廷禁止而衰歇,至明末又盛行,清代依旧,并产生了《聊斋志异》和《阅微草堂笔记》这样的优秀作品。明清两代文人创作志怪传奇,在小说类型上已非新创。因此,鲁迅不再另设新词,而使用"拟晋唐小说"这一命名方式(《中国小说的历史的变迁》中命名为"拟古派",作为"清小说之四派"之一)。如果依进化史观看来,这类消遁后复又盛行的创作形态,是对小说史发展链条的中断和倒退,违反了进化的基本原则。《中国小说史略》则依据创作的具体情况立论,没有将这一现象视为小说史的"逆流",对其代表作有较高评价。特别是对于《阅微草堂笔记》这部取法六朝,创作观念及审美趣味更趋古雅的作品,评价不在由下层文人本传奇而作的《聊斋志异》之下,实现了对五四"民间本位的进化史观"的超越。①可

---

① 新文化运动时期"民间文学本源说"的理论特色及得失,参见陈伯海:《中国文学史之宏观》,第181页。鲁迅在《340220 致姚克》中说:"歌,诗,词,曲,我以为原是民间物,文人取为己有,越做越难懂,弄得变成僵石,他们就又去取一样,又来慢慢的绞死它。譬如《楚辞》罢,《离骚》虽有方言,倒不难懂,到了扬雄,就特地'古奥',令人莫名其妙,这就离断气不远矣。词,曲之始,也都文从字顺,并不艰难,到后来,可就实在难读了。现在的白话诗,已有人掇用'选'字,或每句字必一定,写成一长方块,也就是这一类。"《鲁迅全集》第13卷,第28页。这一论断表面基于五四时期民间本位的文化价值观,但本质上是不满于新诗创作的日渐僵化,批评束缚文学创作的各种清规戒律,论述的中心实在最后一句。这是一种基于创作观念的文学批评观,而不是一种文学史观,与"民间本位的进化史观"无涉。

见,作为历史判断与作为价值判断的"拟",尽管存在理论上的关联,但仍需做必要的区分。前者无疑更能体现《中国小说史略》作为小说史著作的学术特色。

《中国小说史略》中另一突破进化史观的小说史论断是"末流"。"末流"在《中国小说史略》中出现凡3次,概括摹仿前人而又缺乏创新,以致丧失原作精神的创作趋向。和"拟"相比,"末流"在历史判断中蕴含着更为明确的价值判断。部分小说家借用某种久不为文人采纳的小说类型,融入自家的创作观念和审美理想,不仅不失独创,而且使这一类型在小说史上重放光彩,获得新生,可谓"名"旧而"实"新。这一创作趋向为鲁迅所认可,以"拟"概括之,主要作为一种历史判断。而部分小说家,慕他人作品之高格,或仿照或续写,由于小说观念和艺术水平上的差距,加上一味因袭的创作态度,不仅未能发挥原作的优长,反而益显其弊恶,成就较原作相去甚远。对于这类追赶潮流而又等而下之的跟风之作,鲁迅以"末流"断之,在历史判断中凸显价值判断。上述小说史论断的提出,避免了将中国小说史的变迁过程处理为一个"代变而代胜"线性序列,揭示出小说史演化的复杂性,克服了进化史观过度强调连续性与方向性的理论缺陷。

鲁迅的小说史观,很难用进化、退化或循环等任何一种文学史观念模式加以概括。研究者可以从《中国小说史略》中找到一些模式的理论痕迹,但任何一种模式都无法提供唯一合理的解释。这基于鲁迅小说史研究的学术思路。鲁迅对作品与现象的评价,首先从自家的真实感受出发,而不为任何既定标准所左右。鲁迅的学术视野,也不为模式自身的理论盲点所遮蔽。这样,《中国小说史略》作为一部客观地概括中国小说演化过程及其艺术特征的文学史,而不是一部观念史,其学术生命力也不会因为任何一种观念模式的衰落而丧失。

第四章　鲁迅的中国小说史课堂

　　新文化运动之后的北京大学，在文学课程设置上较之大学堂章程有相当大的调整和突破，其中最突出的是"中国文学史"和"中国文学"课程的分置。此举使二者的学术分界渐趋明朗，开始形成各自独立的学术视野和理论个性。这两门课程的边界，类似于后来高等院校文学专业的"文学史"和"文学作品选"的区分，前者讲历史演变，提供文学知识和研究思路；后者重艺术分析，培养鉴赏能力和写作水平。课程分置改变了晚清学制中"文学史"概念的混沌局面，使之逐渐摆脱了传统"文章流别"的干扰，理论个性得到更充分的发挥。文学史概念的正本清源，是提升其学术价值的基本条件之一。同时，为长期被排除在学术视野之外的小说和戏曲单独设课，不仅有助于为上述文类的价值提升提供制度性的保障，还使具有西学背景的研究者有了用武之地，有助于透过西学视角重新审视和发现传统，对中国文学的规范和秩序进行重建，同时依据自家的研究兴趣与学术水平，对大纲中规定的文学史教学内容及书写形式有所调整和自由发挥，植入研究者本人的学术个性，促进文学史由教科书向个人著作的转化。蔡元培掌校时期的北京大学，在为各门课程（尤其是新设置的课程）选择教师时，特别注重其学有所长与术业专攻，延请刘师培讲授中古文学史，周作人讲授欧洲文学史，吴梅讲授戏曲史，鲁迅讲授小说史，俱为一时之选。其中小说史课程的设置，最初由于找不到合适的人选，而暂时搁置。1920年预备增加小说史课，拟请周作人讲授。周作人考虑到鲁迅更为适合，就向当时的系主任马幼渔推荐。鲁迅于是受聘北大，开设小说史课，并因此成就了其小说史的撰写。[①]可见，在北京大学的课程设置和教师遴选中，体现着因人设课，因课择人的办学理念。这既保证了各门课程的学术水平，又促使学者将其学术思路与研究成果以文学史的书写方式落实到文字，公诸于世。鲁迅在应聘北大之前，在小说史研究领域浸淫已久，尤其是在古小说的搜集与整理上用力甚深，《古小说钩沉》可资为证。然而，倘若没有开设小说史课程的经历，鲁迅有关小说的研

---

①　周作人：《知堂回想录·一三七·琐屑的因缘》，《知堂随想录》（下），石家庄：河北教育出版社2002年版，第466—467页。

究著作,是否还会采用小说史这一撰述方式,则难以断言。可见,鲁迅应北大之请讲授小说史,为其学术思路的系统梳理和研究成果的全面展示提供了一个难得的契机,不仅促成了中国小说史学划时代的名著《中国小说史略》的撰写,也开启了小说史学的"鲁迅时代",并最终奠定了中国小说史学的学科规范与学术品格。之所以能够取得这样引人瞩目的成就,除鲁迅本人学养深厚和态度认真等因素外,也和现代大学教育制度和学术生产机制的逐步确立,特别是小说史课程所设定的研究思路与撰述体例的促成与规约密切相关。

一

鲁迅自1920年起在大学课堂讲授小说史,直至1926年8月离开北京止,六年中先后在北京大学、北京高等师范学校(后更名北京师范大学)、北京女子高等师范学校(后更名北京女子师范大学)、北京世界语专门学校、北京中国大学文科部等高校任教。小说史虽然只是一门选修课,却成为当时最受学生欢迎的课程之一。鲁迅讲授小说史之所以大受欢迎,除基于其在中国小说史研究领域的深厚积累与非凡造诣外,也和鲁迅擅长讲课密切相关。遗憾的是,当时录音、录像等现代化手段尚未出现,无法完整地记录鲁迅小说史课程的现场效果。幸好有若干当事人的回忆性文字,为追怀与重构鲁迅的小说史课堂提供了可能。

1924年在北京世界语专门学校读书,并与鲁迅过从甚密的荆有麟于1942年撰《鲁迅回忆断片》一书,这样描述鲁迅的授课:

> 记得先生上课时,一进门,声音立刻寂静了,青年们将眼睛死盯住先生,先是一阵微笑,接着先生便念出讲义上的页数,马上开始讲起来,滔滔如瀑布,每一个问题的起源,经过,及先生个人对此的特殊意见。先生又善用幽默的语调,讲不到二十分钟,总会听见一次轰笑,先生有时笑,有时并不笑,仍在继续往下讲。……时间虽然长(先生授课,两小时排在一起继续讲两个钟头,中间不下堂)些,而听的人,却像入了魔一般。随着先生的语句,的思想,走向另一个景界中了。要不是先生为疏散听者的脑筋,突然讲出幽默话来,使大家轰然一笑,恐怕听的人,会忘记了自己是在课堂上的,而先生在中国历史人物中,特别佩服曹操,就都是在讲授时候,以幽默口吻送出的。①

① 荆有麟:《鲁迅回忆断片·鲁迅教书时》,鲁迅博物馆鲁迅研究室《鲁迅研究月刊》选编:《鲁迅回忆录》(专著)上册,北京:北京出版社1999年版,第140—141页。

可见,内容充实、言语幽默、富于吸引力,是鲁迅授课的主要特点。而连续讲授两个小时而不令听者感到厌烦,更是难得。北京大学法文系学生,曾选修小说史课,并帮助鲁迅印刷讲义的常惠晚年回忆:

> 鲁迅先生讲课,是先把讲义念一遍,如有错字告诉学生改正,然后再逐段讲解。先生讲课详细认真,讲义字句不多,先生讲起来援引其他书中有关故事,比喻解释,要让学生对讲的课了解明白。学生问到讲义中的字句情节,先生一定多方讲解,直到学生明白了,先生才满意。先生的比喻,不止用书中字句,有时还在黑板上画画,不够的地方,还要用姿势表示。《中国小说史略》第八篇"唐之传奇文"(上)有"《异梦录》记邢凤梦见美人,示以'弓弯'之舞",学生对"弓弯"不明白,先生援引了《酉阳杂俎》里的故事:"有士人醉卧,见妇人踏歌曰:舞袖弓腰浑忘却,蛾眉空带九秋霜。问如何是弓腰?歌者笑曰:汝不见我做弓腰乎?乃反首髻及地,腰势如规焉。"先生援引了这个故事,大概觉得还不够,于是仰面、弓腰,身子向后仰,身子一弯曲,就晃起来,脚也站立不稳了,这时先生自语:"首髻及地,吾不能也。"同学们见他这样负责讲解,都为之感动。课堂上师生之间情感接近,课文内容也有情趣。对先生的讲课认真精神和有风趣的言谈,同学们都喜爱和尊敬。①

在授课过程中热情投入,并注重与学生的互动,这样的课程理所当然地会受到欢迎。曾为北京女子师范大学学生的许广平,在《鲁迅回忆录》一书中披露了鲁迅小说史课程的更多细节,尤其关涉讲义以外的发挥之处:

> 如第四篇《今所见汉人小说》,他明确地指出:"现存之所谓汉人小说,盖无一真出于汉人,晋以来,文人方士,皆有伪作,至宋明尚不绝。"大旨不离乎言神仙的东方朔与班固,前者属于写神仙而后者则写历史,但统属于文人所写的一派。《神异经》亦文人作品。而道士的作品之不同处则带有恐吓性。有时一面讲一面又从科学的见地力斥古人的无稽,讲到

---

① 常惠:《回忆鲁迅先生》,鲁迅博物馆鲁迅研究室编:《鲁迅诞辰百年纪念文集》,长沙:湖南人民出版社1981年版,第516页。

《南荒经》的蚘虫,至今传说仍存小儿胃中,鲁迅就以医学头脑指出此说属谬,随时实事求是地分析问题。在《西南荒经》上说出讹兽,食其肉,则其人言不诚。鲁迅又从问路说起,说有人走到三岔路口,去问上海人(旧时代),则三个方向的人所说的都不同,那时问路之难,是人所共知的。鲁迅就幽默地说:"大约他们都食过讹兽罢!"众大笑。①

这一段回忆文字颇具现场感,开头的引文出自《中国小说史略》,之后则是对这一句话的讲解和发挥,既运用医学常识,又引入社会现象,一收一放,轻健自如,确实体现出高超的讲课艺术。此外,对于鲁迅授课的回忆性材料尚多,兹不一一举证。

之所以不厌其烦地引用当事人对于鲁迅授课的追怀,意在接近并还原鲁迅的"教学现场"。从中不难发现,尽管三位当事人回忆的立场和姿态各有不同,撰文的时间及其历史背景也有异,但对于鲁迅的授课方式、特点与效果的描述却惊人地一致——既遵循讲义,不致离题万里,又时有精彩发挥,保持课堂的生动活跃,这无疑是文学课堂的最佳范例。较之同在北大讲坛执教的林损(公铎)和孟森(心史),前者以授课不入正题反而喜欢骂人著称,后者则每每在课堂上一字不差地照读讲义。②两相对照,鲁迅的授课大受欢迎,除选修者外,还吸引众多旁听者和偷听者③,以至教室常常爆满,并不断触发当事人的追怀与重构,这恐怕不止源于鲁迅生前身后的巨大声誉,其授课内容的丰富充实和

① 许广平:《鲁迅回忆录·三·鲁迅的讲演与讲课》,鲁迅博物馆鲁迅研究室《鲁迅研究月刊》选编:《鲁迅回忆录》(专著)下册,第1108页。许氏该书著于20世纪50年代末,虽然受到时代症候的影响,评价鲁迅的政治意义时有过甚其辞之处,但描述鲁迅授课,与他人的回忆相近,可见大体如实,并无增饰。
② 20世纪30年代就读于北大的张中行,晚年撰《红楼点滴》一文,回忆师长:"林公铎(损),人有些才气,读书不少,长于记诵,二十几岁就到北京大学国文系任教授。一个熟于子曰诗云而不识 abcd 的人,不赞成白话是可以理解的。一次,忘记是讲什么课了,他照例是喝完半瓶葡萄酒,红着面孔走上讲台。张口第一句就责骂胡适怎样不通,因为读不懂古文,所以主张用新式标点。""孟心史(森)先生。专说他的讲课,也是出奇的沉闷。有讲义,学生人手一编。上课钟响后,他走上讲台,手里拿着一本讲义,拇指插在讲义中间。从来不向讲台下看,也许因为看也看不见。应该从哪里念起,是早已准备好,有拇指作记号的,于是翻开就照本慢读。我曾经检验过,耳听目视,果然一字不差。下课钟响了,把讲义合上,拇指仍然插在中间,转身走出,还是不向讲台下看。下一课仍旧如此,真够得上是坚定不移了。"陈平原、夏晓虹编:《北大旧事》,北京:生活·读书·新知三联书店1998年版,第432、435页。
③ 北大的课堂,素以"来者不拒,去者不追"著称,旁听者的人数有时甚至超过正式在册的学生,其中又有"旁听"和"偷听"之分。曾听过鲁迅小说史课程的孙席珍在《鲁迅先生怎样教导我们的》一文中回忆:"我开始听鲁迅先生讲课,是一九二四年上半年的学期中间,是自由进去听的。象这样的听讲,当时叫做偷听,连旁听也算不上,因为旁听也要经过注册手续,且须得到任课教师的同意。"鲁迅博物馆鲁迅研究室编:《鲁迅诞辰百年纪念文集》,第86页。

教学方式的灵活生动,才是主因。在鲁迅离开北京后,虽有马廉、孙楷第等人先后在北大开设小说史课程,但都难以再现鲁迅授课的精彩效果。

不过,尽管能够借助当事人的追怀与重构不断接近鲁迅小说史课程的原貌,但在没有完整详尽的课堂记录的情况下,毕竟无法真正做到还原现场。尽管有用作讲义的《中国小说史略》留存至今,但鲁迅将其作为著作经营的用心,又使之不同于普通的课程讲义或授课实录。在这一背景下,鲁迅1924年西安暑期讲学的记录稿《中国小说的历史的变迁》,就体现出独特的价值。虽然由于课时所限,不得不删繁就简,在内容上与《中国小说史略》有详略之分,但这部由听课人记录、授课人审定的讲稿①,却成为对于鲁迅小说史课程的难得的现场实录,较之当事人的回忆,更准确也更直观地呈现出鲁迅的教学现场。鲁迅在西北大学讲授小说史,计十一次十二小时,课时不及北大的三分之一。但证之以当事人的回忆,其授课方式和效果却与在北大时相同。

李瘦枝在《"刘记西北大学"的创办与结束》一文中述及鲁迅演讲的现场效果:

> 讲演会场有两处,一是校内大礼堂,一是风雨操场(当时在教育厅院内),鲁迅先生和王桐龄、夏元瑮诸人在大礼堂,刘文海、蒋廷黻等在风雨操场,听众可以自由选择参加。……由于鲁迅先生的讲演内容丰实,见解深刻,特别是他在讲演中的那种昂扬地战斗精神,感染力很强,不多几天礼堂上即座无虚席,及至讲唐宋以后,就有不少人争不到座位站着听讲了。②

相比之下,其他几位当事人的回忆,更侧重鲁迅的讲授方式。时任西北大学秘书兼讲师,参与暑期讲学筹备和招待工作的段绍岩回忆:"他的仪容严肃,讲话简要而幽默,讲演时如跟自己人谈家常一样的亲切。"③另一位当事人,后任易俗社编辑的谢迈千的回忆与此相近:"鲁迅先生上堂讲演,总是穿着白小纺大衫,黑布裤,黑皮鞋,仪容非常严肃。讲演之前,只在黑板上写个题目,其余一概口讲,说话非常简要,有时也很幽默,偶而一笑。"陪同鲁迅演讲的刘依仁

① 鲁迅的讲演由西北大学学生昝健行、薛效宽记录,经整理后由西北大学出版部寄请鲁迅改订,鲁迅改订后寄回。这在《鲁迅日记》中有详细记载。鲁迅:《日记十三》(一九二四年),《鲁迅全集》第15卷,第528页。
② 李瘦枝:《"刘记西北大学"的创办与结束》,原载《陕西文史资料选辑》第三辑,引自单演义编:《鲁迅在西安》,西安:西北大学鲁迅研究室资料组 1978 印行,第 121 页。
③ 段绍岩:《回忆鲁迅先生在西安》,单演义编:《鲁迅在西安》,第 114 页。

的追怀则更为详尽："鲁迅先生的讲演,真如他的写文章一样,理论形象化,绝不抽象笼统,举出代表作品,找出恰当例证,具体发挥,没有废话,使听者不厌,并感着确有独到之处。"①

上述几段文字,虽不及前引荆有麟、常惠和许广平的回忆详细丰赡,但大体一致。可见,鲁迅此次西安讲学,依旧以小说史为题,而且不受课时与场地的局限,授课方式及现场效果与在北京各高校无异。但据现有史料,未见向听众发放讲义的记载。《中国小说的历史的变迁》的存在,成为对此次演讲内容的详细记录,稍可弥补鲁迅在北京各高校授课,有讲义而无现场记录的遗憾。更为重要的是,《中国小说的历史的变迁》使用白话记录,与《中国小说史略》之文言述学恰堪对照,二者在观点表述与文体选择上的差异,成为考察课程、演讲与相关著作之关联与缝隙的绝佳范例。

二

1924年夏,鲁迅应国立西北大学之邀,赴西安讲学。自7月7日启程,至8月12日返京,历时一个月零六天(含旅途时日)。鲁迅对于此次西安之行并不看重,除在自家日记中做"流水账"式的简要记述外(鲁迅的日记历来如此),日后在其著述及与友人的通信中也很少提起。②倒是几位同行者和陕西方面的接待者,以及聆听鲁迅讲学的几位当事人对此颇为重视,通过回忆,提供了丰富的史料。后世研究者对此则更为关注,分别通过对这一事件的追怀、重构与阐释,奉献出不少精彩的学术论断,使"鲁迅在西安"成为一个学界内外竞相讨论的热门话题。有趣的是,此次暑期讲学由国立西北大学和陕西省教育厅合办,获邀者甚众,其中不乏李济、蒋廷黻、陈钟凡、夏元瑮、吴宓(受约请而未至)等知名学者③,与鲁迅同行赴陕的也有十余人之多④,而其中唯有鲁迅受到密切关注,一言一行均获得记述、追忆与研究,这显然并非仅仅取决于鲁迅西安之行

---

① 两段回忆均见单演义:《关于鲁迅的〈中国小说的历史的变迁〉》,单演义编:《鲁迅在西安》,第38页。
② 鲁迅涉及此次西安之行的著述,主要有杂文《说胡须》和一封致日本友人山本初枝的私人通信。《说胡须》探讨中国文化及国民性,西安之行只是引发议论的一点由头,并非主旨。书信中虽然披露"关于唐朝的小说"这一写作计划的终止,但也未详细记述此次旅行,而且记错了赴西安讲学的具体时间。鲁迅:《坟·说胡须》,《鲁迅全集》第1卷,第183—187页;《340111(日) 致山本初枝》,《鲁迅全集》第14卷,第278—279页。
③ 受邀者名单详见《暑期学校简章》,引自单演义编:《鲁迅在西安》,第211—214页。
④ 与鲁迅一同赴陕的北京师范大学教授王桐龄在其《陕西旅行记》一书中详细记录了同行13人的名单,参见单演义编:《鲁迅在西安》,第200页。

自身的重要意义,而是时代症候使然,取决于鲁迅日后——尤其是中华人民共和国成立后——在思想和政治领域中如日中天的崇高地位。这也使后世对于这一事件的记述、追忆与研究普遍高调,不无政治色彩。①

对于鲁迅西安之行的记述、追忆与研究,主要集中于三个话题:与军阀的斗争,长篇小说(或剧本)《杨贵妃》之创作计划的终止,以及演讲的记录稿《中国小说的历史的变迁》。相对而言,研究者更为关注前两个话题,对鲁迅此次西安之行的"正业"——讲授"中国小说史"——反而着墨不多。鲁迅赴陕西讲学,选择小说史作题目,自有在北京各高校开设的相关课程做基础,可谓驾轻就熟,但也不乏周密审慎之处。讲学之余受邀为陕西督军刘镇华的士兵演讲,内容仍是小说史,可见一斑。②但是否如论者所言,时时显示出"战士"面目,与军阀及各种恶势力不懈斗争,尚须辨析。突出鲁迅与军阀的斗争,强调其"战士"身份,在特定历史时期内自是题中应有之义。然而将《中国小说的历史的变迁》中的若干现场发挥之处,也归之为鲁迅的"斗争策略",未免过甚其辞。与之相比,探求《杨贵妃》的构思及其最终未能着笔的原因,更为当事人及后世研究者所津津乐道,也成为鲁迅西安之行中最受关注的话题,近年来仍是新见迭出,其成果数量和质量均大大超越对于《中国小说的历史的变迁》的研究。③之所以如此,一方面是由于《中国小说的历史的变迁》记录稿经鲁迅本人校订后,已落实为文字,辑入《国立西北大学陕西教育厅合办暑期学校讲演集》(二)④,留给研究者驰骋想象的空间远不及未能问世的《杨贵妃》;另一方面,由于有《中国小说史略》这部巨著在前,《中国小说的历史的变迁》的研究余地也就相对有限,即便有研究者述及,也或将《中国小说的历史的变迁》视为独立于《中国小说史略》之外

① 对于鲁迅西安之行的记述、追忆与研究,除孙伏园《长安道上》作于1924年8月回京后不久,且主要记述自家观感,对于鲁迅只是偶尔提及外,其余大多完成于1936年鲁迅逝世后,而又以1956年鲁迅逝世20周年之际尤为集中,对鲁迅西安之行的政治意义屡有过甚其辞之处。

② 王淡如:《一段回忆——纪念鲁迅先生逝世二十周年》,原载1956年10月9日《西安日报》,引自单演义编:《鲁迅在西安》,第118—119页。

③ 对未曾着笔的《杨贵妃》及其相关话题的探讨,在鲁迅生前即已出现,孙伏园、郁达夫等均曾为此撰文;鲁迅逝世后,友人冯雪峰、许寿裳的回忆,学者林辰、单演义的考察,各打己见;近年来仍不断有研究者涉足,如朱正、骆玉明、吴中杰、蒋星煜,日本学者竹村则行等,新见迭出。2008年,陈平原发表《长安的失落与重建——以鲁迅的旅行及写作为中心》一文,详细梳理了相关话题的研究史,并从若干新角度入手,进一步拓展与深化了相关研究,做出了近乎盖棺论定的阐释,《鲁迅研究月刊》2008年第10期。

④ 这部《国立西北大学陕西教育厅合办暑期学校讲演集》由西北大学出版部1925年3月印行,但鲁迅始终未能收到,《中国小说的历史的变迁》在鲁迅生前也未辑入其作品集。《中国小说的历史的变迁》在《讲演集》以外的首次发表,迟至1957年《收获》创刊号。

的另一部小说史研究著作加以表彰，或将《中国小说的历史的变迁》作为对《中国小说史略》的浓缩、修正和发展。前者夸大了《中国小说的历史的变迁》的学术价值，后者则对《中国小说的历史的变迁》自身的独特性缺乏关注。可见，在涉及鲁迅西安之行的三个话题中，反而是其讲学及相关记录稿《中国小说的历史的变迁》更有阐释的余地。因此，探讨鲁迅的西安之行，在突出"战士"鲁迅和"作家"鲁迅面目的同时，令"学者"鲁迅适时登场，实有必要。事实上，《中国小说史略》与《中国小说的历史的变迁》相比，不仅有详略之分，还有著作与演讲记录稿之别，其主要差异不在观点，而在表述方式。本节即试图从这一角度入手，探讨作为演讲记录稿的《中国小说的历史的变迁》与作为著作的《中国小说史略》之关系，进而凸显课程、演讲及其相关著作之间的关联与缝隙。

晚清以降，以北京大学的前身京师大学堂为首，曾有任课教师编写讲义的制度性设计，此举在民国初年虽然有所松动和反复，但仍为不少教师所遵循，并精心撰构，因此促成了多部现代中国的学术经典著作的问世。①鲁迅在应聘北大后，也开始撰写讲义，先以散页的形式于每次课前寄送校方印行，最终集腋成裘，汇集出版。可见，与同时代的许多学术著作一样，《中国小说史略》最初也是作为大学的课程讲义。鲁迅撰写小说史，很大程度上是在大学授课的需要。不过，考虑到鲁迅在离开大学讲坛后仍反复对《中国小说史略》做出修改，亦可见其将《中国小说史略》作为著作经营的用心。②同时，鲁迅也非常重视文学史（包括小说史）的学术职能。1926年在厦门大学中文系讲授中国文学史期间，曾致信许广平，介绍自己授课和编写讲义的情况：

> 我的功课，大约每周当有六小时，因为语堂希望我多讲，情不可却。其中两点是小说史，无须豫备；两点是专书研究，须豫备；两点是中国文学史，须编讲义。看看这里旧存的讲义，则我随便讲讲就很够了，但我还想认真一点，编成一本较好的文学史。③

---

① 京师大学堂——北京大学关于课程讲义的规定及其调整，参见陈平原：《知识、技能与情怀——新文化运动时期北大国文系的文学教育》（上）之第三部分《从课程讲义到学术著作》，《北京大学学报》（哲学社会科学版）2009年第6期。
② 《中国小说史略》最初为油印本，共十七篇。后采用铅印，扩充至二十六篇。1923年12月及1924年6月，经修订后由新潮社出版上、下册本，共二十八篇。此后，又有1925年2月新潮社再版本、1925年9月北新书局合订本，每次出版均有多处修订。鲁迅告别大学讲坛，定居上海后，仍于1931年9月和1935年6月两次修订《中国小说史略》。足见其对自家著作的反复经营。
③ 鲁迅：《两地书·四一》，《鲁迅全集》第11卷，第119页。

这段自述,体现出鲁迅对自家著作的学术期待:不仅满足教学需要,更要在学术上有所创获,希望奉献流传后世的学术经典,而非只供教学的普通讲义。这使他对小说史的撰写精益求精,即使在告别大学讲坛之后,仍对《中国小说史略》进行增补修订。《中国小说史略》成为学术史上的一代名著,除基于作者丰厚的学术积累外,也和鲁迅严谨,甚至近乎严苛的治学态度有关。

此外,从最初的油印本讲义到正式出版,《中国小说史略》一直采用文言。对此,鲁迅在该书序言中称:

> 此稿虽专史,亦粗略也。然而有作者,三年前,偶当讲述此史,自虑不善言谈,听者或多不憭,则疏其大要,写印以赋同人;又虑钞者之劳也,乃复缩为文言,省其举例以成要略,至今用之。[①]

《中国小说史略》"省其举例"固然属实,而鲁迅将采用文言的原因解释为减轻钞写排印之烦劳,此说则不可轻信[②]。众所周知,自新文化运动起,提倡白话、反对文言的立场几乎贯穿了鲁迅的后半生。对于文言文及其倡导者,鲁迅发出过迄今为止最为激烈的声音[③],主要见于其散文和杂文之中。在撰写学术著作——除《中国小说史略》外,还包括《唐宋传奇集》之《稗边小缀》,以及同样曾经作为讲义的《汉文学史纲要》——时则采用文言。因此,鲁迅对于文言与白话的取舍,并非出于现实考虑,而主要基于不同的论述对象。在鲁迅的著述中,论述对象与言说方式的"隔"与"不隔",往往通过对文体的不同选择加以呈现。散文抄写记忆,杂文针砭时弊,关注的都是现实。而《中国小说史略》等学术著作,面对的则是古代的文学作品,需要在言说方式上与研究对象相体贴,保持二者的整体感。《中国小说史略》采用文言,且文辞渊雅,甚至可以作为美文来加以

---

① 鲁迅:《中国小说史略·序言》,《鲁迅全集》第9卷,第4页。以下引用《中国小说史略》原文,均出自这一版本,不再一一注明。

② 强英良先生曾告诉本书作者,民国时期北大讲义,最初多采用油印,即用铁笔在蜡纸上书写,确实颇为"烦劳"。而黄子平先生则告知,鲁迅学术演讲的记录者,多采用速记方式,因此记录稿较之演讲原貌相去不远。在此,特向两位先生致谢。

③ 鲁迅抨击文言文及其倡导者的文字,不乏其例,其中最为激烈的言辞,出自《〈二十四孝图〉》一文:"我总要上下四方寻求,得到一种最黑,最黑,最黑的咒文,先来诅咒一切反对白话,妨害白话者。即使人死了真有灵魂,因这最恶的心,应该堕入地狱,也将决不改悔,总要先来诅咒一切反对白话,妨害白话者。"《鲁迅全集》第2卷,第258页。

鉴赏品读,有效地弥合了述学文体与论述对象之间可能存在的区隔与落差。①

　　与《中国小说史略》相比,《中国小说的历史的变迁》作为演讲的记录,采用白话,保持了一定的口语色彩和现场感(尤其是开场白和结尾),部分内容就是《中国小说史略》的白话版。如第六讲《清小说之四派及其末流》中关于《儒林外史》的论述:

　　　　小说中寓讥讽者,晋唐已有,而在明之人情小说为尤多。在清朝,讽刺小说反少有,有名而几乎是唯一的作品,就是《儒林外史》。《儒林外史》是安徽全椒人吴敬梓做的。敬梓多所见闻,又工于表现,故凡所有叙述,皆能在纸上见其声态;而写儒者之奇形怪状,为独多而独详。当时距明亡没有百年,明季底遗风,尚留存于士流中,八股而外,一无所知,也一无所事。敬梓身为士人,熟悉其中情形,故其暴露丑态,就能格外详细。其书虽是断片的叙述,没有线索,但其变化多而趣味浓,在中国历来作讽刺小说者,再没有比他更好的了。②

　　相关内容在《中国小说史略》中,则表述为:

　　　　寓讥弹于稗史者,晋唐已有,而明为盛,尤在人情小说中。……迨吴敬梓《儒林外史》出,乃秉持公心,指摘时弊,机锋所向,尤在士林;其文又感而能谐,婉而多讽:于是说部中乃始有足称讽刺之书。
　　　　…………
　　　　吴敬梓著作皆奇数,故《儒林外史》亦一例,为五十五回;其成殆在雍正末,著者方侨居于金陵也。时距明亡未百年,士流盖尚有明季遗风,制艺而外,百不经意,但为矫饰,云希圣贤。敬梓之所描写者即是此曹,既多据自所闻见,而笔又足以达之,故能烛幽索隐,物无遁形,凡官师,儒者,名士,山人,间亦有市井细民,皆现身纸上,声态并作,使彼世相,如在目前,惟全书无主干,仅驱使各种人物,行列而来,事与其来俱起,亦与其去

①　鲁迅对于述学文体的选择及其背后的文化立场,参见陈平原:《分裂的趣味与抵抗的立场——鲁迅的述学文体及其接受》,《文学评论》2005年第5期。
②　鲁迅:《中国小说的历史的变迁》第六讲《清小说之四派及其末流》,《鲁迅全集》第9卷,第344—345页,以下引用《中国小说的历史的变迁》原文,均出自这一版本,不再一一注明。

俱讹，虽云长篇，颇同短制；但如集诸碎锦，合为帖子，虽非巨幅，而时见珍异，因亦娱心，使人刮目矣。

两相对照，《中国小说的历史的变迁》中的论述稍显简略，但内容与《中国小说史略》基本一致，所不同者只在于表述方式。前者采用白话，并保持口语状态；后者则采用典雅的文言，在述史持论的同时，也体现出对于文字的悉心经营——"秉持公心，指摘时弊，机锋所向，尤在士林""戚而能谐，婉而多讽"，不仅是对《儒林外史》之讽刺特质的定评，在文字上亦富于美感。通过比较，不难看出鲁迅明确的文体意识：《中国小说的历史的变迁》作为演讲记录，应保持白话讲学的现场效果；《中国小说史略》作为学术著作，在持论谨严的同时，还需在文字上体贴论述对象。二者具有不同的文体归属和学术职能。

《中国小说的历史的变迁》中还有一些不见于《中国小说史略》的内容，被研究者视为对后者的修正和补充。[①]《中国小说的历史的变迁》中不同于《中国小说史略》之处，多数源自白话与文言的表述差异，少数是对《中国小说史略》中论断的延伸，个别为《中国小说的历史的变迁》中所独有且篇幅较长者，主要有以下几处：

1.开场白中讨论历史的进化；

2.第一讲中提出"诗歌在先，小说在后"的观点；

3.第一讲中关于神话可否作为儿童读物的论述；

4.第二讲中阐述"万有神教"及其成因；

5.第三讲中将张生与崔莺莺的团圆视为"国民性"问题；

6.第三讲中就孙悟空的原型与胡适商榷；

7.第四讲中论述唐宋传奇不同的原因。

上述"新见"是否属于对《中国小说史略》的修正，尚须辨析。第1条即开场白中讨论历史的进化，常为研究者所引用，所谓"从倒行的杂乱的作品里寻出一条进行的线索"一语虽不见于《中国小说史略》，却是鲁迅小说史研究的基本思路。作为系列演讲的开场白，只是将贯穿于《中国小说史略》中的内在学术理路明确说出而已，并非修正。第2至5条，其主要观点及思路均见于鲁迅的杂文之中。杂文可攻其一点，不及其余，也可借题发挥，任意而谈。学术著作则不然，

① 单演义：《鲁迅在西安》第五章《在西安讲演的特色》之三《补充〈史略〉未曾论及的观点和例证》，西安：陕西人民出版社1981年版，第46—65页。

需有理有据,谨慎施为,同时避免枝蔓过多,随意引申,损害著作的整饬严谨。而介于二者之间的演讲,在保持述学之要旨的同时,可以根据现场情况随时延展发挥。因此,这几处"新见",当属于演讲过程中的现场发挥,之所以见于《中国小说的历史的变迁》而不见于《中国小说史略》,恰恰是二者不同的文体归属使然,并非补充。相对而言,第六、七条与小说史研究本身的关联更为紧密。关于孙悟空的原型,鲁迅在《中国小说史略》中提出"无支祁"说。胡适则在《〈西游记〉考证》一文中提出孙悟空形象来源于印度史诗《罗摩衍那》(Rāmāyana)中的神猴哈奴曼(Hanumān)。①鲁迅与胡适,分别以《中国小说史略》和"中国章回小说考证"系列论文执中国小说史学之牛耳,但彼时小说史学尚处于开创期,新观点、新史料层出不穷。《中国小说史略》初版后不久,鲁迅即收到师友及读者的多封来信,或提供新史料,或对个别论断提出修改意见。②鲁迅对此有接受,也有保留,这是学术研究中的正常现象。关于孙悟空形象的原型,"无支祁"说与"哈奴曼"说均可视为一家之言,并无正误优劣可言。鲁迅在《中国小说的历史的变迁》中介绍了胡适的观点,并加以申说,仍然坚持己见。事实上,这类论述更适合写成专门的答辩文章,而不宜写入小说史著作。否则需答辩反驳处甚多,不免枝枝蔓蔓,造成主次不分,影响小说史的正常论述。而作为演讲,《中国小说的历史的变迁》则不存在这种局限,介绍胡适观点并进行答辩,也属于现场发挥。何况鲁迅仍坚持"无支祁"说,更不能视为对《中国小说史略》的修正。

《中国小说的历史的变迁》第四讲论述唐宋传奇之不同:

> 传奇小说,到唐亡时就绝了。至宋朝,虽然也有作传奇的,但就大不相同。因为唐人大抵描写时事;而宋人则极多讲古事。唐人小说少教训;而宋则多教训。大概唐时讲话自由些,虽写时事,不至于得祸;而宋时则讳忌渐多,所以文人便设法回避,去讲古事。加以宋时理学极盛一时,因之把小说也多理学化了,以为小说非含有教训,便不足道。但文艺之所以为文艺,并不贵在教训,若把小说变成修身教科书,还说什么文艺。

这段论述为《中国小说史略》所无,看似属于新见,但前引之许广平回忆中

---

① 胡适:《〈西游记〉考证》,欧阳哲生编:《胡适文集》第3卷,北京:北京大学出版社1998年版,第510—514页。胡适将《罗摩衍那》译为《拉麻传》。
② 鲁迅:《〈中国小说史略〉再版附识》,《鲁迅全集》第8卷,第173页。

有如下记述：

> 关于传奇，鲁迅批评宋不如唐，其理由有二：（一）多含封建说教语，则不是好的小说，因为文艺作了封建说教的奴隶了；（二）宋传奇又多言古代事，文情不活泼，失于平板，对时事又不敢言，因忌讳太多，不如唐之传奇多谈时事。①

两相对照，内容极为相近。据许广平回忆，她选修鲁迅的中国小说史课，讲前三篇时还在使用油光纸临时印的讲义，此后就以新潮社出版上下册本《中国小说史略》为课本了。据此推断，当在1924年上半年，早于鲁迅在西北大学演讲。可见，在赴陕西之前，鲁迅已有上述论断，决非自《中国小说的历史的变迁》始。传奇"宋不如唐"的判断，在《中国小说史略》即已出现，对其原因也所有阐发，但不及《中国小说的历史的变迁》详尽。因此，《中国小说的历史的变迁》中论述唐宋传奇之不同，较之《中国小说史略》只是由略到详而已，并非从无到有的新见。

综上可知，《中国小说的历史的变迁》中所谓"新见"，无一是对《中国小说史略》修正和补充，仅属于演讲过程中的现场发挥。对《中国小说的历史的变迁》这样以学术著作为蓝本的演讲记录而言，基本内容和思路相对固定，现场发挥则可因时因地而异，具有一定的随意性和偶然性，能否视为对《中国小说史略》修正，不在于其观点的新颖别致，而在于是否适合于著作。鲁迅在西北大学演讲，从1924年7月21日起至29日讫，修订讲稿则在是年9月。此时，《中国小说史略》分别于1923年12月和1924年6月由新潮社出版上下册本。在修订《中国小说的历史的变迁》讲稿并寄还后，《中国小说史略》于1925年2月由新潮社再版。此次再版，除订正初版本中的若干错字外，对小说史论断和材料的修改共有四处，无一涉及出现在这两个版本之间的《中国小说的历史的变迁》中的所谓"修正和补充"。在《中国小说史略》此后的一系列版本中，鲁迅多次进行修订，但《中国小说的历史的变迁》中的"修正和补充"也无一纳入其中。由此可见，《中国小说史略》之于《中国小说的历史的变迁》，并非增补修订，而是学术著作及以其为蓝本的演讲记录稿之关系。

---

① 许广平：《鲁迅回忆录·三·鲁迅的讲演与讲课》，鲁迅博物馆鲁迅研究室《鲁迅研究月刊》选编：《鲁迅回忆录》（专著）下册，第1111页。

以上讨论了《中国小说的历史的变迁》与《中国小说史略》的学术关联，及其自身的学术意义。在现代中国学术史上，由课堂讲义而成为学术专著，甚至学术名著的层出不穷，如刘师培《中国中古文学史》、黄侃《文心雕龙札记》等；以演讲记录稿的身份流传后世者也不乏其例，如章太炎《国故论衡》、周作人《中国新文学的源流》等。相对而言，《中国小说的历史的变迁》则自有其独特性。作为一部学术演讲的记录稿，《中国小说的历史的变迁》既有专著《中国小说史略》为蓝本，又以白话书写，保持口语色彩和现场感，从而在课程、演讲及其他相关著作的缝隙之间体现出独特的学术价值和文体特征，其突出意义不在于观点的确凿不移，或结构的严谨整饬，而是在政治与学术、演讲与著作、课堂与书斋、白话与文言之间保持"必要的张力"，成为现代中国学术史、教育史和文学史上的一个独特文本。

附录一 作为讲义的《苦闷的象征》

《苦闷的象征》作为日本文艺理论家厨川白村的遗作,在作者罹难后经其弟子山本修二编定,由改造出版社于1924年2月印行。在厨川氏生前,作为该书前两篇的《创作论》和《鉴赏论》曾刊于《改造》杂志,时在1921年1月。该书及其内在各篇章一经面世,即引发中国学人的密切关注,明权(孔昭绶)、丰子恺、鲁迅、樊仲云等先后翻译了单篇或全本。[①]其中,鲁迅的译本更受重视,个中原因,除鲁迅在新文化运动中逐渐积累的盛名[②],作为国内最早刊行的全译本[③],以及译者本人的大力推介[④]外,还与鲁迅将《苦闷的象征》作为在北京大学和北京女子师范大学的授课讲义有关。借助现代大学教育这一传播途径,无疑进一步扩大了该书的影响,也因此一直为当年的学生和后世的研究者津津乐道。其中,

---

[①] 先后次序依译文的初刊时间为据。明权译自前述《改造》杂志刊本,连载于1921年1月16至22日上海《时事新报》副刊《学灯》。丰子恺、鲁迅、樊仲云均据1924年改造社刊行本。鲁译该书全本,连载于1924年10月1日至31日北京《晨报副刊》;樊译该书第三部分,刊于1924年10月25日上海《东方杂志》第二十一卷第二十号;丰译该书全本,于1925年3月由上海商务印书馆出版,为"文学研究会丛书"之一。曾有研究者认为丰子恺翻译该书的时间是1924年12月,但据鲁迅在北京大学的学生,曾翻译作为《苦闷的象征》附录的莫泊桑短篇小说《项链》和书中引用的波特来尔、望莱培格的两首法文诗的常惠回忆:"有一次见到鲁迅先生,他对我说:'我准备翻译日本厨川白村的《苦闷的象征》。'我听了这话,当时就告诉先生说:'我订了一份《上海时报》,报上刊有丰子恺翻译的《苦闷的象征》,正开始译,是连载的,每天登一段。'先生说:'你拿来我看看。'我就连续给先生拿了三次。他说:'以后不用拿了,我就要翻译了。'后来他就开始翻译。"常惠:《回忆鲁迅先生》,鲁迅博物馆鲁迅研究室编:《鲁迅诞辰百年纪念集》,长沙:湖南人民出版社1981年版,第522页。可见,丰子恺、鲁迅和樊仲云的实际翻译时间互有交叠,而丰氏译文刊行时间最早。

[②] "鲁迅"这一笔名最早出现于1918年5月在《新青年》第四卷第五号发表短篇小说《狂人日记》时,尽管小说影响巨大,在当时却鲜有读者能够将"鲁迅"和任职于教育部的周树人对号入座。随着一系列现代白话小说的陆续刊出,"鲁迅"其名和周树人其人才逐渐为人所熟知。

[③] 鲁迅译《苦闷的象征》目前可见的最早版本署"1924年12月印成",为"未名丛刊之一"。但据张杰考证,其初版时间当在1925年3月,署"1924年12月"为虚拟。张杰:《〈苦闷的象征〉鲁迅译本初版时间考》,张杰:《鲁迅杂考》,福州:福建教育出版社2006年版,第10—15页,可备一说。另据鲁迅1925年3月7日日记记载:"下午新潮社送《苦闷的象征》十本。"《鲁迅全集》第15卷,北京:人民文学出版社2005年版,第555页。可见,鲁迅译本的正式出版时间当不晚于商务印书馆刊行的丰子恺译本。

[④] 在《苦闷的象征》翻译、连载和出版的前前后后,鲁迅曾撰写多篇相关文字:1924年9月22日开始翻译后,于9月26日作《译〈苦闷的象征〉后三日序》;10月4日作《〈文艺鉴赏的四阶段〉译者附记》(《文艺鉴赏的四阶段》为《苦闷的象征》第二章《鉴赏论》之第五节);10月17日作《〈有限中的无限〉译者附记》(《有限中的无限》为《苦闷的象征》第二章《鉴赏论》之第四节);11月22日作《苦闷的象征》引言;1925年1月9日作《关于〈苦闷的象征〉》(为复读者王铸信);还亲自撰写书籍广告,载1925年3月10日《京报副刊》。加上同期对厨川白村其他著作的翻译和介绍,鲁迅对厨川氏著作的推介,可谓不遗余力。

鲁迅在北京大学授课,始于1920年底(是年8月6日接到聘书,12月24日正式开始授课),直至1926年8月离开北京为止,期间"先是自编讲义,讲授《中国小说史略》,后又以日本厨川白村的《苦闷的象征》为教材,讲授文艺理论"①。《鲁迅年谱》中的这段记述似可证明鲁迅在北京大学开设过两门课程——中国小说史和文艺理论(文学概论),其中前者显然更受关注。一方面,除北京大学外,鲁迅还曾在北京师范大学、北京女子师范大学、世界语专门学校、集成国际语言学校、黎明中学、大中公学和中国大学等院校讲授该课程②,听者众多,而且从1920年底首次开课起到1926年8月离京赴闽止,时间跨度长达六年之久。而文艺理论的讲授仅限于北京大学和北京女子师范大学两所学校,受众略少,开设时间则在1924至1926年,时长不及小说史的三分之一,其影响自不可同日而语。另一方面,在鲁迅之前,国内大学从未开设过小说史课程③,鲁迅的应聘,不仅为北大增添了一门叫好又叫座的课程,更顺应了晚清"小说界革命"至"五四"新文化运动以来大力倡导小说之风潮,借助现代教育体制使小说逐渐由边缘走向中心,实现了对于文类等级秩序的重建。同时,鲁迅以自编讲义《中国小说史略》授课,打破了中国小说自来无史的局面,终成一代名著,以之为依托,加上鲁迅在课堂上的精彩发挥,不断引发后世的追怀与阐释④。相对而言,有关鲁迅以自译《苦闷的象征》讲授文艺理论的记述较少,各家回忆或语焉不详,或相互间偶有抵牾。本章力图借助相关史料,还原鲁迅在各高校讲授《苦闷的象征》的历史现场,并对其在现代中国文学史、教育史和学术史上的意义略加阐释。

一

文学概论(文艺理论)在北京大学的课程体系中出现较晚。在1902年颁布

---

① 鲁迅博物馆鲁迅研究室编:《鲁迅年谱》(增订本)第二卷,北京:人民文学出版社2000年版,第33页。
② 详见北京鲁迅博物馆绘制:《鲁迅在北京各校兼课时间统计表(一九二〇年——一九二六年)》,薛绥之主编:《鲁迅生平史料汇编》第三辑,天津:天津人民出版社1983年版,第210页。陈洁《鲁迅北京时期的文学课堂》一文亦列表介绍了相关情况,并增补了受聘职务和承担课程,《新文学史料》2018年第1期。
③ 在鲁迅应聘之前,北京大学已有开设小说史课程的计划,但因为缺乏合适的人选,而借助国文门研究所小说科的系列演讲。
④ 参见陈平原:《知识、技能与情怀——新文化运动时期北大国文系的文学教育》第四节《消失在历史深处的"文学课堂"》《"文学"如何"教育"——关于"文学课堂"的追怀、重构与阐释》第二节《课堂内外的"笑声"》,陈平原:《作为学科的文学史》(增订本),北京:北京大学出版社2016年版,第89—93、129—133页。

的《钦定大学堂章程》中,文学科目分为七科,"一曰经学,二曰史学,三曰理学,四曰诸子学,五曰掌故学,六曰词章学,七曰外国语言文字学"①,与后世文学科目的设定相去甚远。次年制定的《奏定大学堂章程》有明显调整,中国文学门下设科目中有《文学研究法》一项,与后世"文学概论"课程在内容上略具关联,但远为浩繁驳杂,既涉及字体变迁、训诂、修辞、文体、文法等,还包括文学与人事世道之关系、文学与国家之关系、文学与地理之关系、文学与世界考古之关系,甚至还有文学与外交之关系、文学与学习新理新法制造新器之关系等等②,不一而足,差不多统摄了中国语言文学学科的方方面面。这显然很难用一门课程加以涵盖,以致后来开设此课程的教师,大抵只能删繁就简。如清末民初任教于此的姚永朴曾刊行讲义《文学研究法》,依传统的文章学体系立论,择取了《奏定大学堂章程》中的该课程大纲的部分内容。③蔡元培掌校并延请陈独秀担任文科学长后,北京大学的课程体系发生了明显的变化,呈现学科属性的"文学概论"课程渐渐浮出水面。在《北京大学日刊》1917年12月2日刊载的《改订文科课程会议纪事》中,中国文学门课程中第一次出现"文学概论",作为必修课,每周二课时。④在一星期后刊载的《文科改订课程会议决议案修正如左》中,"文学概论"仍作为中国文学门的必修课,唯一的变化是周课时缩减为一。⑤在同年年底颁布的《文科大学现行科目修正案》中,周课时又增加至三。⑥课时的反复增减,体现出方案制定者对于该课程的举棋不定。而在1918年1月5日刊载的《文本科第二学期课程表》中,中国文学门所辖科目中新出现了一门"中国文学概论",每周三课时,任课教师为黄季刚(侃)。⑦这在同年4月12日刊载的《文本科第三学期课程表》中得以延续,并限定为一年级课程。⑧由此可以判定,这一名为"中国文学概论"的课程即为前述《修正案》中设定之"文学概论",加上"中

①　《钦定大学堂章程》,北京大学校史研究室编:《北京大学史料》第一卷,北京大学出版社1993年版,第88页。
②　《大学堂章程》,北京大学校史研究室编:《北京大学史料》第一卷,第106—107页。
③　程正民、程凯:《中国现代文学理论知识体系的建构——文学理论教材与教学的历史沿革》,北京:北京大学出版社2005年版,第11—15页;刘顺利:《从姚永朴〈文学研究法〉看中国现当代文学理论的逻辑起点》,《浙江工商大学学报》2011年第1期。
④　《改订文科课程会议纪事》,《北京大学日刊》第十五号,1917年12月2日第二版。
⑤　《文科改订课程会议决议案修正如左》,《北京大学日刊》第二十一号,1917年12月9日第二版。
⑥　《文科大学现行科目修正案》,《北京大学日刊》第三十五号,1917年12月29日第二版。
⑦　《文本科第二学期课程表》,《北京大学日刊》第三十八号,1918年1月5日第二版。
⑧　《文本科第三学期课程表》,《北京大学日刊》第一百零九号,1918年4月12日第一版。

国"二字,概源于黄侃以《文心雕龙》为教材①,不涉及外国文论。黄氏此举于课堂教学与学术研究而言,均别出心裁,并由此促成名著《文心雕龙札记》的问世,却因独沽中国文论之一味,而导致中国文学门声明该课程"当道冠古今中外,《文心雕龙》《诗品》等书虽可取裁,然不合于讲授之用,以另编为宜。"②明显针对黄侃的授课方式。黄氏是否因此停止讲授"文学概论",不得而知。但在此后相当长的一段时间里,该课程一直处于停开状态,确乎事实。③事实上,1914年应聘北大的黄侃④,次年即讲授《文心雕龙》⑤,依托这部名著开设"文学概论",可谓驾轻就熟。由于该课程是本科一年级的必修课,中国文学门出于规范性的考虑,希望任课教师提供更为系统全面的文学理论知识,本无可厚非,但因此中断了一门独具特色的课程,却令人遗憾。日后开设"文学概论"课程的教师可谓多矣,却难以促成《文心雕龙札记》这类学术名著的问世,不能不说有制度方面的原因。⑥

黄侃于1919年9月离开北京大学后⑦,"文学概论"一直未能找到合适的教师。在1919年10月25日公布的《文本科中国文学系第三二一学年课程时间表》中,"文学概论"因此未能列入其中。⑧而在次年10月修订的《中国文学系课程指导书》中,"文学概论"属于"本系特设及暂阙"科目,并特别说明"本学年若有机会,拟即随时增设"。⑨这一状况,直到1922年才获得转机。是年5月25日公布的

① 据当时就读于北大的杨亮功回忆:"黄季刚先生教文学概论以《文心雕龙》为教本,著有《文心雕龙札记》。"杨亮功:《早期三十年的教学生活·五四》,合肥:黄山书社2008年版,第22页。

② 《文科国文学门文学教授案》,《北京大学日刊》第一百二十六号,1918年5月2日第二版。标点为引者所加。

③ 在1918年9月14日刊载的《文本科七年度第一学期课程表》中,有"文学概论",每周一课时,任课教师一栏空缺,表明仅仅列入其中,未能实际开设。在同一课表中,列有黄侃开设的《文(一)魏晋以前各家》《文(二)魏晋以后各家》(周课时均为三)和《诗(一)魏晋以前各家》《诗(二)魏晋以后各家》(周课时均为二)等课程。《北京大学日刊》第二百零七号,1918年9月14日第三版。而在同年9月26日刊载的《文本科本学年各门课程表》和11月12日刊载的《文本科国文门每周功课表》中,"文学概论"均未列入,《北京大学日刊》第二百十三号,1918年9月26日第二、三版;《北京大学日刊》第二百五十号,1918年11月12日第五版。

④ 司马朝军、王文晖合撰:《黄侃年谱》,武汉:湖北人民出版社2005年版,第90页。

⑤ 司马朝军、王文晖合撰:《黄侃年谱》,第106页。

⑥ 在《1918年北京大学文理法科改定课程一览》中,文学门"通科"中列有"文学概论"科目,并注明"略如文心雕龙、文史通义等类"。可见虽然作为"通科",校方当时不仅不排斥,还特别引导教师依托一部中国古代学术名著讲授该课程。朱有瓛主编:《中国近代学制史料》第三辑下册,上海:华东师范大学出版社1992年版,第114页。

⑦ 司马朝军、王文晖合撰:《黄侃年谱》,第148页。

⑧ 《文本科中国文学系第三二一学年课程时间表》,《北京大学日刊增刊》1919年10月25日第一版。

⑨ 《中国文学系课程指导书(十年十月订)》,《北京大学日刊》第八百六十四号,1921年10月13日第四版。值得一题的是,该《指导书》中第一次出现了由周树人开设的"小说史"课程。

《中国文学系教授会启事》声明："本系现请张黄教授担任文学概论，戏剧论，外国文学书之译读（戏剧及诗），诸科。本学期先行讲授戏剧之译读。"[①]张黄即张定璜（字凤举）。[②]"文学概论"虽然未能立即开设，但张定璜受聘北大，使该课程重新拥有了任课教师。据北大《中国文学系课程指导书》记载，张定璜首次开设"文学概论"课程，时在1923年。[③]在《指导书》开列的选修课名录中，有周树人开设的"小说史"。在之后两年的《指导书》中，两名课程仍分别归入张定璜和周树人名下，前者为必修，周课时三，后者为选修，周课时一。[④]不过，这一情形仅仅持续了三个学年。查1926年《指导书》，两门课程均不在其中。[⑤]可见，鲁迅在北大只开设过一门课程，即"小说史"。"文学概论"的讲授者或另有其人，或暂时告缺。在"文学概论"因缺乏师资而停开的1921—1922年，鲁迅正以自编讲义讲授"小说史"，即使在1924年秋以自译《苦闷的象征》为教材，也发生在"小说史"的规定课时之内，并非另行设课，而与张定璜讲授的"文学概论"同时进行，各司其职，更不存在以讲授《苦闷的象征》充作"文学概论"课程之可能。

在鲁迅使用《苦闷的象征》为教材的另一所大学即北京女子师范大学，其授课情况与北大近似。鲁迅于1923年7月接到该校（时称北京女子高等师范学校）聘书，担任国文系小说史科兼任教员[⑥]，直至1926年8月离京南下，期间一直在该校任教，讲授"小说史"。但据当时就学于女高师的陆晶清回忆：

> 鲁迅先生应聘担任女高师国文科二、三两班讲师，每周讲课一次，每次一小时，于一九二三年十月十三日星期六上午开始第一次讲课，课程名称是"小说史"。但在讲授《中国小说史略》之前，曾讲授过一学期多些

① 《中国文学系教授会启事》，《北京大学日刊》第一千零三六号，1922年5月25日第一版。
② 据周作人晚年回忆："我的功课则是欧洲文学史三小时，日本文学史二小时，用英文课本，其余是外国文学书之选读，计英文与日本文小说各二小时，这项功课还有英文的诗与戏剧及日本文戏剧各二小时，由张黄担任，张黄原名张定璜，字凤举。"《知堂回想录》下册，石家庄：河北教育出版社2002年版，第467页。
③ 《中国文学系课程指导书（十二年至十三年度）》，载《北京大学日刊》第一二九三号，1923年9月18日第三版。《指导书》对于该课程还明确规定："论一般文学之内容及形式。"
④ 《国文学系课程指导书（十三年至十四年度）》，载《北京大学日刊》第一五三四号，1924年10月3日第二版；《国文学系课程指导书（十四年至十五年度）》，《北京大学日刊》第一七八〇号，1925年10月13日第三版。
⑤ 《国文学系课程指导书（十五年至十六年度）》，《北京大学日刊》第一九八五号，1926年11月20日第三、四版。
⑥ 《北京女子高等师范学校聘书》，薛绥之主编：《鲁迅生平史料汇编》第三辑，第211页。原件存北京鲁迅博物馆。

时候的文艺理论,是以所译日本文艺批评家厨川白村著的《苦闷的象征》为教材,着重讲了"创作论"和"鉴赏论"两章。①

　　校之以《鲁迅日记》,可知陆晶清所记鲁迅第一次授课时间无误。②但在讲授《中国小说史略》之前曾以所译《苦闷的象征》为教材讲授文艺理论则存疑。在鲁迅开始讲授"小说史"课程的1923年10月,厨川氏的著作尚未出版,鲁迅不可能接触到这本书,更不可能着手翻译。③陆晶清很可能记错了鲁迅使用教材的先后次序。可见,鲁迅应聘该校讲授"小说史"课,先使用《中国小说史略》,待讲完后,再以自译《苦闷的象征》为教材,而不是在"小说史"之前或之后另开设"文学概论"。④

　　以上对若干史料加以爬梳和辨析,意在说明,鲁迅在北京各院校,包括北京大学和北京女子师范大学,均只开设了"小说史"一门课程。在其他院校甚至没有以自译《苦闷的象征》为教材。"文学概论"在北大的开设虽然历经波折,但并未邀请鲁迅临时救场。鲁迅在"小说史"课堂上讲授《苦闷的象征》,绝非以此填补"文学概论"课程之空缺,或纠正黄侃只及"古""中",忽视"今""外"之"偏失"。个中缘由,主要是《中国小说史略》已正式出版,不希望在课堂上照本宣科,而正在翻译的《苦闷的象征》恰逢其时,实现了对这门课程的精彩延续。而日后鲁迅离京南下,在中山大学短暂的任教经历中,对于"小说史"和"文学理论"课程则分别讲授。⑤

①　陆晶清:《鲁迅先生在女师大》,鲁迅博物馆鲁迅研究室《鲁迅研究月刊》选编:《鲁迅回忆录》(散篇)上册,北京:北京出版社1999年版,第403—404页。

②　鲁迅1923年10月13日日记载:"晨往女子师校讲。"《鲁迅全集》第15卷,第483页。

③　从前述以《关于〈苦闷的象征〉》为题的通信可知,鲁迅在收到王铸来信前,并不知晓明女曾在《时事新报·学灯》刊出厨川氏《创作论》和《鉴赏论》译文,《京报副刊》1925年1月13日第七、八版。

④　女高师国文部预科"文学概论"课程的任课教师著录为黄侃,本科该课程未著录任课教师。详见王翠艳:《女子高等教育与中国现代女性文学的发生——以北京女子高等师范为中心》第二章附录1、2,北京:文化艺术出版社2007年版,第88、91、95、98页。该附录当采自档案资料,未标注时间。前引《黄侃年谱》也未述其事,因此难以判断黄侃是否或者何时在女高师讲授"文学概论"。

⑤　许涤新在《鲁迅战斗在广州》一文中回忆:"鲁迅在中大文学系讲授的课程是:《文艺论》、《中国小说史》、《中国文学史》。许多热爱文学的青年,纷纷要求旁听他的讲课,于是,他就把《文艺论》这个课程,搬到大礼堂去上课……参考书是日本厨川白村的《苦闷的象征》。"薛绥之主编:《鲁迅生平史料汇编》第四辑,天津:天津人民出版社1983年版,第336页。

二

　　鲁迅于1924年4月8日购得厨川白村《苦闷的象征》日文原版[①]，同年9月22日开始翻译[②]，至10月10日完成[③]，历时19天。期间随译随将稿件交予孙伏园[④]，由后者编辑，连载于《晨报副刊》。鲁迅1924年10月3日日记中曾记述："得伏园信二函并排印讲稿一卷。"[⑤]可见鲁迅在翻译之初即有将译稿作为讲义的计划。请孙伏园编印，既用于向《晨报副刊》投稿，又作为讲义发放给北大和女师大的选课学生。

　　鲁迅从1920年底开始在北大开设"小说史"课程，最初采用自编讲义的形式，经油印本和铅印本，不断增补修订，并于1923年12月和1924年6月由新潮社分别出版《中国小说史略》上、下卷。至1924年秋，鲁迅已连续讲授了四个学年，依照刚刚正式出版的自家著作，可谓驾轻就熟。但讲义既然已经正式出版，学生不难获取，继续依照，难免自我重复。《中国小说史略》从油印本到铅印本改动较大，铅印本到新潮社初版本也有明显增补，此后各版本大多进行局部的调整，不再有整体性的修改。可见，该书至新潮社初版本，内容基本确定，用于课堂讲授也不易出新。何况，不乏有学生一而再，再而三地随鲁迅听课[⑥]，这也促使鲁迅调整授课内容，在"小说史"的课程框架内，引入《苦闷的象征》，既涉及精神分析学和象征主义文艺理论，内容有所拓展，又依照厨川氏原书每每以小说为例证的写作方式，延续了自家"小说史"课程以史实连结小说文本、理论牵引创作实践的讲授思路。加之讲授鲁迅当时密切关注、再三译介的厨川白村[⑦]，

---

① 鲁迅：《日记十三》（一九二四年），《鲁迅全集》第15卷，第507页。
② 鲁迅：《日记十三》（一九二四年），《鲁迅全集》第15卷，第530页。
③ 鲁迅：《日记十三》（一九二四年），《鲁迅全集》第15卷，第532页。
④ 见鲁迅1924年10月2日、3日、8日、16日日记，《鲁迅全集》第15卷，第531、532页。
⑤ 《鲁迅全集》第15卷，第531页。
⑥ 据北京大学法文系学生常惠回忆："我在北京大学听鲁迅先生讲了四年'中国小说史'，我也听他讲过他翻译的《苦闷的象征》。"常惠：《回忆鲁迅先生》，《鲁迅诞辰百年纪念集》，第516页。另据北京大学英文系学生尚钺回忆："我一直这样听了先生三年的讲授。这中间，从一部《中国小说史略》和一本《苦闷的象征》（虽然未经详细地记录和研读）中，我却获得了此后求学和作人的宝贵教育。"尚钺：《怀念鲁迅先生》，《鲁迅回忆录》（二集），上海：上海文艺出版社1979年版，第187页。
⑦ 除《苦闷的象征》外，鲁迅还翻译了厨川白村的文艺论集《出了象牙之塔》。在文艺论文合集《壁下译丛》中，也收录了厨川氏的论文。此外，鲁迅还撰写了多篇介绍性文章甚至书籍广告。20世纪20年代中期，中国文艺界掀起一阵阅读、翻译、借鉴厨川白村著作的热潮，鲁迅在其中起到了关键作用。

更是别有会心①。这从当年听讲的学生在日后的回忆中，可略见一斑。

时为北京大学德文系学生和"沉钟社"重要成员的冯至回忆：

> 这本是国文系的课程，而坐在课堂里听讲的，不只是国文系的学生、别系的学生、校外的青年也不少，甚至还有从外地特地来的。那门课名义上是"中国小说史"，实际讲的是对历史的观察，对社会的批判，对文艺理论的探索。有人听了一年课以后，第二年仍继续去听，一点也不觉得重复。一九二四年暑假后，我第二次听这门课时，鲁迅一开始就向听众交代："《中国小说史略》已印制成书，你们可去看那本书，用不着我在这里讲了。"这时，鲁迅正在翻译厨川白村的《苦闷的象征》，他边译边印，把印成的清样发给我们，作为辅助的教材。但是鲁迅讲的，也并不按照《苦闷的象征》的内容，谈论涉及的范围比讲"中国小说史"时更为广泛。②

这段回忆提供了颇多可堪玩味的细节。对于鲁迅开设的"小说史"课程，学生最初可能是慕名而来，但能够吸引其反复听课，而且每次都有新的收获，证明鲁迅的授课之所以大受欢迎，并不是源于知名小说家的光环，而是言之有物且能够不断讲出新意。鲁迅使用《苦闷的象征》作教材，确实是因为《中国小说史略》正式出版。然而教材也仅仅是辅助或参照，更换教材并不意味着更换课程。以《苦闷的象征》作教材，对"小说史"有所拓展，但仍以讲授"对历史的观察，对社会的批判，对文艺理论的探索"为基本内容，授课思路和方式没有改变。

在北大旁听鲁迅授课的许钦文回忆：

---

① 事实上，鲁迅以《苦闷的象征》为教材，也有借此推介厨川白村著作及其理论的目的。在该书译本出版后，鲁迅即自撰广告，刊于1925年3月10日《京报副刊》："这其实是一部文艺论，共分四章。现经我以照例的拙涩的文章译出，并无删节，也不至于很有误译的地方。印成一本，插画五幅，实价五角，在初出版两星期中，特价三角五分。但在此期内，暂不批发。北大新潮社代售。鲁迅告白。"《鲁迅全集》第8卷，第467页。三天后出版的《北京大学日刊》也刊登类似广告：
　　厨川白村著《苦闷的象征》出版
　　这是一部文艺论，共分四章，现经我用照例的拙涩的文章译出，印成一本，内有插画五幅。实价五角，初出之两星期内(三月七日至二十一日)特价三角五分。但在此期内，暂不批发。北大新潮社代售。鲁迅。
《北京大学日刊》1925年3月13日第二版。文字与《京报副刊》所刊稿有差别，但更像是出于鲁迅之手，当不是《北京大学日刊》编辑对《京报副刊》广告的摘编。如果这一推断属实，在讲授《苦闷的象征》的北京大学的刊物上发表自撰广告，由此更见鲁迅对于这部著作及其课堂讲授的重视。
② 冯至：《笑谈虎尾记犹新》，《鲁迅回忆录》(一集)，上海：上海文艺出版社1978年版，第84页。

鲁迅先生在北京大学讲完了《中国小说史略》，就拿《苦闷的象征》来做讲义；一面解释，一面教授，选修的人很多，旁听的人更多。无论已毕业在各处做事的，或者未毕业在工读的，到了这一点钟，凡是爱好文学的总是远远近近的赶来，长长的大讲堂，经常挤得满满的。这在当时固然是很难得的关于文学的理论功课，而且鲁迅先生，同讲《中国小说史略》一样，并非只是呆板的解释文本，多方的带便说明写作的方法，也随时流露出些做小说的经验谈来。①

作为小说家的许钦文，在听课时显然有所侧重，所关注的不限于理论，更在"写作的方法"和"做小说的经验"。这段回忆也证明鲁迅授课依照，却不依赖教材，能够结合历史、文化、理论、创作等因素不断延展和发挥。这种对于教材入乎其内而又出乎其外的讲授方式，才是其吸引学生的魅力所在。②

1924年下半年在北大旁听鲁迅授课的刘弄潮回忆：

鲁迅先生站在讲台前面。他神情沉着而刚毅，用夹杂着绍兴乡音的北方话，从容不迫地、娓娓动听地讲授《苦闷的象征》。他善于深入浅出地联系实际，如随口举例说："如象吴佩孚'秀才'，当他横行洛阳屠杀工人的时候，他并没有做所谓的'诗'；等到'登彼西山，赋彼其诗'的时候，已经是被逼下台'日暮途穷'了，岂非苦闷也哉？！"先生的话音刚落，全场哄堂大笑不止，因为当时北京各报，正登载吴佩孚逃窜河南"西山"，大做其诗的趣闻。③

时在北京从事各大学"社会主义青年团"的宣传工作，日后成为中国党史研

① 许钦文：《鲁迅先生译〈苦闷的象征〉》，许钦文：《在老虎尾巴的鲁迅先生：许钦文忆鲁迅全编》，上海：上海文化出版社2013年版，第37页。
② 另据许钦文《鲁迅先生在砖塔胡同》一文回忆："鲁迅先生在北京大学讲完《中国小说史略》以后，接着讲文学理论，仍然每星期一小时。"其中对于课程的表述略显含混，可以理解为鲁迅在同一门课程中讲完《中国小说史略》后，将授课内容调整为文学理论；也可以理解为继"小说史"课程后，新开设"文学理论"课程。相较而言，前引《鲁迅先生译〈苦闷的象征〉》一文中的表述更为准确。许钦文：《在老虎尾巴的鲁迅先生：许钦文忆鲁迅全编》，第56页。
③ 刘弄潮：《甘为孺子牛，敢与千夫对——缅忆终身难忘的鲁迅先生》，《鲁迅诞辰百年纪念集》，第121页。

究者,刘弄潮在1980年撰写的这篇回忆文章中,着力刻画鲁迅作为革命者的形象,涉及课堂举例也着重突出鲁迅讥讽吴佩孚的细节(个别细节似乎增添了革命话语的色彩),展现鲁迅面对封建军阀毫不妥协的斗争姿态,自是题中应有之意。但刘氏的回忆也体现出鲁迅授课不滞着于理论,能够结合现实,甚至时事充分发挥的特点,于回眸古代的《中国小说史略》如此,于关涉现实的《苦闷的象征》更如是。

时就读于北京世界语专门学校,并在北大旁听的荆有麟回忆了鲁迅讲授《苦闷的象征》的若干细节:

> 曾忆有一次,在北大讲《苦闷的象征》时,书中举了一个阿那托尔法朗斯所作的《泰倚思》的例,先生便将泰倚思的故事人物先叙述出来,然后再给以公正的批判,而后再回到讲义上举例的原因。①

这段回忆虽简短,却涉及鲁迅在授课过程中对于教材内容的处理。很显然鲁迅是尊重教材的,但又有明显的拓展,并注重保留自家判断。这样,教材既可以作为参考,避免授课时一空依傍,又不会对讲授者造成束缚。

同样作为北京大学旁听生的孙席珍对于鲁迅授课的回忆最为详尽。作于1980年的《鲁迅先生怎样教导我们的》一文,以极大的篇幅记述了半个多世纪前的课堂景况,而且将鲁迅的讲授内容置于引号之中,体现出保存"原话"的现场实录效果。若非孙氏记忆力极佳,就是有课堂笔记做支撑,并参考了鲁迅的相关著作。当然其中也可能不乏回忆者的踵事增华,但大意当不差,可供参考。孙席珍从1924年秋季开学起正式成为北大旁听生,旁听鲁迅授课,到1925年暑假为止,"整整一年,从未缺课"②。恰好赶上鲁迅在"小说史"课程时间内以《苦闷的象征》为教材。在孙氏的记述中,包括鲁迅"由中国古典短篇小说讲到近代外国短篇小说"③和讲授唐宋传奇时把话题引到对于"精神分析学"的批判:"近来常听人说,解决性的饥渴,比解决食的饥渴要困难得多。我虽心知其非,但并不欲与之争辩。此辈显系受弗洛伊德学说的影响,或为真信,或仅趋时,争之何

① 荆有麟:《鲁迅回忆断片》,鲁迅博物馆鲁迅研究室《鲁迅研究月刊》选编:《鲁迅回忆录》专著(上册),北京:北京出版社1999年版,第141页。
② 孙席珍:《鲁迅先生怎样教导我们的》,《鲁迅诞辰百年纪念集》,第86页。
③ 上书,第85—99页。

益,徒费唇舌而已。"①这些内容或与"小说史"相关联,或明显溢出了《苦闷的象征》的论述范围。据此不难判断鲁迅不仅在"小说史"课程时间内,还在其框架内讲授《苦闷的象征》,与讲授《中国小说史略》一以贯之。这样的课程,有史有论,而不囿于其中,时时向创作、向现实,甚至向每一位听众的灵魂深处弥散,给学生带来极大精神触动,赞之曰:"先生给了我对社会和文学的认识上一种严格的历史观念,使我了解了每本著作不是一种平面的叙述,而是某个立体社会的真实批评,建立了我此后写作的基础和方向。"②"大家在听他的'中国小说史'的讲述,却仿佛听到了全人类的灵魂的历史"③,并非过誉。

以上试图借助史料,还原鲁迅在"小说史"课程时间内讲授《苦闷的象征》的历史现场。从当年听课学生日后的回忆中不难看出,鲁迅在"小说史"课程中先后以《中国小说史略》和《苦闷的象征》为教材,一著一译,一涉及古代,一涉及外国,内容虽不同,但讲授思路、方法及背后隐含的文化精神却具有高度的一致性。如前文所述,"小说史"课程的开设,原本是新文化运动的产物。作为新文化倡导者的鲁迅,借助大学课堂促进新文化的传播,无论是讲授小说史还是文学理论,其目的都是实现对于历史、社会和现实的贯通。这样,在文学研究与教学体系中各有侧重的小说史和文学理论,在鲁迅的讲授中获得了更大限度的融合。作为学者的鲁迅,在学术著作的撰写中追求严谨;而作为教师的鲁迅,在授课中注重学理,同时也融入小说家的艺术体验与现实关怀,从而避免了对于教材的过度恪守、亦步亦趋,而体现出在课堂上天马行空、自由驰骋的勇气和从心所欲不逾矩的能力。同时,"小说史"作为选修课,也赋予教师更大的自由度,可以将自家的研究兴趣与心得,甚至在学术研究以外的成就——如小说创作——纳入课堂讲授的范畴中。这样更有助于发挥鲁迅的特长,促成因小说史研究而闻名的周树人和因创作现代小说而获誉的鲁迅在课堂上的"相遇",作为小说家的鲁迅,观察小说史的眼光更为独到;作为小说史家的周树人,在小说创作中获得了新的艺术资源。这促成鲁迅的文学研究、教学与创作之间的互动,从而使课程超越了单纯的知识传授,实现了学院体制内外的融会贯通。

综上可知,鲁迅以自家翻译《苦闷的象征》为讲义,既保证了《中国小说史

① 上书,第104页。
② 尚钺:《怀念鲁迅先生》,《鲁迅回忆录》(二集),第187页。
③ 鲁彦:《活在人类的心中》,鲁迅博物馆鲁迅研究室《鲁迅研究月刊》选编:《鲁迅回忆录》(散篇)上册,第121页。

略》出版后,"小说史"课程的顺利进行,也借助大学课堂推动了厨川白村著作的传播。而《苦闷的象征》的翻译和讲授,意义不限于此。在该书译本问世的前后,鲁迅还撰写了学术著作《中国小说史略》、小说集《彷徨》和散文诗集《野草》中的部分篇章。《苦闷的象征》《中国小说史略》《彷徨》和《野草》虽然文类归属和现实功效均有所不同,但彼此间却存在明显的文本关联①,体现出"互文性"的特质。这也促使对于作为讲义的《苦闷的象征》的研究,除对于历史细节的钩沉和事件真伪的辨析外,还具有深入探究鲁迅20世纪20年代的文学文本世界的独特意义。将《苦闷的象征》作为一个关键性的文本枢纽,有助于考察鲁迅小说由《呐喊》到《彷徨》的演变、小说创作和小说史研究之互动关联、散文诗集《野草》的创生,以及《苦闷的象征》的翻译选择等问题,从而全面揭示这一错综复杂却又有迹可循的文本互动生成的过程。

---

① 许钦文在《鲁迅先生译〈苦闷的象征〉》一文中指出:"鲁迅先生在翻译《苦闷的象征》时给《语丝》写散文诗之类的《野草》,我觉得许多地方都是受了这书的影响的,最明显的是《风筝》一篇。"许钦文:《在老虎尾巴的鲁迅先生:许钦文忆鲁迅全编》,第38—39页。许钦文从小说家的眼光出发,对问题的看法显得别有会心。

附录二　北京大学国文门研究所小说科钩沉

　　小说进入现代中国的大学课堂,始于1920年。是年8月,当时在教育部任职的鲁迅接受北大聘书,讲授中国小说史课程。[1]鲁迅的应聘,促成小说史在中国大学的正式设课,也为北大增添了一门叫好又叫座的课程。不过,在此之前,北大已有开设小说课程的计划,但由于缺少适合的人选,而借助国文门研究所小说科的系列演讲。事实上,在小说正式进入大学课堂以前,小说科不仅起到了课程的作用,还作为研究机构,使小说成为学术对象。然而鲁迅的盛名和日后出现的引领学术风尚的北大研究所国文门[2],使国文门研究所小说科一直隐而不彰,逐渐消失在历史深处。然而小说科仍有其不容忽视的重要价值。本章试图借助相关史料,追怀小说科的历史,并阐释其教育史与学术史意义。

一

　　晚清以降,"文学"、特别是小说在大学学制中占据一席之地,经历了一个渐进的过程。清光绪二十八年(1902年)由京师大学堂管学大臣张百熙主持拟定的《钦定大学堂章程》为文学设科。但所谓"文学科",包括经学、史学、理学、诸子学、掌故学、词章学、外国语言文字学七类[3],与今天作为常识的"文学"概念相去甚远。次年,由张氏会同荣庆、张之洞共同拟定的《奏定大学堂章程》,将经学、史学、理学等分别设门,中国文学门始获独立。在其所设的科目中,包括接近文学史的"历代文章流别";而在研究法上,则强调了小说等诸文类与古文之不同。[4]应该说,在清政府制定的大学章程中,能够给"引车卖浆者流"的小说一线空间,着实不易。当然,《奏定大学堂章程》对于小说只是顺带提及,并未赋

---

① 鲁迅:《日记第九》(一九二〇年),《鲁迅全集》第15卷,北京:人民文学出版社2005年版,第408页。

② 由于1917年底成立的北大各科研究所未能取得预想中的成功,蔡元培决定进行改组,并于1922年成立了北京大学研究所国学门,成为中国现代第一个学术研究的专门机构。有关北大研究所国学门的研究,目前最详尽的著作是陈以爱《中国现代学术研究机构的兴起——以北大研究所国学门为中心的探讨》,江西:百花洲文艺出版社2002年版。

③ 《钦定京师大学堂章程》,舒新城编:《中国近代教育史资料》(中册),北京:人民教育出版社1981年版,第544页。

④ 《奏定大学堂章程》,舒新城编:《中国近代教育史资料》(中册),第587—588页。

予其独立地位。1917年1月蔡元培正式出任北京大学校长后，小说在中国大学学制中才真正浮出水面。同年年底发表的《改订文科课程会议纪事》，在中国文学门(简称国文门)选修课中增设《宋以后小说》一项。①这是第一次出现以小说为讲授对象的大学课程，但当时仅仅列入计划，并未开课。同时，蔡元培长校以后，强调以学术研究作为大学的宗旨和使命："大学者，研究高深学问者也"②，并提倡师生开展共同研究："所谓大学者，非仅为多数学生按时授课，造成一毕业生之资格而已也，实以为是为共同研究学术之机关。"③1917年底，北大设立了以文、理、法三科各学门为基础的研究所。④

研究所的组织形式在《研究所总章》第一节《组织》中有详细规定：

第一条　各分科大学中之各门俱得设研究所。例如哲学门研究所及中国文学门研究所之类。

第二条　研究所以各门"各种"之教员组织之，遇有特别需要得加聘专门学者为研究所教员。

第三条　各研究所教员中，由校长推一人为研究所主任。

第四条　每研究所设事务员一人。

第五条　本校毕业生俱得以自由志愿入研究所，本校高级学生得研究所主任之认可，亦得入研究所。

第六条　本校毕业生以外，与本校毕业生有同等之程度而志愿入所研究者，经校长及本门研究所主任之认可，亦得入研究所。

第七条　本国及外国学者志愿共同研究而不能到所者，得为研究所通信员。⑤

…………

此外，研究所各章程还强调教员与教员、教员与研究员、研究员与研究员

---

① 《改订文科课程会议纪事》，《北京大学日刊》第十五号，1917年12月2日。

② 蔡元培：《就任北京大学校长之演说》，《东方杂志》第14卷第4号，1917年4月。

③ 同上。

④ 对此，《申报》曾予以报道："北京大学设立各科研究所，顷已次第成立。文科研究所于昨日在校长室开第一次研究会，学生志愿研究者约四五十人，蔡鹤卿校长、陈仲甫学长及章行严、胡适之、陶孟和、康心孚、陈伯毅诸教授均莅会。"原载《申报》1917年12月8日，引自王学珍、郭建荣主编《北京大学史料》(第二卷 1912—1937·二)，北京：北京大学出版社2000年版，第1365页。

⑤ 《研究所总章》，《北京大学日刊》第一八二号，1918年7月16日。

之间的共同研究。尽管实际入所的研究员以北大本科在学的学生为主,但从章程及后来的实际操作看,各科研究所承担起北大最早的研究生教育之职责,也成为中国现代学术研究机构之雏形。

各科各学门研究所均设置若干研究科目,由本门教授担任指导教员。其中,文科国文门研究所最初公布的研究科目和指导教员名单如下:

诂训①
　　陈汉章　　田北湖
文字孳乳之研究
　　黄侃
修词学
　　田北湖
特别研究问题
　　宋元通俗文
　　田北湖②

科目较少,教员也仅有三人。之后《北京大学日刊》刊出《国文研究所研究科时间表》,对研究科目和指导教员的名单有较大规模的修订增补,详情如下:

科目	担任教员	会期次数及时间
音韵	钱玄同	每月一次第一星期(六)三时至四时十二月八日
形体	钱玄同	每月一次第四星期(六)三时至四时十二月二十九日
形体	马夷初	每月二次第二星期(一)三时半至四时半十二月三/十七日

---

① 原文如此。
② 《国文研究所教员担任科目表》,《北京大学日刊》第九号,1917年11月25日。王学珍、郭建荣主编《北京大学史料》(第二卷1912—1937)将该表与同年11月28日《北京大学日刊》第十一号刊出的《文科国文门研究所研究员认定科目表(续前)》合二为一,将学生身份的研究员胡鸣盛、黄芬、王肇详、谢基夏、伍一比、陈建勋等六人误归入教员名单,见《北京大学史料》(第二卷1912—1937·二),第1432页。

诂训	陈伯弢[1]	每月一次第二星期(六)二时至三时十
二月十五日		
诂训	田湖北[2]	每月一次第一星期(五)三时至四时十
二月七日		
文字孳乳	黄季刚	每月一次第三星期(六)三时至四时十二
月廿二日		
文	黄季刚	每月一次第二星期(六)三时至四时十
二月十五日		
文	刘申叔	每月一次第四星期(四)三时至四时十
二月二十七日		
文学史	朱遏先	每月一次第一星期(三)三时至四时十
二月五日		
文学史	刘申叔	每月一次第二星期(四)三时至四时十
二月十三日		
文学史	吴瞿安	
文学史	刘叔雅	每月一次第四星期(六)四时至五时十
二月二十九日		
诗	伦哲如	每月一次第一星期(三)四时至五时十
二月五日		
诗	刘农伯	每月一次第二星期(三)四时至五时十
二月十二日		
词	伦哲如	每月一次第三星期(三)四时至五时十
二月十九日		
词	刘农伯	每月一次第四星期(三)四时至五时十
二月二十六日		
曲	吴瞿安	每月二次第一二星期(四)四时至五时
十二月六十二十日		
小说	刘半农	
	周启明	

---

① 即前表中之陈汉章。
② 当作"田北湖",原文如此。

胡适之　　　每月二次第二星期(五)四时半至五时半
　　　　　　　　　　　　　四

十二月 十四 ①
　　　 二十八

　　从上表中可知,北京大学国文门研究所在科目设置上涵盖了语言学和文学的诸多分支,语言学领域之音韵、文字(字形字体)、训诂,文学范畴之文学史和诸文类研究,均有所涉及。尤其是在文类研究上,于诗文之外,为不登大雅之堂的边缘文类——"曲"和"小说"单独设科,眼光独具,这无疑承载着"新文化运动"兴起后北大校方和国文门诸君的新文学与新教育理想。而对各科目教员的选择,也注重其术有专攻,所列俱为一时之选,堪称当时北大国文门教师的最强阵容。同时,部分科目采取不同教员分别指导的形式,"文"由黄侃和刘师培(申叔)分授,"文学史"则由朱希祖(逖先)、刘师培、吴梅(瞿安)和刘文典(叔雅)各自完成,"诗""词"等亦如是。这保证了不同理念和流派的学者都有充分展现其学术观点与特长的舞台,也使学生有更多的选择。各科目中,最值得详细申说的是"小说"一科。与其余诸科目不同,小说科由三位教员共同承担,既不像"文字孳乳"和"曲"科之唱独角戏,也不像"文学史"和"文"科之各领风骚,刘半农、周作人(启明)和胡适这"三驾马车"之所以选择同一科目而又能通力协作,与三人兼具新文学的倡导者和北大国文门之边缘人这一"双重身份"不无关联。作为新文学倡导者,这好理解。刘半农、周作人和胡适都是《新青年》的主要撰稿人,对新思想、新文化和新文学的呼唤不遗余力,于诸文类中高扬小说之价值,亦与新文学之主流观念若合符节,借助北大国文门研究所为小说单独设科之契机,传播自家的新文学理想,体现在以三人为中心的小说科历次集会之中。而作为北大国文门的边缘人,导致三人于小说科中聚首,则更值得关注。刘半农最初由于给《新青年》撰稿,于1917年秋经兼任该刊主编和北大文科学长的陈独秀推荐,担任北大法科预科教授;在此之前,刘氏曾在上海中华书局任编译员,创作和翻译过不少言情和侦探小说。②这一"鸳鸯蝴蝶派"身份,成为刘半农屡遭新文化同人责骂的"历史污点"③;并因难以摆脱旧上海的文人才子气,以其

---

① 《国文研究所研究科时间表》,《北京大学日刊》第十六号,1917年12月4日。该表中小说科"会期次数及时间"原缺"日"字。
② 《刘半农生平年表(1891—1934)》,鲍晶编:《刘半农研究资料》,天津:天津人民出版社1985年版,第68—71页。
③ 王森然:《刘复先生评传》,王森然:《近代名家评传》(二集),北京:生活·读书·新知三联书店1998年版,第385页。

"浅"而被同人批评①;加之没有留学经历,又常为英美派所嘲笑②。胡适由于1917年1月在《新青年》上发表《文学改良刍议》一文而暴得大名,为蔡元培校长礼聘(其中亦有陈独秀的举荐之功)。③不过,同年底《中国哲学史大纲》(上卷)一书尚未出版,缺少旧学师承的胡适还没能在北大站稳脚跟。尽管身兼哲学和国文两门教授,在哲学门尚能开设《中国哲学》和《中国哲学史》这类主流课程,在国文门的课程表上却不见其名④;且由于倡导白话文,不断遭到旧派学人辱骂⑤。与刘、胡两位相比,周作人在北大国文门的地位更为独特。身为浙江人和"章门弟子",周氏在北大的地位本应相当稳固。但周作人却一直有如履薄冰的紧张感。在晚年的回忆中仍强调自家的"附庸"地位:"平心而论,我在北大的确可以算是一个不受欢迎的人,在各方面看来都是如此,所开的功课都是勉强凑数的,在某系中只可算得是个帮闲罢了。"⑥周作人最初得同门朱希祖推荐,本拟到北大讲授希腊文学史和古英文。⑦但抵京后与蔡元培见面时,却被邀请担任预科国文课程,周作人感到力不能及,对此敬谢不敏,还险些为此辞教南归,后转到北大附设的国史编纂处任职⑧,1917年9月才被聘为国文门教授⑨。查该年北大国文门课程表,周作人承担一年级《欧洲文学史》和二年级《十九世纪欧洲文学史》两门课⑩,这在时以"训诂音韵"和"文学考据"为宗尚的北大国文门⑪,的确属于边缘课程。可见,前引周作人的晚年回忆,并非自谦。综上可知,刘半农、周作人和胡适在当时的北大国文门都处于边缘地位,却也因此无需放下身段,即可以选择名师宿儒所不屑为之的小说——以边缘人身份研究、讲授小说这一边缘文类,可谓实至名归。加之三人在进入北大之前都曾致力于小说的翻

---

① 鲁迅:《且介亭杂文·忆刘半农君》,《鲁迅全集》第4卷,北京:人民文学出版社2005年版,第74页。周作人:《知堂回想录·一二五·三沈二马下》,《知堂回想录》(下),石家庄:河北教育出版社2002年版,第420页。
② 周作人:《知堂回想录·一二三·卯字号的名人三》,《知堂回想录》(下),第410页。
③ 胡颂平编著:《胡适之先生年谱长编初稿(校订版)》(第一册),台北:联经出版事业公司1990年版,第295页。
④ 《文科本科现行课程》,《北京大学日刊》第十二号,1917年11月29日。
⑤ 周作人:《知堂回想录·一五六·北大感旧录二》,《知堂回想录》(下),第546—548页。张中行:《红楼点滴》,陈平原、夏晓虹编:《北大旧事》,北京:生活·读书·新知三联书店1998年版,第432页。
⑥ 周作人:《知堂回想录·一三七·琐屑的因缘》,《知堂回想录》(下),第468页。
⑦ 周作人:《知堂回想录·一〇四·去乡的途中一》,《知堂回想录》(下),第339—340页。
⑧ 周作人:《知堂回想录·一一〇·北京大学》,《知堂回想录》(下),第361—362页。
⑨ 周作人1917年9月4日的日记中有"得大学聘书"的记载,鲁迅博物馆藏:《周作人日记(影印本)》(上),郑州:大象出版社1996年版,第692页。
⑩ 《文科本科现行课程》,《北京大学日刊》第十二号,1917年11月29日。
⑪ 陈以爱:《中国现代学术研究机构的兴起——以北大研究所国学门为中心的探讨》,第15—16页。

译和创作①,更使他们成为主持国文门研究所小说科的不二人选。

从前引《国文研究所研究科时间表》中不难看出,北大校方对研究所颇为重视,不仅安排了强大的师资,而且各科目集会在时间设置上也堪称细致严密,因此引发学生踊跃报名。在1917年11月22日、25日和28日的《北京大学日刊》上,连续三期刊载《文科研究所国文学门研究员认定科目表》,据此统计报名人数共计152人次(校方允许学生兼任不同科目的研究员)。不过,各科目的报名人数却极不平均,小说科仅唐英、唐伟两人报名(两人还兼任其他科目,而且均未参加小说科此后开展的任何一次集会)。与之相比,音韵报名21人、形体15人、训诂13人、文字孳乳之研究22人、文33人、诗13人,报名人数相对较少的曲科也有7人。②日后在小说科研究会中出力甚多的傅斯年,最初报名的科目是注音字母之研究、制定标准韵之研究、文、语典编纂法。报名人数相差悬殊,体现出刘师培、黄侃、钱玄同等知名教授的威望与号召力,也进一步印证了刘半农、周作人和胡适的边缘地位,当然也和作为边缘文类的小说不受重视有关。尽管如此,国文门研究所各科目的实际开展却并非取决于教员声望的高低和研究员人数的多寡。事实上,多数科目没有依照时间表正常开展研究活动,或者即使开展,也没有得到师生的重视,留下相关的文字记录,令后人了解其详情,殊为可惜。独小说科有序进行,而且几乎每次都留下了详细的记录,为今天追怀、重构其过程并阐释其意义积累了宝贵的材料。小说以外的其他科目没有文字记录,并非偶然。除参与者的重视程度外,将前引《国文研究所教员担任科目表》《国文研究所研究科时间表》和同年的北大国文门课程表相对照,就可以发现个中缘由。1917年11月公布的北大《文科本科现行课程》"中国文学门"课程及任课教师有:

第一年级
    中国文学   黄季刚刘申叔
    中国古代文学史(上古讫③建安)   朱遏先

---

① 刘半农于民国初年在上海创作和翻译小说数十种。周作人曾与鲁迅合作翻译《域外小说集》及哈葛德、柯南道尔等人的小说,并撰写多篇介绍外国小说的文章。胡适早在1906年就曾在上海《竞业旬报》上发表章回小说《真如岛》(未完),在其鼓吹新文学、倡导白话文的著述中也常常以小说为例。
② 《文科研究所国文学门研究员认定科目表》,《北京大学日刊》第六号,1917年11月22日;《国文研究所研究员认定科目表(续前)》,《北京大学日刊》第九号,1917年11月25日;《文科国文门研究所研究员认定科目表(续前)》,《北京大学日刊》第十一号,1917年11月28日。
③ 当作"迄",原文如此,下同。

文字学（音韵之部）	钱玄同
欧洲文学史	周作人
哲学概论	陈百年
英文	

第二年级

中国文学	黄季刚刘申叔
中国古代文学史	朱遏先刘申叔
文字学（形体之部）	钱玄同
十九世纪欧洲文学史	周作人
英文	

第三年级

中国文学	黄季刚吴瞿安
中国近代文学史（唐宋讫今）	吴瞿安
文字学（训诂之部）	钱玄同①

　　不难发现，上表中的课程及任课教师与国文门研究所各科目及指导教师基本重合（将中国文学史和中国文学分别设课，以后者涵盖文、诗、词、曲等各文类，则体现出将"文学史"与"文学"分而治之的教学思路②）。也就是说，研究所各科目中的绝大多数都可以通过日常教学来完成。在有效完成教学工作的前提下，避免重复性劳动，不重视研究所设置的相关科目的开展，或开展但不予记录，问题不大。但小说在当时未列入课程表。如前文所述，稍后颁布的《改订文科课程会议纪事》在国文门选修课程中增设《宋以后小说》。但也是"有目而无文"，由于缺少合适的教师，未能开设。与之形成鲜明对照的是，"曲"本与小说同为边缘性文类，但有吴梅这样的曲学大家位列教席，既得以进入课堂，又得以列为研究科目，受到不少学生的青睐，因而身价倍增③。这样看来，国文门研究所小说科就不仅仅是一项研究科目，而担任着一直未能正式开设的小说

① 《文科本科现行课程》，《北京大学日刊》第十二号，1917年11月29日。
② 北京大学《文科国文门文学教授案》明确规定："文科国文门设有'文学史'及'文学'两科，其目的本截然不同，故教授方法不能不有所区别。"《北京大学日刊》第一百二十六号，1918年5月2日。标点为引者所加。
③ 陈平原：《知识、技能与情怀——新文化运动时期北大国文系的文学教育》，陈平原：《作为学科的文学史》，北京：北京大学出版社2011年版，第80—81页。

课程之角色。国文门研究所为小说文类单独设科,延请刘半农、周作人、胡适这三位新文学倡导者主持其事,从中可见北大校方的良苦用心。这恐怕也正是刘、周、胡三人,尤其是前两人——胡适由于兼任北大哲学门研究所教员,指导"中国名学钩沉"等科目①,同时还要在英国文学门开设"英国文学""亚洲文学名著(英译本)"等课程②,分身乏术——对此倾尽全力,从而使小说科在研究所各科目中开展得最为成功、相关材料也保存得最为完好。

二

对于北大国文门研究所小说科,周作人在其晚年中有较为详细的追忆:

> 北大那时还于文科之外,还早熟的设立研究所,于六年(一九一七)十二月开始,凡分哲学,中文及英文三门,由教员拟定题目,分教员公同研究及学生研究两种。我于甲种中选择了"改良文字问题",同人有钱玄同马裕藻刘文典三人,却是一直也没有开过研究会,乙种则参加了"文章"类第五的小说组,同人有胡适刘复二人,规定每月二次,于第二第四的星期五举行开会,照例须有一个人讲演。我们的小说组于十二月十四日开始,一共有十次集会,研究员只有中文系二年级的崔龙文和英文系三年级的袁振英两人,我记得讲演仅有胡刘二君各讲了一回,是什么题目也已忘记了,只仿佛记得刘半农所讲是什么"下等小说",到了四月十九日这次轮到应该我讲了,我遂写了一篇《日本近三十年小说之发达》,在那里敷衍的应用。③

知堂老人的这段追忆大体无误,特别是以坚持数十年的日记为蓝本,对时间的记录非常准确,但其中仍有部分细节需要订正:集会的数量并未达到十次;研究员除崔袁二君外,还包括后来加入的傅斯年和俞平伯,以及"旁听员"傅缉光一人(仅参加一次);讲演也不限于三回。接下来结合《北京大学日刊》上刊载的相关记录,及《周作人日记》等其他第一手材料,还原国文门研究所小说科从设立到终止的全过程,以及期间历次集会之详情。

---

① 《哲学门研究所纪事》,《北京大学日刊》第十二号,1917年11月29日。
② 《文科本科现行课程》,《北京大学日刊》第十二号,1917年11月29日。
③ 周作人:《知堂回想录·一二七·五四之前》,《知堂回想录》(下),第427—428页。

据《周作人日记》记载,1917年11月13日,周氏赴北大研究所开会,"认定'改良文字问题'及'小说'二项,遇胡适之、刘半农二君"①。这是北大研究所成立之前的一次准备会,会议确立了国文和哲学门研究所的研究科目。三日后的《北京大学日刊》第一号刊载题为《有志研究国文哲学者注意》的通告,介绍研究所的筹备进度:"敬启者:国文哲学门研究所现已组织就绪,内分研究科及特别研究科两项。研究科及特别研究科目已由本门各教授分别担任。……"②同月30日,周作人又赴北大开会,并与刘半农拟定小说研究表。③

经过这一系列的准备工作,1917年12月14日,小说科第一次集会按规定如期举行。到会的教员有刘半农和周作人,研究员有袁振英和崔龙文。集会首先由刘半农发表演讲,倡导以科学方法研究小说,提出以"文情并茂"四字为小说界中最美满之评语,进而分析小说不受重视的原因,并结合自家七年来编译小说的经验,探讨如何转变阅读小说的眼光,最后强调研究小说的科学方法应包括历史和进步两方面,后者尤宜以西洋小说为宗尚。周作人在随后的发言中提议研究小说当侧重于进步方面,故研究外国小说当以近代名人著作为主体,19世纪以前的著作可归入历史范围。周作人的发言,明确了小说研究和小说史研究的区别。④

同年12月28日,小说科举行第二次集会。与会教员不变,研究员则增加了傅斯年。集会首先由周作人演讲,将小说研究分为过去的小说研究和新小说之发展两大部分,于后者仍大力推举外国小说,强调其"今日所臻之境远非中土所及也",并将中国小说之演进分为野史、闲书和人生文学三个时代。周氏还介绍了自家拟定的研究课题:"拟就古小说中寻求历史的发展""拟研究古小说中之神怪思想"。刘半农随后发言,谈及中文小说之分类(白话之章回小说和短篇之笔记小说)、研究文章之体式(札记或论文),并提出研究所集会不必逐次演讲,宜注重互相讨论、交换研究心得。刘氏也介绍了自家拟定的研究课题,"中国之下等小说此为历史方面者""印度近代小说思想之变迁此为进步方面者"。研究员傅斯年则表示愿意先研究小说之原理,指出"小说事就其制作方面言

---

① 《周作人日记(影印本)》(上),第707页。标点为引者所加,下同。
② 《有志研究国文哲学者注意》,《北京大学日刊》第一号,1917年11月16日。标点为引者所加。
③ 《周作人日记(影印本)》(上),第710页。
④ 《文科国文门研究所报告》,《北京大学日刊》第三十三号,1917年12月27日。《周作人日记》1917年12月14日载:"半农来。四时后同往二道桥文科研究所。袁、崔二君来会,六时散。"《周作人日记(影印本)》(上),第713页。

之,则为术;就其原理方面言之,则为学",并请两位教员推荐相关英文书籍。刘半农还带来英俄法国小说各一种,布置三位研究员分别阅读。①较之两周前的第一次集会,第二次集会的内容更加丰富,也具有更为浓厚的研究讨论气氛。

小说科第三次集会于1918年1月18日举行,与会教员和研究员与第一次相同。此次集会改为专题演讲,由刘半农作,题为《通俗小说之积极教训和消极教训》。这是刘氏在新文化运动期间有关小说的著名文字,由于有"详细演辞录存(研究)所中",因此记录稿颇为简略。刘半农演讲后,与会的两位研究员就研究所中已购中国小说50余种,各认数种作为研究对象。崔龙文选择《小说丛考》《顾氏四十家小说》和《晋唐小说六十种》,袁振英选择《留东外史》《老残游记》和《二十年目睹之怪现状》。②二人就古代与近代、文言与白话的不同选择,是否出于教员的特意安排,目前尚无材料可以证明。所谓"演辞"与刘半农后来发表的同题文章是否一致,也难以确证。因此无法判断是刘氏事先写好文章,再照章宣讲;还是先草拟初稿,事后再敷衍成文。《通俗小说之积极教训和消极教训》一文不难获取,故不再记述第三次集会演讲的详细内容。

小说科第四次集会举行于同年2月1日,与会教员仍为刘、周两位,研究员则达到四人:傅斯年回归,新增了俞平伯。集会首先由周作人作题为《俄国之问题小说》的演讲,概括问题小说的定义和条件、与教训小说和社会小说之区别,并分别介绍了俄国小说家赫尔岑《谁之罪》、车尔尼雪夫斯基《如之何》(即《怎么办》)、托尔斯泰《安娜·卡列尼娜》和陀思妥耶夫斯基《罪与罚》等名著之大意。演讲过后,俞平伯和傅斯年分别认定了自家研究之小说,俞氏为《唐人小说六种》,傅氏为《五代史平话》和《儒林外史》③,仍有文言与白话之分。现存周作人公开发表的文字及未刊稿中均无此同题文章。此前几天的《周作人日记》中也没有撰写相关演讲稿的记载。可见,周作人在演讲之前并未成文,事后也未加以整理。不过在新文化运动期间讲述日后大行其道的问题小说,自是题中应

① 《文科国文门研究所报告》(傅斯年记录),载《北京大学日刊》第四十八号,1918年1月17日。《周作人日记》1917年12月28日载:"四时往二道桥,半农亦至。六时散。"12月31日:"傅斯年君函送研究会记事稿。"《周作人日记(影印本)》(上),第716、717页。
② 《文科国文研究所报告》,《北京大学日刊》第五十一号,1917年1月20日。《周作人日记》1918年1月18日载:"往研究所,五时半出,同半农步行至东安门,乘车回。"《周作人日记(影印本)》(上),第729页。
③ 《文科国文研究所报告》,《北京大学日刊》第六十三号,1917年2月3日。《周作人日记》1918年2月1日载:"同半农至研究所,六时出。"《周作人日记(影印本)》(上),第731页。

有之义，其发现与引领时代风尚之用心，值得关注。

1918年3月1日《周作人日记》有如下记录："往研究所，胡、袁二君来，未讲演，谈至五时而散。"①似乎小说科于当日举行了一次没有演讲的集会。"胡、袁二君"当为教员胡适和研究员袁振英。查《国文研究所报告》，是年3月的两次小说科集会分别安排在15日和29日。可见，这次会谈并非出于北大校方或国文门研究所的安排，而是由小说科同人自行拟定。本月15日的集会恰好由胡适演讲，因此这次会谈很可能是为半个月后的集会做准备，不能算作小说科的第五次集会。

两周后，小说科第五次集会如期举行。出席教员有胡适和周作人，研究员仍为前次四人。《北京大学日刊》误将此次集会算作"第四次"，也导致之后两次集会计数的错误。这是胡适唯一一次参加小说科集会，也是唯一一次发表演讲，题目是《短篇小说》。演讲经傅斯年记录，连载于1918年3月22至23、25至26日《北京大学日刊》第九十八至一百零一号（24日为星期日，未出刊）。由此可知，胡适事先做了准备，但并未成文。记录稿后经胡适本人改定，以《论短篇小说》为题发表于1918年5月15日《新青年》第4卷第5号。胡适的修改主要在文字表达，文章结构和主要观点没有明显变化。该文已发表，因此不再记述其内容。胡适演讲后，周作人提出了一些不同见解。两人在彼此的辩驳砥砺中深化了自家对于短篇小说的看法。②

小说科第六次集会也于3月29日如期举行，与会教员为刘半农、周作人，研究员四人不变。由刘氏作题为《中国之下等小说》的演讲。③与《通俗小说之积极教训和消极教训》一样，这也是刘半农在新文化运动期间有关小说的代表性著述。其要点连载于4月16—17日《北京大学日刊》第一百一十二至一百一十三号。定稿则发表于1918年5月21—25、27—31日，6月1、3、4日《北京大学日刊》第一百四十二至一百五十四号。小说科第七次集会，也是现有记录的最后一次集

① 《周作人日记（影印本）》（上），第736页。
② 《国文研究所小说科第四次会记录》，《北京大学日刊》第九十八号，1918年3月22日；《国文研究所小说科第四次会记录（续）》，《北京大学日刊》第九十九号，1918年3月23日；第一百号，1918年3月25日；第一百零一号，1918年3月26日；第一百零二号，1918年3月27日。《周作人日记》1918年3月15日载："至研究所，又回至校，与适之谈，七时返寓。"《周作人日记（影印本）》（上），第738页。
③ 《文科国文门研究所记事》，《北京大学日刊》第一百一十二号，1918年4月16日；《文科国文门研究所记事（续）》，《北京大学日刊》第一百一十三号，1918年4月17日。《周作人日记》1918年3月29日载："至法科访半农，同至研究所。"《周作人日记（影印本）》（上），第741页。

会于同年4月19日举行。出席教员与第六次同，研究员中俞平伯未参加，仅剩余三人，另新增一名旁听员傅缉光。①集会由周作人作《日本近三十年小说之发达》的专题演讲。可以肯定的是，周作人事先撰写了详尽的演讲稿（决非纲要）。②《文科国文门研究所记事》仅录其要点，全文则发表于1918年5月20—25、27—31日，6月1日《北京大学日刊》第一百四十一至第一百五十二号，又发表于同年7月15日《新青年》第5卷第1号，后收入周氏散文集《艺术与生活》。三次收录，除个别标点略有出入外，整体上无大区别。与刘半农的两篇名作相比，《日本近三十年小说之发达》在当时更为知名，影响也更大，且反复刊载，对其内容亦无需详述。

北大国文门研究所小说科的集会，至此中断。虽然5月3日和17日，6月14日和28日的集会已列入计划，并多次公布，但始终未见关乎其详情的文字记录。③查这四天的《周作人日记》，也没有赴研究所出席集会，或与刘半农、胡适等人会面的记载。④因此，在新史料出现之前，可以认定北大国文门研究所小说科集会举行至第七次终止。

在以上的追怀中，之所以特别注重一些看似无关紧要的细节，如演讲与相关著述的先后顺序问题，除力图重构历史现场外，还意在凸显现代大学学制之下演讲与著述之间的关联与缝隙。撰著在先演讲在后，抑或演讲在先成文在后，并非无关紧要之事，而是关乎演讲的现场效果和著述的文体选择。撰著在先，固然准备充分，成竹在胸，而且为文也较为谨严，还可以省却记录整理之劳，易于发表；但书面撰著毕竟不同于口语讲述，特别是一旦遇到不善于公开演讲的教师（如周作人⑤），很可能照章宣读，课堂效果不佳。成文在后，可以减少文稿的制

① 《文科国文门研究所记事》，《北京大学日刊》第一百一十七号，1918年4月22日。《周作人日记》1918年4月19日载："又至研究所，六时了。同半农步行至法科，乘车回。"《周作人日记（影印本）》（上），第745页。
② 在本月17、18日《周作人日记》中，均有"起讲演稿"的记载。《周作人日记（影印本）》（上），第745页。
③ 《集会一览表》，《北京大学日刊》第一百二十五号，1918年5月1日；第一百二十六号，1918年5月2日；第一百二十七号，1918年5月3日；第一百三十七号，1918年5月15日；第一百三十八五号，1918年5月16日；第一百三十九号，1918年5月17日；第一百六十一号，1918年6月12日；第一百六十二号，1918年6月13日；第一百七十二号，1918年6月26日；第一百七十三号，1918年6月27日；《国文研究所课程时间表》，《北京大学日刊》第一百五十一号，1918年5月31日。
④ 《周作人日记（影印本）》（上），第747、749、755、758页。
⑤ 周作人不擅演讲，在课堂上常常依照事先写好的讲义宣读。梁实秋在《忆岂明老人》一文中回忆周氏在清华大学的一次演讲："讲题是《日本的小诗》，他坐在讲坛之上，低头伏案照着稿子宣读，而声音细小，坐第一排的人也听不清楚，事后我知道他平常上课也是如此。"《梁实秋怀人文录》，北京：中国广播电视出版社1991年版，第200页。

约,有利于擅长演讲者(如胡适①)的自由发挥,但又可能易放难收,无法集中谈论某一话题;记录稿虽然能保留口语色彩及现场感,却又难免汗漫无序之弊,缺乏书面撰著的条理分明、细致谨严,而一经作者修葺改定,固然成文,却又趋于书面化,难以准确地传达出演讲的现场效果。演讲和著作(抑或课堂和书斋、白话和文言、口语和书面语)之罅隙,在参与人数较少且包含师生问答的研究会上尚能得到遮掩,而一旦面临人数众多、规模较大的课堂讲授,就会显露无遗。这一问题,在鲁迅于北京诸高校讲授小说史课程和1924年赴陕西西安暑期学校进行小说史系列演讲,特别是撰著在先的文言讲义《中国小说史略》和成文在后的演讲的白话记录稿《中国小说的历史的变迁》在观点表述与文体选择上的差异中得到了较为充分的体现。刘半农、周作人、胡适等人的演讲稿日后均以文章的形式公开发表,成为新文化运动期间著名的小说理论文献。可见,小说进入课堂,促成相关著述的问世。通过系列演讲,小说科力图解决"何谓小说"和"怎样研究小说"诸问题。无论是刘半农对小说价值之高举,还是周作人对域外经验的介绍,以及胡适对短篇小说文体概念的界定,都出于新文学倡导者的理论立场,力图借此确立对于小说文类的评判标准,从而为小说获得新文学的身份、进入现代大学学制奠定了理论基础。而诸位教员和研究员的积极参与,也使小说在正式进入大学课堂以前,在师生之间保持了一定的关注度。由小说科集会上的系列演讲到鲁迅开设小说史课,小说进入大学课堂经历了系统化和规范化的过程。刘半农、周作人、胡适和鲁迅的先后参与并由此催生相关学术著作的撰写,更体现出制度与人之间相互促进而又相互制约的独特关联。近年来,随着福柯、布尔迪厄等后现代主义理论大师的著作在中国的广泛迻译与传播,加之受到我国港台及海外学界的相关研究的启示,中国内地学人开始关注制度,主要是现代教育制度和学术生产机制对于学科建制的作用。其中,现代大学制度与文学学科(包括小说)兴起之关联,尤为引人瞩目,成为学术研究的一大热点。然而,与当下学界更强调制度对人的规范与制约不同,本文更关注制度与人之间的互动关系。蔡元培、陈独秀、胡适、鲁迅、周作人这一代学人,正处于各项制度逐渐生成的过程之中(他们本身也参与了部分制度的

① 与周作人相比,胡适的演讲水平极高。柳存仁在《北大与北大人》一文中回忆:"胡先生在大庭广众间的演讲之好,不在其演讲纲要的清楚,而在他能够尽量的发挥演说家的神态、姿势,和能够使安徽绩溪化的国语尽量的抑扬顿挫。并且因为他是具有纯正的学者气息的一个人,他说话时的语气总是十分的热挚真恳,带有一股自然的傻气,所以特别的能够感动人。"陈平原、夏晓虹编:《北大旧事》,第295页。

设定），制度之于人，尚未构成全面的覆盖和笼罩。加之这一代学人身上往往具有强大的开辟鸿蒙的淋漓元气，没有也不可能接受制度的全面制约。他们与制度之间，更多地体现为一种互动，甚至互惠的关系。而制度在规约人的同时，也会提供若干种可能性，供人选择，这就使人的意义进一步得以凸显。总之，制度造就了人，人同时也造就了制度。

以上通过对相关史料的钩沉辨析，追忆、重构了北京大学国文门研究所小说科从设立到终止的全过程，以及期间历次集会的详细情况，并阐释了其教育史和学术史意义。北大于1917年底设立各科研究所，最初列入计划的研究科目不下百种，其理想不可谓不高远，气魄不可谓不宏大。但在彼时彼地，相对于开展研究生教育和创建中国现代学术研究机构这一系列重大事业而言，此番努力尚属草创，或者说是一次失败的尝试。北大各学门研究所，连同其麾下的诸科目，包括本文力图追怀和阐释的小说科，虽做出种种努力，但均难言成功，并很快烟消云散。由刘半农、周作人和胡适的演讲稿改定而成的几篇文章，虽经刊载而闻名于世，但其之于新文化运动的现实意义远远大于实际的学术价值。傅斯年、俞平伯等人虽然选定了研究对象，但也均未能落实到文字，产生有价值的学术成果。北京大学研究所没有取得成功，个中缘由，并非经费支绌或人才匮乏，而是未逢其时。尽管有校方制订计划、提供资金，师生认真准备、积极参与，但当时的北大并不具备支撑起如此规模的学术研究机构的充足条件。[1]直到四年后的1921年底，蔡元培校长决定改组研究所，经学校评议会讨论通过了《国立北京大学研究所组织大纲》，并于次年1月创立了中国现代第一个学术研究的专门机构——北大研究所国学门[2]，从而开启了中国现代学术史上的一段光辉岁月。尽管如此，1917年底设立的北大各科研究所仍有其不容忽视的意义。特别是国文门研究所小说科，在当时北大小说课程的开设尚未找到适合人选的情况下，举区区数人之力，使小说活跃于大学讲堂近半年之久，其筚路蓝缕之功，惨淡经营之志，依然值得后人珍视与称赏。

———————————

① 陈平原：《北大传统：另一种阐释——以蔡元培与研究所国学门的关系为中心》，陈平原：《老北大的故事》，南京：江苏文艺出版社1998年版，第87—89页。

② 梁柱：《蔡元培与北京大学》（修订本），北京：北京大学出版社1996年版，第62页。

第五章　鲁迅《中国小说史略》与盐谷温《中国文学概论讲话》

　　1923年10月，鲁迅为北京大学新潮社初版《中国小说史略》撰写序言，开篇即称："中国之小说自来无史；有之，则先见于外国人所作之中国文学史中，而后中国人所作者中亦有之，然其量皆不及全书之什一，故于小说仍不详。"①序言中所谓"外国人所作之中国文学史"，包括[俄]瓦西里耶夫《中国文学简史纲要》(1880)、[日]古城贞吉《支那文学史》(1897)、[英]翟理斯《中国文学史》(1897)、[日]笹川种郎(临风)《支那文学史》(1898)、[德]顾鲁柏《中国文学史》(1902)等。②这些撰著于19与20世纪之交的文学史著作，尽管各有其成就，但均未能及时译为中文，因此在当时的中国声名不著。倒是稍后问世的盐谷温著《中国文学概论讲话》，大有后来居上之势。③盐谷氏的著作之所以声名远播，除本身的学术价值较高，并且多次译为中文、为国内读者所熟知外④，也和该书与鲁迅《中国小说史略》之间的一场涉及"抄袭"的学术公案密切相关。两部著作之关联，至今仍引起纷纭众说。本章力图"回到历史现场"——首先对于90多年前的这桩学术公案进行详细梳理与论析，进而通过比较两部著作的学术思路与方法，廓清二者之关系，以此接近并还原历史的本来面貌，从而在实证研究的基础上，使对"抄袭"之论的批驳，超越为鲁迅本人的辩诬，而从学理层面探讨同时代学人对《中国小说史略》的历史评价，进而展现"中国小说史学"建立之初，中日两国学人不同的学术思路与文化选择。

---

①　鲁迅：《中国小说史略》上卷，北京：北京大学第一院新潮社1923年12月初版，《序言》第1页。

②　郭延礼：《19世纪末20世纪初东西洋〈中国文学史〉的撰写》，《中华读书报》2001年9月19日第22版。

③　该书据盐谷温1917年夏在东京大学的演讲稿改写而成，于1918年12月完稿，1919年5月由大日本雄辩会出版。《中国文学概论讲话》虽不是严格意义上的文学史，但对中国的影响却超越了此前及同时代的文学史著作。

④　郭希汾节译该书小说部分，题名《中国小说史略》，上海：中国书局1921年5月初版。后有陈彬龢节译本，题名《中国文学概论》，北平：朴社1926年3月初版；君左节译本，题名《中国小说概论》，载《小说月报》第17卷号外《中国文学研究》(下册)，上海：商务印书馆1927年6月版；孙俍工全译本，题名《中国文学概论讲话》，上海：开明书店1929年6月初版。

一

鲁迅《中国小说史略》最初作为在北京大学、北京高等师范学校等院校开设中国小说史课程的讲义,从1920年12月起陆续油印编发,共17篇;后经作者增补修订,由北大印刷所铅印,内容扩充至26篇。1923年12月,该书上卷由北京大学第一院新潮社出版,下卷出版于次年6月。《中国小说史略》至此得以正式刊行。①作为中国小说史研究划时代的著作,该书问世之初,并未引起评论家和研究者的重视。鲁迅在当时主要以小说家闻名,其小说史研究方面的成就不免为小说家的盛名所掩盖。涉及该书的第一次论争也并未发生在学术研究范围内,而是陈源(西滢)在《闲话》及与友人的通信中,指责《中国小说史略》抄袭盐谷温《中国文学概论讲话》之小说部分。

1925年11月21日,陈源在《现代评论》上发表《闲话》,称:

> 现在著述界盛行"摽②窃"或"抄袭"之风,这是大家公认的事实。一般人自己不用脑筋去思索研究,却利用别人思索或研究的结果来换名易利,到处都可以看到。……
>
> 可是,很不幸的,我们中国的批评家有时实在太宏博了。他们俯伏了身躯张大了眼睛,在地面上寻找窃贼,以致整大本的摽窃,他们倒往往视而不见。要举个例么?还是不说吧,我实在不敢再得罪"思想界的权威"。……
>
> 至于文学,界限就不能这样的分明了。许多情感是人类所共有的,他们情之所至,发为诗歌,也免不了有许多共同之点。……
>
> "摽窃""抄袭"的罪名,在文学里,我以为只可以压倒一般蠢才,却不能损伤天才作家的。文学史没有平权的。文学是"只许州官放火,不许百姓点灯"的。……至于伟大的天才,有几个不偶然的摽③窃?④

陈源这篇《闲话》以"剽窃"为主题,事出有因。1925年10月1日起,徐志摩接

---

① 《中国小说史略》的成书过程及其版本流变,参见荣太之:《〈中国小说史略〉版本浅谈》,《山东师院学报》(社科版)1979年第3期;吕福堂:《〈中国小说史略〉的版本演变》,唐弢等著:《鲁迅著作版本丛谈》,北京:书目文献出版社1983年版;杨燕丽:《〈中国小说史略〉的生成与流变》,《鲁迅研究月刊》1996年第9期;[日]中岛长文《"悲凉"の書——〈中国小说史略〉》,中岛长文译注:《中国小说史略》附录,东京:平凡社1997年版。

② 当作"剽",原文如此,下同。

③ 当作"剽",原文如此。

④ 陈源:《闲话》,1925年11月21日《现代评论》第二卷第五十期,署名"西滢"。

编《晨报副刊》，报头使用凌叔华所作画像一幅。10月8日，《京报副刊》发表署名重余(陈学昭)的《似曾相识的〈晨报副刊〉篇首图案》，指出该画像剽窃英国画家比亚兹莱。1925年11月7日，《现代评论》第二卷第四十八期发表凌叔华的小说《花之寺》。11月14日《京报副刊》又刊登署名晨牧的《零零碎碎》一则，暗指《花之寺》抄袭契诃夫小说《在消夏别墅》。可见，陈源大谈"剽窃"为主题，概源于此，实有为凌叔华开脱之意。陈源与鲁迅因同年的"女师大事件"而交恶，因此怀疑上述两篇文章皆出于鲁迅之手，于是旁敲侧击，暗指鲁迅抄袭。虽然"整大本的剽窃"一说的矛头所向，文中没有明言，但"思想界的权威"一语，实指鲁迅而言。①然而既然陈源未曾指名，鲁迅"也就只回敬他一通骂街"②，在一篇文章的附记里略作回应：

> 按照他这回的慷慨激昂例，如果要免于"卑劣"且有"半分人气"，是早应该说明谁是土匪，积案怎样，谁是剽窃，证据如何的。现在倘有记得那括弧中的"思想界的权威"六字，即曾见于《民报副刊》广告上的我的姓名之上，就知道这位陈源教授的"人气"有几多。③

次年1月，陈源在发表于《晨报副刊》上的通信里，重提"剽窃"之事，并将矛头明确指向鲁迅及其《中国小说史略》：

> 他常常控告别人家抄袭。有一个学生抄了郭沫若的几句诗，他老先生骂得刻骨镂心的痛快。可是他自己的《中国小说史略》却就是根据日本人盐谷温的《支那文学概论讲话》里面的"小说"一部分。其实拿人家的著述做你自己的蓝本，本可以原谅，只要你在书中有那样的声明，可是鲁迅先生就没有那样的声明。在我们看来，你自己做了什么不正当的事也就罢了，何苦再去挖苦一个可怜的学生，可是他还尽量的把人家刻薄。"窃钩者诛，窃国者候④，"本是自古已有的道理。⑤

---

① 1925年8月初，北京《民报》在《京报》《晨报》刊登广告，宣称"本报自八月五日起增加副刊一张，专登学术思想及文艺等，并特约中国思想界之权威者鲁迅……诸先生随时为副刊专著"。
② 鲁迅：《华盖集续编·不是信》，《鲁迅全集》第3卷，北京：人民文学出版社2005年版，第244页。该文最初发表于1926年2月8日《语丝》周刊第六十五期，署名"鲁迅"。
③ 鲁迅：《学界的三魂》附记，1926年2月1日《语丝》周刊第六十四期。
④ 当作"侯"，原文如此。
⑤ 陈源：《闲话的闲话之闲话引出来的几封信》之九《西滢致志摩》，1926年1月30日《晨报副刊》，署名"西滢"。

110

这组题为《闲话的闲话之闲话引出来的几封信》的私人通信,内容主要是陈源和周作人就"女师大事件"的余波展开的若干问答,以及试图在陈周之间进行调解的张凤举的来信。不过,陈源在批评周作人之余,笔锋一转,将矛头指向鲁迅,围绕"剽窃"大做文章。因"女师大事件"交恶于前,怀疑鲁迅著文指责凌叔华"抄袭"在后,陈源此举也就不难理解。针对上述攻击和指责,鲁迅随即发表《不是信》一文予以驳斥:

> 盐谷氏的书,确是我的参考书之一,我的《小说史略》二十八篇的第二篇,是根据它的,还有论《红楼梦》的几点和一张《贾氏系图》,也是根据它的,但不过是大意,次序和意见就很不同。其他二十六篇,我都有我独立的准备,证据是和他的所说还时常相反。例如现有的汉人小说,他以为真,我以为假;唐人小说的分类他据森槐南,我却用我法。六朝小说他据《汉魏丛书》,我据别本及自己的辑本,这工夫曾经费去两年多,稿本有十册在这里;唐人小说他据谬误最多的《唐人说荟》,我是用《太平广记》的,此外还一本一本搜起来……其余分量,取舍,考证的不同,尤难枚举。自然,大致是不能不同的,例如他说汉后有唐,唐后有宋,我也这样说,因为都以中国史实为"蓝本"。我无法"捏造得新奇",虽然塞文狄斯的事实和"四书"合成的时代也不妨创造。但我的意见,却以为似乎不可,因为历史和诗歌小说是两样的。诗歌小说虽有人说同是天才即不妨所见略同,所作相像,但我以为究竟也以独创为贵;历史则是纪事,固然不当偷成书,但也不必全两样。[①]

在上述回应之后,这场纷争暂时偃旗息鼓。然而鲁迅对"剽窃"之说一直耿耿于怀。直到十年后《中国小说史略》由增田涉译为日文出版,鲁迅称:

> 在《中国小说史略》日译本的序文里,我声明了我的高兴,但还有一种原因却未曾说出,是经十年之久,我竟报复了我个人的私仇。当一九二六年时,陈源即西滢教授,曾在北京公开对于我的人身攻击,说我的这一部著作,是窃取盐谷温教授的《支那文学概论讲话》里面的"小说"一部分

---

① 鲁迅:《华盖集续编·不是信》,《鲁迅全集》第3卷,第244—245页。

的;《闲话》里的所谓"整大本的剽窃",指的也是我。现在盐谷教授的书早有中译,我的也有了日译,两国的读者,有目共见,有谁指出我的"剽窃"来呢?呜呼,"男盗女娼",是人间的大可耻事,我负了十年"剽窃"的恶名,现在总算可以卸下……①

从这段充满了洗刷屈辱的快意之情的文字中,不难看出所谓"剽窃"事件给鲁迅带来的巨大的心灵压抑与伤害。其实,陈源又何尝不是在遭遇"女师大事件"及此后的一系列冲突所造成的压抑与伤害中,慌不择言,以致听信他人"鲁迅《中国小说史略》系'剽窃'而来"的传言,不经查证,即以之作为攻击鲁迅的"有力"证据。假使陈源认真阅读鲁迅和盐谷温的著作,再加以比较,恐怕不会犯此"常识错误"。②此后,鲁迅和陈源都不再提及这场论争。倒是在鲁迅去世的当年,胡适在复苏雪林信中重提此事,并表明了自己的立场:

> 凡论一人,总须持平。爱而知其恶,恶而知其美,方是持平。鲁迅自有它的长处。如他的早年的文学作品,如他的小说史研究,皆是上等工作。通伯先生当日误信一个小人张凤举之言,说鲁迅之小说史是抄袭盐谷温的,就使鲁迅终身不忘此仇恨!现今盐谷温的文学史已由孙俍工译出了,其书是未见我和鲁迅之小说研究之前的作品,其考据部分浅陋可笑。说鲁迅抄袭盐谷温,真是万分的冤枉。盐谷一案,我们应该为鲁迅洗刷明白。③

在肯定鲁迅的学术贡献、驳斥"抄袭"说的同时,胡适指出陈源(即信中所谓"通伯先生")之所以得出鲁迅"抄袭"盐谷温的错误论断,源于张凤举的"小人播乱"。张凤举其人及其在这次论争中所作所为,已有学者著文考证。④应指出的是,尽管是私人通信,但胡适确信以其在文化史上的地位和影响力,其书

---

① 鲁迅:《且介亭杂文二集·后记》,《鲁迅全集》第6卷,第450—451页。
② 陈源所谓"抄袭"说来自传言,鲁迅对此亦有所觉察,在《不是信》中说:"好在盐谷氏的书听说(!)已有人译成(?)中文,两书的异点如何,怎样'整大本的剽窃',还是做'蓝本',不久(?)就可以明白了。在这以前,我以为恐怕连陈源教授自己也不知道这些底细,因为不过是听来的'耳食之言'。不知道对不对?"鲁迅:《华盖集续编·不是信》,《鲁迅全集》第3卷,第245页。不过从语气上看,鲁迅的上述看法也是出于推测,对于传言的始作俑者既不知其名,也无意追究。
③ 胡适:《致苏雪林》(1936年12月14日),《胡适文集》第7卷,北京:人民文学出版社1998年版,第185页。
④ 朱正:《小人张凤举》,《鲁迅研究月刊》2002年第12期。

信日记等私人文字势必将公诸于世,与其公开发表的文章一样,被后人视为重要史料。因此,胡适将书信日记也作为著作来经营,下笔审慎,结构精心。可见,在与苏雪林的通信中,胡适将"抄袭"说的始作俑者归于旁人,实有为陈源开脱之意,同时将罪责坐实在"小人张凤举"身上,以正视听。不过,使陈源"误信其言"的很可能不只张凤举一人。时在北京大学任职的顾颉刚亦认为鲁迅有抄袭之嫌,并以此告知陈源,才引发陈源著文指责鲁迅"抄袭"。尽管几位当事人在公开发表的文字中对此均讳莫如深,但1949年,时任云南大学教授的刘文典却在一次演讲中加以披露。刘文典的演讲稿没有发表,今已不存。但在刘氏演讲的第二天,即1949年7月12日,昆明《大观晚报》发表《刘文典谈鲁迅》一文,记录了刘氏演讲的要点,其中涉及顾颉刚与"抄袭"说云:

> 顾颉刚曾骂鲁迅所著的《中国小说史略》是抄袭日本人某的著作,刘为鲁辩护,认为鲁取材于此书则有之,抄袭则未免系存心攻击。[1]

刘文典对所谓"抄袭"说持否定意见,但并未在演讲中指明"顾颉刚曾骂鲁迅""抄袭"的消息来源。刘文典之后,所谓"抄袭"说绝少为人提起。直到近半个世纪后,顾颉刚之女顾潮在回忆父亲的著作中重提此事:

> 在"女师大学潮"中,鲁迅、周作人坚决支持学生的运动,而校长杨荫榆的同乡陈源为压制学生运动的杨氏辩护,两方发生了激烈的论战,鲁迅与陈源由此结了深怨。鲁迅作《中国小说史略》,以日本盐谷温《支那文学概论讲话》为参考书,有的内容是根据此书大意所作,然而并未加以注明。当时有人认为此种做法有抄袭之嫌,父亲亦持此观点,并与陈源谈及,1926年初陈氏便在报刊上将此事公布出去。……为了这一件事,鲁迅自然与父亲亦结了怨。[2]

顾潮的上述论断源出当时尚未公开的《顾颉刚日记》。2007年,日记经整理

① 中国社会科学院文学研究所鲁迅研究室编:《鲁迅研究学术论著资料汇编(1913—1983)》第4卷,北京:中国文联出版公司1987年版,第839页。
② 顾潮:《历劫终教志不灰——我的父亲顾颉刚》,上海:华东师范大学出版社1997年版,第103页。从顾潮的这段回忆看,当时持"抄袭"说者,亦不止顾颉刚一人。

正式出版，使顾颉刚持"抄袭"说的真相得以公诸于世。

在1927年2月11日的日记中，顾颉刚按语云：

> 鲁迅对于我的怨恨，由于我告陈通伯，《中国小说史略》剿袭盐谷温《支那文学讲话》。他自己抄了人家，反以别人指出其剿袭为不应该，其卑怯骄妄可想。此等人竟会成群众偶像，诚青年之不幸。他虽恨我，但没法骂我，只能造我种种谣言而已。予自问胸怀坦白，又勤于业务，受兹横逆，亦不必较也。①

假使如顾氏所言，陈源著文宣扬"抄袭"说实源出顾颉刚，而不是（或不仅仅是）胡适所指认的张凤举，那么，在前引致苏雪林信中，胡适力图为之开脱的就不只陈源一人了。而且，顾颉刚一直将首倡"抄袭"说并告知陈源作为与鲁迅结怨的缘由，言之凿凿。②然而目前尚无确证表明两人之结怨源出于此。③

以上之所以率先讨论这桩学术公案，意在"回到历史现场"——接近并还原这一历史事件的真实面貌。通过对相关史料的梳理不难发现，尽管"抄袭"说不符合事实，但在当时持此说者却不乏其人。然而无论是陈源、张凤举，还是顾颉刚，各自的出发点却未必相同，似不可概而论之，其中尤以顾颉刚的态度格外值得关注。从上文摘录的顾氏日记看，顾颉刚持"抄袭"说，既不像陈源那样出于私怨，为争一时之意气而完全不顾事实（在顾氏看来，显然是宣扬"抄袭"

---

① 顾颉刚：《顾颉刚日记》第二卷（1927—1932），台北：联经出版事业股份有限公司2007年版，第15页。

② 在1927年3月1日的日记中，顾颉刚总结鲁迅"排挤"的原因数端，其中"揭出《小说史略》之剿袭盐谷氏书"位列榜首。《顾颉刚日记》第二卷（1927—1932），第22页。

③ 现有探讨鲁迅与顾颉刚结怨之起因的论著，绝大多数均强调其复杂性，而不以顾氏散布"抄袭"之论作为结怨的直接动因。参见赵冰波：《鲁迅与顾颉刚交恶之我见》，《河南教育学院学报》（哲学社会科学版）1999年第1期；汪毅夫：《北京大学学人与厦门大学国学研究院——兼谈鲁迅在厦门的若干史实》，《鲁迅研究月刊》2002年第3期；徐文海：《从〈南下的坎坷〉看顾颉刚和鲁迅的矛盾冲突》，《内蒙古民族大学学报》（社会科学版）2003年第5期；卢毅：《鲁迅与顾颉刚不睦原因新探》，《晋阳学刊》2007年第2期。明确"抄袭"事件作为结怨的主要原因的是包红英、徐文海《鲁迅与顾颉刚》，但该文所据仍是刘文典的演讲及顾潮的著作，前者无实据可考，后者则出于《顾颉刚日记》的一面之词，均非确证；《辽宁大学学报》（哲学社会科学版）2003年第6期。桑兵《厦门大学国学院风波——鲁迅与现代评论派冲突的余波》一文指出："顾颉刚或为传言者之一。至于鲁迅是否知道顾颉刚的态度，则无明确证据，鲁迅本人关于此事的言论，始终未提及顾的名字"；《近代史研究》2000年第5期。邱焕星《鲁迅与顾颉刚关系重探》一文则认为"抄袭"事件使鲁迅对顾颉刚"极为不满"，但二人结怨的真正原因，是五四之后新文化阵营的分化及其导致的派系冲突，以及对1920年代新式政党和新式革命的不同态度；《文学评论》2012年第3期。有关这一问题更为详尽的论述，参见施晓燕《顾颉刚与鲁迅交恶始末》（上、下），《上海鲁迅研究》2012年春之卷、2012年夏之卷。

说为因,和鲁迅结怨为果)①,亦非怀有"小人"张凤举式的"播乱之心"(顾颉刚当时与鲁迅同为"语丝社"成员,虽彼此过从不密,但尚未结怨,刘文典所谓"存心攻击"之说不确)。而且,以顾颉刚为人为文之严谨,道听途说、人云亦云或歪曲事实、搬弄是非的可能性亦极小。因此,顾氏之认定"抄袭",很可能是出于自家的学术判断,源于对鲁迅小说史研究的学术思路和方法缺乏充分的了解与认同所造成的"误读"。②因此,顾颉刚对于《中国小说史略》的态度,在表面的人事纠葛的背后,尚有从学术史的高度做进一步探讨的余地。考察顾氏的态度,也有助于使对"抄袭"说的批驳,超越单纯的为鲁迅本人的辩诬,获得进行更深层的学理探讨的可能。

二

前文已述,顾颉刚认为《中国小说史略》与《中国文学概论讲话》内容上有相沿袭处,据此判定鲁迅"抄袭",但只在友朋间的闲谈中述及。陈源却"听者有心",不仅在公开发表的文字中加以披露,而且踵事增华,放大为"整大本的剽窃",终于导致事态的恶化。这恐怕也是顾颉刚所始料未及的。尽管顾氏持"抄袭"说,对于《中国小说史略》的学术价值评价不高,但其立场却不曾公开表露。直到十几年后,顾颉刚应邀撰写《当代中国史学》一书,才得以公开自家对于《中国小说史略》的学术判断。该书出版于1942年,其中设专章考察俗文学史(包括小说史与戏曲史)和美术史研究,在专论小说史的一节中,分别就胡适、鲁迅、郑振铎等人的学术成就做出评价:

> 胡适先生对于中国小说史的研究贡献最大,在亚东图书馆所标点的著名旧小说的前面均冠以胡先生的考证,莫不有惊人的发现和见

① 与陈源指斥"抄袭"源自途说不同,顾颉刚本人对盐谷温《中国文学概论讲话》并不陌生。陈彬龢的节译本《中国文学概论》就是在顾氏的帮助下,由其主持的北平朴社出版。陈氏之妻汤彬华在节译本序言中记述了该书由翻译到出版的过程。[日]盐谷温著,陈彬龢译:《中国文学概论》,北平:朴社1929年12月再版,《序言》第1页。《顾颉刚日记》1925年7月23日亦有"审核彬龢《中国文学概论》"的记载,《顾颉刚日记》第一卷(1913—1926),第644页。
② 持相同立场的不止顾颉刚一人。小说史家谭正璧在其《〈中国小说发达史〉自序》中亦指出:"周著(引者按:即鲁迅《中国小说史略》)虽亦蓝本盐谷温所作,然取材专精,颇多创建,以著者为国内文坛之权威,故其书最为当代学者所重。"上海:光明书局1935年8月初版,《自序》第1页。着重号为引者所加。谭正璧虽然对《中国小说史略》颇有好评,但仍强调鲁迅以盐谷氏之著作为"蓝本",且将该书之闻名学界,归因于鲁迅在当时文坛的地位,态度略显暧昧。

解。……所论既博且精，莫不出人意外，入人意中。对于中国小说史作精密的研究，此为开山工作。

周树人先生对于中国小说史最初亦有贡献，有《中国小说史略》。此书出版已二十余年，其中所论虽大半可商，但首尾完整，现在尚无第二本足以代替的小说史读本出现。

郑振铎先生对于中国小说史的成就也极大，当为胡适先生以后的第一人。①

顾颉刚对于胡适和郑振铎的小说史研究较多赞美之词，而对于鲁迅的态度则有所保留，用语颇为审慎，"小说史读本"一语，足见顾氏对《中国小说史略》的基本判断，前后论断恰堪对照。作为新文化的代表人物，鲁迅和胡适在治学方面均做到了穿越"古今"、取法"中西"，二人又都对中国小说史研究具有浓厚的兴趣，分别以《中国小说史略》和"中国章回小说考证"奠定了中国小说史学的研究格局和自家的学术地位，成为小说史学的开拓者。同时，知识结构、学术理念、文化理想和审美趣味的不同，又使二人的研究显示出鲜明的个性：分别以独具会心的艺术判断和严密精准的考证见长；基于各自的研究成果和学术威望，使中国小说史学在建立之初即呈现出双峰并峙、二水分流的局面。可以说，鲁迅与胡适治学路径不同，成就却难分轩轾。而郑振铎尽管也在小说史研究上取得了较大成就，但其学术视野及理论开创性较之鲁、胡二人均略有不及。由此看来，顾颉刚的上述论断，似乎有失公允。而联系到鲁、顾二人在厦门和广州的结怨，顾颉刚对《中国小说史略》评价不高，很容易给人以夹杂了私人恩怨的印象。然而，《当代中国史学》是一部严肃的学术史著作，作者不因个人的政治倾向和情感好恶而影响到对于研究对象的判断。不因人而废文的态度，使顾颉刚对于政治上"左倾"的郭沫若和时已与其交恶的傅斯年均作出极高的评价，奉前者为"研究社会经济史最早的大师"②，对后者之《性命古训辨证》亦颇有好评③。因此，造成在学术判断上的"扬胡抑鲁"，与顾颉刚本人对于小说史学的学术

---

① 顾颉刚：《当代中国史学》，上海：胜利出版公司1942年版，第118页。

② 顾颉刚：《当代中国史学》，第100页。该书在讨论甲骨文、金文、古器物学和专门史的有关章节中亦多次对郭氏进行专门论述，第61、106、109—111页。

③ 上书，第87页。顾颉刚与傅斯年于中山大学由合作到交恶，时在1928年顷。顾氏曾在与胡适信中谈及此事，在自家日记中亦有所记载。参见《顾颉刚致胡适（1929年8月20日）》，《胡适来往书信选》上卷，北京：中华书局1979年版，第533—534页；顾颉刚1928年4月30日日记，《顾颉刚日记》第二卷（1927—1932），第159-160页。

定位密切相关。

　　顾氏治学,受胡适影响极深,奠定其学界地位的"层累地造成的古史"观,也得益于胡适著述的启发。此后虽以《古史辨》别开生面,自成一家,但对胡适的授业之功依旧念念在心。①作为现代中国学术之新范式的创建者,胡适的大部分著作都具有"教人以方法"的典范意义。②小说史学之于胡适,首先是其倡导的"整理国故"运动的重要组成部分。③"考证"视野下的小说,首先也是作为史料,而不是以具有审美特质的文学文类的身份进入其学术视野。谈艺既非胡适所长,亦非其所愿。虽然上述思路在胡适的"章回小说考证"中只是初露端倪,但经其追随者的进一步倡导与发挥,逐渐蔚为大观,成为中国小说史学的研究范式,也使小说史学在建立之初即呈现出史学化的趋向。顾颉刚在胡适的这一学术设计中立论,将小说史纳入"史学史"的范畴之中加以讨论,以历史研究的学术规范和评判尺度考量小说史写作的理论创见与文化职能。《当代中国史学》之小说史专节在逐一点评各家的学术贡献之后,道出了自家对于小说史研究的学术期待:

　　　　因为旧小说不但是文学史的材料,而且往往保存着最可靠的社会史料,利用小说来考证中国社会史,不久的将来,必有人从事于此。④

　　可见,顾颉刚在"史学"前提下讨论小说史写作,先验地带有"重史轻文"的倾向,视小说为可信之史料,主张利用小说考证社会史,从而将艺术判断排除在小说史研究的视野之外。依照这一评判标准,《中国小说史略》一类以审美感受见长的小说史论著,较多描述与概括,而缺乏对一些具体问题的深入考察,给人以空疏之感,虽"首尾完整",但深度不足,视之为"读本"尚可,史学创见则

---

① 顾颉刚:《〈古史辨〉自序》,顾颉刚编著:《古史辨》第一册,上海:上海古籍出版社1982年版,《自序》第40—41页。

② 胡适在《〈胡适文存〉序例》中称:"我的唯一的目的是注重学问思想和方法。故这些文章无论是讲实验主义,是考证小说,是研究一个字的文法,都可以说是方法论的文章。"欧阳哲生编:《胡适文集》第2卷,北京:北京大学出版社1998年版,《序例》第1页。余英时《中国近代思想史上的胡适》对此有深入考察,[美]余英时:《重寻胡适历程——胡适生平与思想再认识》,桂林:广西师范大学出版社2004年版,第197—202页。

③ 陈平原:《现代中国学术之建立——以章太炎、胡适之为中心》第五章《作为新范式的文学史研究》,北京:北京大学出版社1998年版,第185—239页。

④ 顾颉刚:《当代中国史学》,第119页。

有限,与盐谷温《中国文学概论讲话》之类概述文类特征的著作大同小异,难免有相互沿袭之处。这正是顾颉刚认定鲁迅"抄袭"的依据所在。《中国小说史略》学术价值因此得不到顾氏的充分认可。与顾颉刚可堪对照的是,胡适一直对鲁迅的小说史研究报有极大的好感,不仅在前引复苏雪林信中为鲁迅辩诬,在为自家著述所作的序言中,亦对《中国小说史略》的开创意义和鲁迅的学术创见颇为肯定,评为"搜集甚勤,取裁甚精,断制也甚谨严,可以为我们研究文学史的人节省无数精力"①。表面上看,这一评价不可谓不高。然而,胡适着力关注的仍是鲁迅在小说史料方面的贡献。对于《中国小说史略》的学术价值大加赞赏,不过是因为该书体例完整,能够为其小说考证提供可依循的历史线索而已。对于鲁迅在小说审美批评方面的建树,则较为隔膜。②有趣的是,出于相近的小说史研究理念和学术定位,胡适与顾颉刚对于《中国小说史略》的评判,均以"考证"为主要标尺,而依据相同的标尺,竟然得出彼此截然相反的结论:一方指斥鲁迅缺乏个人创见,有抄袭之嫌;另一方则认为鲁迅在考证方面胜于盐谷温,据此为其洗刷辩白。可见,"考证"未必能作为衡量鲁迅小说史研究之成败得失的有效标准。不过,"考证"的标准却反证出《中国小说史略》的理论特色。尽管鲁迅在小说史料的稽考上颇为用力,这方面的成绩也得到时人的大力揄扬③,但《中国小说史略》并不以此见长,维系该书学术生命的不是对史料的占有,而是基于自家的学术眼光,对史料作出重新的"发现"。鲁迅之于考证,非不能也,实不甚为也,其长处在于通过寻常作品和寻常史料,产生不同寻常的学术创见。特别是凭借自家对于小说艺术的超凡领悟力,对作品的审美价值作出精准的判断,往往寥寥数语,或成不刊之论,这是其小说史研究最为人所称道处,却也是胡适等学者不愿为或不擅为的。与胡适等赋予小说史研究以明确的史学归属和方法论依据不同,鲁迅治小说史,有专家之长,却素无专家之志。鲁迅将

---

① 胡适:《〈白话文学史〉自序》,中国社会科学院文学研究所鲁迅研究室编:《鲁迅研究学术论著资料汇编(1913—1983)》第1卷,北京:中国文联出版公司1985年版,第506页。

② 1923年,胡适在阅读北大第一院新潮社初版《中国小说史略》(上卷)后,曾致信鲁迅,指出该书"论断太少"。此信今不存,但由鲁迅复信中"论断太少,诚如所言"一语可知。《新发现的鲁迅书简——鲁迅致胡适》,《鲁迅研究月刊》1990年第12期。鲁迅复信中语,恐属谦辞。《中国小说史略》初版(上卷)之学术论断,未必"太少",只是若干论断在胡适看来,不属于"学术"范畴而已。胡适所谓"论断太少",可见其对于《中国小说史略》学术价值的基本判断。

③ 除前引胡适《〈白话文学史〉自序》中的论断外,阿英《作为小说学者的鲁迅先生》亦称《中国小说史略》"实际上不止是一部'史',也是一部非常精确的'考证'书"。阿英:《小说四谈》,上海:上海古籍出版社1981年版,第186页。该文最初发表于1936年11月25日《光明》半月刊第一卷第十二期,署名张若英。

小说史研究视为其整体的文学事业的一部分,着力于发掘作品的审美因素。小说家的身份,赋予其相对完整的知识结构和感性资源,促成了他审视小说的独特眼光,更铸就了鲁迅作为小说史家的"诗性"自觉。因此,单纯以史学标准衡量《中国小说史略》的学术成就,难免凿空之弊。

　　顾颉刚对于《中国小说史略》评价不高,还源于对鲁迅的文化身份及其著述的学术职能的认定。鲁迅和顾颉刚应聘厦门大学教职后,最初尚能相安无事,且彼此间偶有往来(这在二人的日记中均有所记载),但始终不以朋友相待,交情淡薄,颇有些"道不同,不相与谋"的意味。后来随着嫌怨的加深,分歧也渐趋明朗。鲁迅以顾颉刚为陈源之同道①,顾颉刚则称鲁迅为"不工作派"②,彼此难容。事实上,鲁迅在厦门大学任教期间,除担任本科生教学,编写《汉文学史纲要》,提交《〈嵇康集〉考》和《古小说钩沉》,承担《中国图书志·小说》的研究外,还指导研究生并审查论文。③可见,鲁迅并非真正的"不工作"。之所以被讥为"名士派"④,皆因顾颉刚对鲁迅的上述工作、尤其是教学工作的学术价值缺乏认同所致。在顾颉刚看来,自家与鲁迅有从事研究与教学之分,在身份上亦有学者与文人之别,而教学工作的学术价值与研究相去甚远,文人的文化贡献亦不能望学者之项背。⑤顾氏强调自家"性长于研究""不说空话",而鲁迅"性长于创作",是"以空话提倡科学者",与己相较,"自然见绌"⑥,于此可见一斑。出于学者的优越感,顾颉刚在1929年8月20日致胡适信中,对研究与教学的价值一判高下:

　　　　在此免不了中山大学的教书,一教书我的时间便完了。我是一个神

————————

①　顾颉刚本不属于"现代评论派",但与胡适过从甚密,且其《古史辨》曾得陈源褒奖,因此被鲁迅视为"陈源之流",对其全无好感。鲁迅:《两地书·四八》,《鲁迅全集》第11卷,第137页。

②　顾颉刚在致胡适信中说:"广州气象极好,各机关中的职员认真办事,非常可爱。使厦门大学国学院亦能如此,我便不至如此负谤。现在竭力骂我的几个人都是最不做工作的,所以与其说是胡适之派与鲁迅派的倾轧(这是见诸报纸的),不如说是工作派和不工作派的倾轧。"《顾颉刚致胡适》(1927年4月28日),《胡适来往信选》上卷,第430页。

③　汪毅夫:《北京大学学人与厦门大学国学研究院——兼谈鲁迅在厦门的若干史实》,《鲁迅研究月刊》2002年第3期。

④　鲁迅:《两地书·四八》,《鲁迅全集》第11卷,第137页。

⑤　早在赴厦门大学任教之前,顾颉刚对于学者与文人的身份已有明确区分,并以学者自命,不愿与文人为伍。在1923年8月6日的日记中,即有如下记载:"日来觉得凡是文学家都是最不负责任而喜出主张的人,非我所能友。"《顾颉刚日记》第一卷(1913—1926),第383—384页。

⑥　顾颉刚1927年3月1日日记,《顾颉刚日记》第二卷(1927—1932),第22页。

经衰弱的人,越衰弱便越兴奋,所以别人没有成问题的,我会看他成问题。这在研究上是很好的,但在教书上便不能。教书是教一种常识,对于一项学科,一定要有一个系统,一定要各方面都叙述到。若照教书匠的办法,拿一本教科书,或者分了章节作浅短的说明,我真不愿。若要把各种材料都搜来,都能够融化成自己的血肉,使得处处有自己的见解,在这般忙乱的生活中我又不能。所以教了两年书,心中苦痛得很。①

这一重研究而轻教学的立场,使顾颉刚对于鲁迅《中国小说史略》和盐谷温《中国文学概论讲话》这类从课堂讲义脱化而成的学术著作缺乏起码的认同与敬意。在顾氏看来,这类著作不过是常识之汇集,虽有稳健博洽之长,却不利于研究者个人创见的充分发挥,学术含量不高,亦难免空疏之弊,且相互间在体例及论述上均大体相沿,视之为粗陈梗概的教科书"读本"尚可,而难以企及严谨的学术著作的理论深度。同样,顾颉刚以学人为自家定位,而视鲁迅为文人,以此区别两人的文化身份,知彼罪彼,所依据的也都是对于文人的评判标准。学人的自我期许和身份认定,使顾颉刚对胡适一脉的学院派的小说史研究更为认同,将其学术贡献置于鲁迅之上,而将《中国小说史略》与盐谷温《中国文学概论讲话》相类同,否定其原创性。顾氏不把鲁迅视为学术同道,对其研究成果评价不高也是势所必然。

然而在鲁迅看来,教学与研究却没有这样明显的高下之分。文学史(小说史)这一著述体式在中国的确立,实有赖于晚清以降对西方学制的引进,对近代日本及欧美文学教育思路的移植。②这使中国人撰写的文学史一经出现,即先天地具备教材性质,承担教学职能。晚清至五四的学人选择文学史这一著述体式,大都与其在学院任教的经历有关。随着对文学史概念理解的深入,以及具有新文化背景的研究者加盟,文学史开始由教材式的书写形态向专著化发展,学术价值获得了明显的提升。在讲义基础上形成的文学史著作,不乏在观点和体例上卓有创见者,不仅显示出作者的学术个性,而且实现了对文学史这一著述体式的学术潜质的创造性发挥。《中国小说史略》最初也是作为大学讲

---

① 《顾颉刚致胡适(1929年8月20日)》,《胡适来往书信选》上卷,北京:中华书局1979年版,第534—535页。

② 陈平原:《新教育与新文学——从京师大学堂到北京大学》,陈平原:《中国大学十讲》,上海:复旦大学出版社2002年版,第112—113页。

义。鲁迅以小说史体式承载其学术见解，很大程度上是在大学授课的需要。①然而考虑到鲁迅在离开大学讲坛后仍反复对《中国小说史略》做出修改，足可见其将该书作为学术著作经营的用心。衡量一部文学史著作学术价值的高下，除学术水平的因素外，还有赖于作者对自家著作的学术定位。鲁迅非常重视文学史的学术职能，希望通过文学史写作，不仅满足教学需要，更要在学术上有所创获，希望奉献流传后世的学术经典，而非只供教学的普通讲义。②鲁迅最初应北京大学授课之需编写讲义，但出于杰出的理论才能和对自家著作的学术期待，在此过程中显示出经营个人著作的明确意识。鲁迅对文学史的学术定位，使之超越了单一的教学职能：一部《中国小说史略》，用于讲坛则是讲义，供同行阅读则为专著，在讲义和专著之间自由出入，从而有效地弥合了教学与研究之间的学术落差。而顾颉刚视《中国小说史略》为讲义，对其学术价值无法作出有效的阐释，仅凭表面的论述框架及观点的近似，而认定该书是对盐谷氏之著作的沿袭，忽视了两者在"小说史意识"上的重大分别，其"抄袭"之论，看似凿凿，实出于误断。

综上可知，无论是顾颉刚认定鲁迅"抄袭"，还是在《当代中国史学》中"扬胡抑鲁"，抑或否认鲁迅的教学工作的学术价值，均不是出于个人恩怨与好恶，而是自家的理论立场、学科背景和身份定位使然。以史学视野统摄小说和小说史，忽视了小说作为文学文体自身的独立性，尤其是在评判鲁迅这样以艺术感受力见长的研究者时，作为史家的"傲慢与偏见"也就在所难免。"史学视野下的小说史研究"的理论洞见与盲点亦因此得以同时呈现。

三

19世纪末到20世纪初，日本汉学家编撰了多部有关中国文学的研究著作，这些著作多采用"文学史"（如古城贞吉、笹川种郎）或"文学概论"体式（如儿岛献吉郎、盐谷温），对中国学术界产生了重大影响。其中，盐谷温著《中国文学概论讲话》虽然问世较晚，但由于对小说与戏曲的开创性研究，尤为中国学者所

① 陈平原：《作为文学史家的鲁迅》，《陈平原小说史论集》下卷，石家庄：河北人民出版社1998年版，第1771页。
② 1926年，鲁迅在厦门大学中文系讲授中国文学史期间，曾致信许广平，表明对于编写文学史的认真态度："我的功课，大约每周当有六小时，因为语堂希望我多讲，情不可却。其中两点是小说史，无须豫备；两点是专书研究，须豫备；两点是中国文学史，须编讲义。看看这里旧存的讲义，则我随便讲讲就很够了，但我还想认真一点，编成一本较好的文学史。"鲁迅：《两地书·四一》，《鲁迅全集》第11卷，第119页。

瞩目。该书分上下两篇,共六章,并缀附录两篇。

篇章目次如下:

由以上篇章设置不难看出,该书除第一章从分析汉语之特性入手,为后文探讨韵文及诗歌提供理论依据外,其余五章均各自以文类为中心展开论述,各章之间呈现出平行的结构方式。盐谷氏将中国古代文学批评体系中长期处于边缘地位的小说、戏曲独立成篇,使之与诗文相并列,意在突出小说与戏曲的地位。而且,统计表明:下篇两章占据该书正文(除附录外)的66%,其中小说独占35%,如果加上同样涉及小说的附录,讨论小说的总篇幅则占据全书的近50%。在综论各文类的著作中,研究者对某一文类的价值判断,既体现在若干具体论断之中,亦通过其著作留给该文类的论述空间得以彰显。在《中国文学概论讲话》中,盐谷温有意将小说、戏曲与诗文相并列,并着力扩充其篇幅,用意即在于此。作者在该书《原序》中称:"及元明以降,戏曲小说勃兴,对于国民文学产生了不朽的杰作"②。这在今天已成为学界之共识,但在当时则实属新见。③盐谷氏之前,日本学术界关注小说者不乏其人,然而在自家综论各文类的著作中,或仍以小说为诗文之附属,或仍将主要篇幅用于分析诗文,留给小说的论

---

① 这里依据孙俍工全译本的目次。[日]盐谷温著,孙俍工译:《中国文学概论讲话》,上海:开明书店1929年6月版,目次第13—18页。

② 上书,《原序》第5页。

③ 日本学者内田泉之助为《中国文学概论讲话》作序,对其学术价值评判如下:"盐谷博士生于汉学世家,夙在大学专攻中国文学,深究其蕴奥。尝游学西欧及禹域,归朝之后发表其研究之一端而著《中国文学概论讲话》一书。在当时的学界叙述文学底发达变迁的文学史出版的虽不少,然说明中国文学底种类与特质的这种的述作还未曾得见,因此举世推称,尤其是其论到戏曲小说,多前人未到之境,筚路蓝缕,负担者开拓之功盖不少。"上书,《内田新序》第7页。

述空间颇为有限。以全书近半数篇幅讨论小说,《中国文学概论讲话》尚属首创。盐谷温对于戏曲小说,尤其是后者的重视,恰与彼时中国学界的研究风气相契合。自晚清以降,对于小说文类的关注日渐成为文人学者之共识,这由中国文化与文学自身发展的现实困境所决定,而关注小说的眼光、思路及方法却主要受到来自日本的影响。不仅晚清梁启超倡导之"小说界革命",其基本理念及术语多借自明治新政①;"五四"新文化运动后,胡适以一系列小说考证,奠定中国小说史学之根基,亦得到日本汉学家的大力协助,尤其在史料搜集上受益良多②。两代学人借助来自东瀛的"他山之石",逐步建立起中国小说史学的学术规模和理论体系。可见,《中国文学概论讲话》受到中国学者的推崇,概源于盐谷氏对于小说的侧重。在该书三种中文节译本中,有两种节译其小说一章。特别是最早出现的郭希汾节译本,直接冠名为《中国小说史略》。由于该译本在鲁迅《中国小说史略》正式出版之前面世,且书名相同(郭译本未注明"节译"及盐谷原书名),也为指责鲁迅"抄袭"者提供了依据和口实。郭希汾截取盐谷氏著作中概论小说之章节,作为小说史加以译介,且冠以"小说史略"的名称,基于自家对小说史这一研究思路和著述体式的理解,却误解了原著的写作策略。盐谷温在该书《原序》中云:

> 中国文学史是纵地讲述文学底发达变迁,中国文学概论是横地说明文学底性质种类的。③

盐谷氏将《中国文学概论讲话》命名为"概论"而非"史",各章以文类为中心,与文学史有横向与纵向之别。该书全译本的译者孙俍工对此亦有认识,在译者自序中称:

> 又关于中国文学底研究的著述照现在的情形看来,恰与内田先生(引者按:即该书新序作者内田泉之助)所说日本数年前的情形同病,纵

---

① 参见夏晓虹《觉世与传世——梁启超的文学道路》第八章《"以稗官之异才,写政界之大势"——梁启超与日本明治小说》,上海:上海人民出版社1991年版,第201—235页。
② 胡适在考证《水浒传》时,在史料搜集和版本考订上多次就教于日本汉学家青木正儿,其间书信往还,受益良多。参见杜春和、韩荣芳、耿来金编:《胡适论学往来书信选》下册,石家庄:河北人民出版社1998年版,第805—823页。
③ [日]盐谷温著,孙俍工译:《中国文学概论讲话》,《原序》第5页。

的文学史一类的书近年来虽出版了好几部，但求如盐谷先生这种有系统的横的说明中国文学底性质和种类的著作实未曾见。①

鲁迅本人对于"文学概论"和"文学史"，也做出过明确区分。在致曹靖华信中，曾向曹氏推荐若干种中国文学研究著作：

> 中国文学概论还是日本盐谷温作的《中国文学讲话》清楚些，中国有译本。至于史，则我以为可看（一）谢无量：《中国大文学史》，（二）郑振铎：《插图本中国文学史》（已出四本，未完），（三）陆侃如，冯沅君：《中国诗史》（共三本），（四）王国维：《宋元戏曲史》，（五）鲁迅：《中国小说史略》。②

将盐谷氏与自家著作分别归类。可见，"概论"与"史"的研究思路和著述体式本不相同，郭希汾以盐谷氏之"概论"为"史"，将二者相混淆，实源于中国小说史学建立之初，中国学者对这一学科理解的纷纭与混乱。即便依郭氏所见，将《中国文学概论讲话》之小说专章视为小说史，其"小说史"意识与鲁迅相比亦大相径庭。

盐谷氏著作第六章《小说》之细目如下：

第一节　神话传说
第二节　两汉六朝小说
　　一　汉代小说
　　二　六朝小说
第三节　唐代小说
　　一　别传
　　二　剑侠
　　三　艳情
　　四　神怪
第四节　诨词小说
　　一　诨词小说底起原

---

① 上书，《译者自序》第10页。
② 鲁迅：《331220① 致曹靖华》，《鲁迅全集》第12卷，第523页。

二　四大奇书

三　红楼梦①

　　表面上看,这一章节设计与鲁迅《中国小说史略》并无明显分别。鲁迅著作凡二十八篇,各篇依朝代为序,在朝代之下设计类型,连缀以为史。如此看来,无论是指责鲁迅"抄袭",还是认定其以盐谷氏之著作为"蓝本",均证据确凿,不容申辩。然而,在章节设计相近的背后,小说史意识的差异才是比较和区分两部著作的关键。盐谷温的著作,依朝代分期,力图依次展现每一时期中国小说的格局和面貌,但真正得到展现的是朝代的递进,对于小说的论述,各时期之间仍采取并列方式。尽管各部分在分析具体文本时精彩之见迭出,但对于小说文类自身的演变却关注不够。可见,《中国文学概论讲话》之小说部分是依照朝代顺序论列小说,"小说史"的意味其实并不突出。这并不是盐谷温的眼光或学养不足造成的,而源于该书著述体式的制约。"概论"的基本思路是横向地呈现各文类之特征,也就无须对其发展递变做纵向地考察。在中国小说史学建立之初,以朝代为线索撰史者不乏其例,这些研究者与盐谷温的区别在于,后者对自家著作之"概论"特征颇为自觉,明确将其与"小说史"相区隔,前者则径以为"史",忽视了两者在学术思路与著述体式上的差异。鲁迅本人对于这类依朝代分期之小说史,也颇有异议。1931年上海北新书局出版订正本《中国小说史略》,鲁迅为之补撰《题记》云:"即中国尝有论者,谓当有以朝代为分之小说史,亦殆非浮泛之论也。"②其中并未明示"论者"一词之所指。据《中国小说史略》日译本之译者增田涉回忆,《题记》付印时鲁迅曾作出修改:

　　　　我还记得一件事,在他的《小说史略》订正版的《题记》里,有这样的话:"……即中国尝有论者,谓当有以朝代分之小说史,亦殆非肤浅之论也。"这题记的底稿是给了我的,现在还在手边,原文稍有不同,在"中国尝有论者"的地方,明显地写作"郑振铎教授"。可是,付印的时候,郑振铎教授知道点了他的名字,要求不要点出,因此,校正的时候,改作"尝有论者"了。乍一看来,好像他对郑振铎的说法有同感,我问他为什么郑不愿意提出他的名字呢?他给我说明了:"殆非肤泛之(浅薄之)论",实际上正

---

① [日]盐谷温著,孙俍工译:《中国文学概论讲话》,目次第18—20页。

② 鲁迅:《中国小说史略》(订正本),上海:北新书局1931年9月版,《题记》第3页。

是"浅薄之论"，所以郑本人讨厌。①

　　可见，鲁迅对于"以朝代为分之小说史"评价不高，在自家之《中国小说史略》中，朝代只是作为小说变迁的历史背景。鲁迅的小说史意识表现为：以小说发展的历史时期为背景，以小说类型的递变为线索，用类型概括一个时期小说发展的格局与面貌。上述思路有助于展现小说文类自身的发展变迁，从而保证了小说史作为文学研究与著述体式的自律性与自为性。②在鲁迅看来，依朝代这一历史存在为小说史分期，无疑是以外在因素作为文学研究的标准，忽视了小说的文学性；而径取朝代为线索，在做法上也略显取巧。这是鲁迅与郑振铎及盐谷温等人在"小说史意识"上的重大区别。综上可知，鲁迅《中国小说史略》与盐谷温《中国文学概论讲话》都以朝代为经，确实给人以雷同乃至因袭之感，但这只是表面上的论述体例的相近，背后的学术思路却大为不同。诚如鲁迅在《不是信》中所言：自家著作中的朝代更迭只是"以史实为'蓝本'"，作为背景存在，而不是小说史的线索。以所谓"蓝本"为依据，指斥鲁迅"抄袭"盐谷温，是对其"小说史意识"缺乏充分的关注和深入的了解所致。

　　前引鲁迅《不是信》一文中对"抄袭"说的答辩，其中也坦诚《中国小说史略》二十八篇中的第二篇，即《神话与传说》是根据盐谷氏著作之大意而成。这也成为"抄袭"说的主要依据。鲁迅论及神话传说时，对于盐谷温确有不少借鉴之处，但是否能够就此认定"抄袭"，尚须辨析。现代汉语中所谓神话及神话学的概念，均译自日本，时在20世纪初。③彼时鲁迅正在日本留学，最初接触神话及神话学，也是通过日文材料。在作于日本的《破恶声论》中，鲁迅阐述了神话的文化价值，将其视为文学与思想的起源。④1920年受聘北京大学，开设中国小说史课程，并撰写讲义时，以神话为小说之起源，这一思路就与其在留日期间

①　[日]增田涉著，钟敬文译：《鲁迅的印象·三十三·鲁迅文章的"言外意"》，钟敬文著/译，王得后编：《寻找鲁迅·鲁迅印象》，北京：北京出版社2002年版，第343—344页。

②　韦勒克、沃伦批评那种"只是对按编年顺序排列的作家和他们的某些作品作了一系列的批评性议论"的文学史不是"史"，"大多数文学史是依据政治变化进行分期的。这样，文学就认为是完全由一个国家的政治或社会革命所决定。""不应该把文学视为仅仅是人类政治、社会或甚至是理智发展史的消极反映或摹本。因此，文学分期应该纯粹按照文学的标准来制定。"[美]韦勒克、沃伦著，刘象愚等译：《文学理论》，北京：生活·读书·新知三联书店1984年版，第291、303、306页。

③　陈连山：《20世纪中国神话学简史》，叶舒宪：《海外中国神话学与现代中国学术：回顾与展望》，陈平原主编：《现代学术史上的俗文学》，武汉：湖北教育出版社2004年版，第3—27、415—437页。

④　鲁迅：《集外集拾遗补编·破恶声论》，《鲁迅全集》第8卷，第32页。

接触神话学不无关联。鲁迅的神话学知识主要习自日本,加之当时中国的神话学尚处于初创阶段,缺乏可供参考的本国学术成果,借鉴日本学人的研究,也有其不得已处。在最初的油印本讲义《中国小说史大略》中,《神话与传说》一篇的主要观点均来自盐谷温的著作,但油印本纯作讲义,没有作为个人著作,公开出版,吸收前沿成果用于教学,无涉"抄袭"。1923年北京大学新潮社刊行《中国小说史略》初版本上卷时,有关神话一篇的内容则大为改观,不仅材料较之油印本增补甚多,次序和观点也有相当大的调整和修正。仍保留盐谷温对于中国神话散失之原因的两点解释,但以"论者谓有二故"领述之,不敢掠为己见,并补充自家的一则论断于后,且辅以多则史料证之。可见,《中国小说史略》第二篇《神话与传说》受《中国文学概论讲话》之影响属实,但决非一味沿袭,全无自家之创见。盐谷氏对于鲁迅最大的启发,是一部中国小说史从神话讲起、视神话为小说之起源这一学术思路。所谓"抄袭"说,未免过甚其辞。而且,鲁迅从1909年起即开始搜集唐前小说佚文,最终汇成《古小说钩沉》稿本十册,成为后来撰写小说史的重要史料。鲁迅的小说史辑佚工作,早于盐谷氏著作之刊行,《不是信》中自陈"我都有我独立的准备",并非虚言。

以上通过对两部著作之学术思路的辨析,试图为批驳"抄袭"说提供若干"内证"。"抄袭"说之不可信,除"内证"外,还有过硬的"外证"可为凭据,即鲁迅与盐谷温的学术交往。盐谷温对于中国小说研究的贡献,除在《中国文学概论讲话》中充分肯定小说的价值与地位外,在作品和史料发掘上的成绩,也甚为可观。在中国本土久已失传的元刊全相评话及明话本集"三言"就是由盐谷氏率先发现,并传回国内的。鲁迅在《中国小说史略》(订正本)的题记中对此大加褒奖:"盐谷节山教授之发见元刊全相评话残本及'三言',并加考索,在小说史上,实为大事"①。根据这些新史料和研究成果,鲁迅订正了《中国小说史略》,对第十四、十五和第二十一篇进行了大幅修改。调换原第十四、十五篇的顺序,题目统一定为《元明传来之讲史》,内容也做出相应的调整,并增补了对新发现的作品和史料的论述。第二十一篇则增加了对《全像古今小说》和《拍案惊奇》的分析,内容也有较大扩充。此外,在自家的小说史著述中,鲁迅多次引用盐谷氏的研究成果。同样,盐谷温对于鲁迅的学术成就也颇为推重,不仅在教学过程中参考《中国小说史略》,还与其它九位日本的中国小说史研究者联名写给鲁

---

① 鲁迅:《中国小说史略》(订正本),《题记》第3页。

迅一张明信片，公开表达对于鲁迅的小说史研究的敬意。这一则新近披露的史料，成为两位学者之间惺惺相惜的学术因缘的又一确证。明信片为竖行毛笔书写，信片的上半面写收信人的地址及人名：

　　　　上海北四川路底
　　　　内山书店　转交
　　　鲁迅先生

下半面是信文及签名：

　　　中国小说史学会读了一同记名以为念恭请撰安
　　　盐谷温　内田泉　小林道一　松井秀吉　藤勇哲　荒井瑞雄　守屋祯次　松枝茂夫　黑木典雄　目加田诚①

　　这张明信片写于1930年，由于邮戳日期模糊不清，不能确定是2月还是3月。此时《中国小说史略》订正本尚未出版，信中"读了"，当指1925年北新书局合订本或此前的新潮社本。

　　鲁迅和盐谷温的学术因缘，不限于此。早在1926年，盐谷温的学生和女婿辛岛骁（是增田涉在东京帝国大学文学部中国文学科的同班同学）到北京造访鲁迅，带来盐谷温所赠《至治新刊全相平话三国志》一部（即盐谷氏影印的《元刊全相评话》残本之一种），并稀见书目两种，即日本内阁文库现存书目《内阁文库书目》和日本古代的进口书帐《舶载书目》。1927年7月30日，鲁迅把这两种书目中的传奇演义类和清代钱曾《也是园目》中的小说二段，合并编为《关于小说目录两件》，发表于同年8月27日、9月3日《语丝》周刊第146—147期。两天后，鲁迅回赠辛岛骁以排印本《三宝太监西洋记通俗演义》《醒世姻缘》各一部。②通过辛岛骁，鲁迅和盐谷温建立了学术联系，两人每当发现小说和戏曲的新史料，即互相寄赠。两人互通书信，互赠书籍，这在《鲁迅日记》中多有记载，兹不一一举证。1928年2月23日，两人终于在上海会面，盐谷温赠鲁迅《三国志平

_____

① 《鲁迅研究月刊》2009年第6期，封三。信中"读了"指读了鲁迅《中国小说史略》。
② 鲁迅：《日记十五》（一九二六年），《鲁迅全集》第15卷，第633页。

话》、杂剧《西游记》，并转交辛岛骁所赠旧刻小说、词曲影片七十四页，鲁迅则回赠以《唐宋传奇集》。①鲁迅亲笔题字送给盐谷温的《中国小说史略》也保存至今。②从鲁迅与盐谷温的学术交往不难看出，两人在小说史研究上始终互相支持，互相推重。如果真有所谓"抄袭"，鲁迅恐怕不会如此坦然地面对盐谷温，而盐谷温不断向鲁迅寄赠书籍史料，亦难免不辨是非之讥，无异于"开门揖盗"了。

1935年6月，《中国小说史略》日译本出版，鲁迅为之作序云："这一本书，不消说，是一本有着寂寞的运命的书。"③在自家著作问世后的十余年间，鲁迅的小说史研究曾得到各种各样的赞扬与诟病，但大抵是褒多于贬，鲁迅之于中国小说史学的开创地位和学术贡献，得到了公认。然而在鲁迅看来，《中国小说史略》的命运是寂寞的，在纷繁的赞扬与责难声中，自家的学术理念并未获得准确的理解和有效的阐释。"寂寞"一语，充满了"难得知己"的悲凉之感。纵观20世纪上半叶的中国小说史研究，尽管鲁迅与胡适的学术成就难分高下，但以后者为代表"实证派"研究实居于主流地位。胡适等人对古代小说的考证，将小说这一边缘性文类纳入学术研究的视野，以治经史的态度和方法从事小说研究，从根本上提升了小说的文化地位，并因此创建了学术研究的新范式，为后学开无数法门。胡适的小说史研究，在奠定中国小说史学的研究格局的同时，也形成了一座不易超越的理论高峰，更因后世学人的推重与承继，自成一派。然而，学术高峰在彰显其优长的同时，往往也暴露出内在的困境与矛盾。在"整理国故"的前提下，胡适之于中国古代小说，着力关注其"社会史料"价值，而相对忽视其作为文学文类的审美特质。"胡适关注的始终是'文本'产生的历史，而不是'文本'自身"。④即便偶有所及，由于"历史癖"与"考据癖"，也使其论断往往"别具幽怀"。胡适评判小说的艺术价值时，对于写实笔法最为关注，也最为欣赏，在文学阅读趣味背后透射出史家的心态和视野。胡适等人对于审美批评的相对忽视，逐渐强化了小说史研究的史学归属，并最终导致文学研究自身的

① 鲁迅：《日记十七》（一九二八年），《鲁迅全集》第16卷，第71页。
② 李庆：《日本汉学史》第二部《成熟和迷途(1919—1945)》，上海：上海外语教育出版社2004年版，第444页。
③ 鲁迅：《且介亭杂文二集·〈中国小说史略〉日本译本序》，《鲁迅全集》第6卷，第360页。
④ 陈平原：《现代中国学术之建立——以章太炎、胡适之为中心》，第264页。

"失语"。①这恰恰是鲁迅和胡适在小说史研究上的主要分歧所在。在与台静农的通信中，鲁迅对胡适一派的研究作出如下评判：

> 郑君(引者按:指郑振铎)治学，盖用胡适之法，往往恃孤本秘笈，为惊人之具，此实足以炫耀人目，其为学子所珍赏，宜也。我法稍不同，凡所泛览，皆通行之本，易得之书，故遂孑然于学林之外，《中国小说史略》而非断代，即尝见贬于人。但此书改定本，早于去年出版，已嘱书店寄上一册，至希察收。虽曰改定，而所改实不多，盖近几年来，域外奇书，沙中残楮，虽时时介绍于中国，但尚无需因此大改《史略》，故多仍之。郑君所作《中国文学史》，顷已在上海豫约出版，我曾于《小说月报》上见其关于小说者数章，诚哉滔滔不已，然此乃文学史资料长编，非"史"也。但倘有具史识者，资以为史，亦可用耳。②

可见，鲁迅难以认同胡适、郑振铎等人"恃孤本秘笈，为惊人之具"的治学方法，而特别关注研究者的"史识"，力图通过对"史识"的强调，使小说史研究从史学笼罩下挣脱出来，恢复小说作为文学文类的独立性。"史识"是鲁迅判断文学史著作成就高下的首要标准。③基于这一标准，鲁迅对同时代学人的文学史著作评价极严。③与通信之中显示出的治学理念相比，鲁迅发言时的立场和心态也格外值得关注。该信写于1932年，鲁迅时已远离学院，寓于上海从事自由撰述，"孑然于学林之外"，恰恰是鲁迅当时处境的真实反映。身处学界边缘，以局外人的姿态立论，既造成与学院中人难以弥合的疏离感，又因此获得隔岸观火的绝佳位置，得以洞彻学院派研究的种种缺失。④而反观自家小说史研究著作的命运——《中国小说史略》或以"长于考证"而得赞扬，或因"不善考证"而被质疑"抄袭"，在种种赞赏与非议中，其"史识"却始终未获关注。在鲁迅看来，同时代学者的文学史与小说史研究，于史料上勤于用力者，不乏其人，而能够在史料

---

① 罗志田:《文学的失语:整理国故与文学研究的考据化》，罗志田:《裂变中的传承——20世纪前期中国的文化与史学》，北京:中华书局2003年版，第287页。

② 鲁迅:《320815① 致台静农》，《鲁迅全集》第12卷，第321—322页。

③ 在前引致曹靖华信中，鲁迅在列举几种文学研究著作后，评价为:"这些都不过可看材料，见解却都是不正确的。"《鲁迅全集》第12卷，第523页。

④ 鲁迅与胡适等人在小说史研究上的分歧，于方法之外，也包含对于学术研究之文化担当的不同理解。鲁迅始终不以学者自居，与学院有意保持距离，在与学院派治学门径不同的背后，文化选择上的相异更为关键。

中凸显"史识"者,却寥若晨星。在学术研究上缺乏真正的同道,使鲁迅萌生"寂寞"之感;而远离学院又使他"不复专于一业,一事无成"[1],计划中的中国文学史最终未能完成,"一点别人没有见到的话"[2]也随之失去了言说的契机,则更增添了鲁迅的"寂寞"。

① 鲁迅:《两地书·一三五》,《鲁迅全集》第11卷,第323页。
② 鲁迅在《两地书·六六》中说:"但如果使我研究一种关于中国文学的事,大概也可以说出一点别人没有见到的话来。"《鲁迅全集》第11卷,第187页。

·下 编·

鲁迅《魏晋风度及文章与药及酒之关系》及其周边

第一章　鲁迅《魏晋风度及文章与药及酒之关系》的版本流变

　　对于鲁迅作品版本流变的研究，尤其是对于从手稿本到不同排印本之间流变的动态过程的研究，一直不乏其例。早在20世纪80年代，史料大家朱正先生就在《鲁迅手稿管窥》一书中，通过对鲁迅12篇作品手稿和改定稿的详细比对与分析，指出："鲁迅自己的手稿也正是我们学习修改文章的一种很好的教材。……仔细研究鲁迅的手稿，研究他的每一处删改，就可以得到许多有益的启发，学习作文的门径。"①从而为研究鲁迅对自家作品的修改提供了可资借鉴的思路与方法。鲁迅手稿研究对于鲁迅作品版本的正本清源，以及进一步校勘和整理鲁迅作品、奉献出可供阅读与研究的善本意义重大。不过，相当数量的鲁迅作品手稿今已不存，所谓"对校比勘"往往只能从初刊本做起，经由初版本（也可能包括经鲁迅本人修改的再刊本或再版本），直至全集本。通过对以上各版本的汇校，可以考察鲁迅作品的版本流变，判断各版本之优劣，并进而分析鲁迅修改过程中体现出的思路、笔法和心态的变化。本章借助鲁迅的学术讲演《魏晋风度及文章与药及酒之关系》由最初的"记录稿"到最新校订出版的"全集本"的流变，辨析各版本之差别，力求呈现鲁迅修改该文的动态过程，分析其中的写作、学术和文化意义，并试图对鲁迅作品的整理与研究提供几点个人的思考。

　　《魏晋风度及文章与药及酒之关系》是鲁迅在国民党政府广州市教育局主办的市立夏令学术讲演会上所作讲演的记录稿。讲演的地点设在广州市立师范学校礼堂，于1927年7月23日、26日分两次讲，记录者署名邱桂英、罗西。邱桂英是广州市立师范学校学生，罗西即日后以创作多卷本长篇小说《一代风流》闻名于世的欧阳山，曾为该校学生，记录讲演稿时已被开除。②鲁迅在讲演前是否准备了书面讲稿，尚难以确知。讲演当由邱、罗二人以速记的方式记录，故与实况相去不远③，而且最大限度地保持了讲演的现场感：如"然而事实上纵使曹操

①　朱正：《鲁迅手稿管窥》，长沙：湖南人民出版社1981年版，第4页。
②　欧阳山：《光明的探索》，原载1979年2月20日《人民文学》月刊第2期，引自薛绥之主编：《鲁迅生平史料汇编》第四辑，天津：天津人民出版社1983年版，第352—353页。
③　这一点经黄子平先生、强英良先生提示，特此致谢。

再生,也没人敢问他,我们倘若问他,恐怕他把我们也杀了"①,"但现在也不必细研究它,我想各位都是不想吃它的"②,"比方在广东提倡,一年以后,穿西装的人就没有了"③,"比方我今天在这里演讲的时候,扪起虱来,那是不大好吧"④等几处明显的现场发挥,均得以保留。邱、罗二人的记录稿经鲁迅本人修改后⑤,连载于1927年8月11、12、13、15、16、17日《广州民国日报》副刊《现代青年》第173至178期(以下简称"记录稿")。同年,鲁迅在"记录稿"的基础上又加以修改,发表于1927年11月16日《北新》半月刊第2卷第2号(以下简称"修改稿")。该文后来辑入上海北新书局1928年10月出版的《而已集》,在编辑过程中又经鲁迅进一步修订,去掉了"修改稿"中的多处调整,恢复了"记录稿"的原貌,但也有一些新的修改,成为作者生前的定稿(以下简称"改定稿")。至此,《魏晋风度及文章与药及酒之关系》经鲁迅反复修改,出现了三个正式发表的文字互异的版本。鲁迅逝世后,在1938年、1956至1958年、1981年和2005年刊行的各版《鲁迅全集》中,该文经编者修订,文字和标点又有所改动。笔者曾对"记录稿""修改稿"和"改定稿"这三个版本予以汇校,并以迄今为止最新校订出版的人民文学出版社2005年版《鲁迅全集》(以下简称"全集本")为参照。经过汇校,发现各版本(包括"全集本")之间的差异共有202处。本章则力图借助这202处差异,还原并考察《魏晋风度及文章与药及酒之关系》由"记录稿"到"改定稿"的修改过程,同时指出"全集本"在校订过程中存在的若干问题。

一、由"记录稿"到"修改稿"

1927年11月16日,《魏晋风度及文章与药及酒之关系》经鲁迅修改,发表于《北新》半月刊第2卷第2号。这是鲁迅本人对该文最大的一次修改,部分修改不限于文字与标点的正误,而近乎重写,发挥之处不少。

由于"记录稿"中文字和标点的脱衍错讹之处较多,鲁迅借助"修改稿"进行了全面的订正。如"记录稿"中"因谓我们想研究某一时代的文学","修改稿"中改为"因为我们想研究某一时代的文学","谓"显然是"为"字之误。又如"记

---

① 《广州民国日报》副刊《现代青年》第174期,1927年8月12日。
② 《广州民国日报》副刊《现代青年》第174期,1927年8月12日。
③ 《广州民国日报》副刊《现代青年》第175期,1927年8月13日。
④ 《广州民国日报》副刊《现代青年》第175期,1927年8月13日。
⑤ 欧阳山:《光明的探索》,薛绥之主编:《鲁迅生平史料汇编》第四辑,第356页。《鲁迅日记》1927年8月5日有"寄市教育局讲演稿"的记载,《鲁迅全集》第16卷,北京:人民文学出版社2005年版,第32—33页。

录稿"中"因为年代长了，做史的是本朝人，当然本朝的人物"，"修改稿"中则改为"这就因为年代长了，做史的是本朝人，当然恭维本朝的人物"，增加"恭维"二字补充了"记录稿"中的脱文，增加"这就"二字，目的是使这一句与上文的语气更加连贯。此外，"记录稿"中将严可均辑录的书名印作《全上右三代秦汉三国晋南北朝文》，"修改稿"中则更正为《全上古三代秦汉三国晋南北朝文》。以上均属于对"记录稿"中误植的修订。

除对脱衍错讹的订正外，"修改稿"中的其他一些修改，则属于对文章观点的补充和发挥。如论及何晏服药的原因时，"记录稿"中作"此外，他喜谈也喜名理，他身子不好，因此不能不吃药"，"修改稿"中则改为"他身子不大好，此外也许还有点荒唐的事情，因此不能不吃药"，论述有所丰富调整，特别是"也许还有点荒唐的事情"这一表述，属于讲演中不曾有的内容，是明显的补充和发挥。又如"记录稿"中"汉时大家还不敢吃，何晏或者将药方略有改变，便吃开头了"，"修改稿"中改为"汉时，大家除治病时万不得已之外还不敢吃，何晏或者将药方略加改变，便吃起来了"，增加"大家除治病时万不得已之外"使论述更为严谨。"记录稿"中论述嵇康的结局"与孔融何晏等同遭不幸的杀害"，"修改稿"中改为"与孔融何晏等一样，遭了不幸的杀害"。嵇康和孔融、何晏等并非同时遭到杀害，"修改稿"中的表述显然更为准确。这一修改在"改定稿"中得以保留。又如"记录稿"中"嵇康的见杀，是因为他的朋友吕安不孝"，"修改稿"中改为"嵇康的见杀，表面上是因为他的朋友吕安不孝"；"记录稿"中"如曹操杀孔融司马懿杀嵇康，都是因为他们和不孝有关"，"修改稿"中改为"如曹操杀孔融，司马懿杀嵇康，都说是因为他们和不孝有关"。这两处均属于细节的修改，但一个副词甚至一个"说"字的补充，却可以见微知著，更充分地体现出作者的立场——对于独裁者寻找杀人借口的不满和揭露。

此外，"修改稿"中还增加了对于标题的说明性文字。"记录稿"标题后仅有"鲁迅讲邱桂英罗西记"的字样，"修改稿"中作"鲁迅在广州夏期学术演讲会讲邱桂英罗西记"。①

二、由"修改稿"到"改定稿"

1928年10月，上海北新书局出版鲁迅的《而已集》，《魏晋风度及文章与药

---

① 鲁迅对讲演会名称的表述不够准确，当为"夏令学术讲演会"，而不是"夏期学术讲演会"。《市教育局将办夏令学术讲演会》，《广州民国日报》1927年7月12日第九版。

及酒之关系》辑入该书。在编辑过程中,鲁迅又对该文进行了修订。其中最为突出的是去掉了"修改稿"中的多处调整,恢复了"记录稿"的原貌。鲁迅的这次修订,依据的底本有可能是刊于《广州民国日报》的"记录稿",因此不再呈现"修改稿"中的若干补充和发挥之处。如前述"也许还有点荒唐的事情""大家除治病时万不得已之外"等补充均不见于"改定稿"。当然也不排除鲁迅同时参考了"记录稿"和"修改稿",但出于保持讲演原貌的考虑,部分内容延续"记录稿"。

鲁迅在"改定稿"中也做出了不少新的修改,部分修改使该文臻于完善,堪称"定本"。如"记录稿"和"修改稿"中均作"所以他帷幄下面,方士文士就特别地多","改定稿"中则改为"所以他帷幄里面,方士文士就特别地多"。"帷幄"意为"军队里用的帐篷",由"下面"改为"里面",一字之易,表意却更为准确。同类修改又如"记录稿"和"修改稿"中均作"五石散大概有五样药","改定稿"中改为"五石散的基本,大概是五样药"。因为五石散的成分不限于五样药,还有其他一些次要成分,"改定稿"中的表述因此更具分寸感。又如"记录稿"和"修改稿"中均作"不能管得许多,所以就变成'居丧无礼'了","改定稿"中改为"不能管得许多,只好大嚼,所以就变成'居丧无礼'了"。增加"只好大嚼"四字,与前文"晋礼居丧之时,也要瘦,不多吃饭"在文意上能够更好的衔接。再如"记录稿"和"修改稿"中均作"又有一个团体新起,叫做'竹林名士'","改定稿"中则改为"又有一个团体新起,叫做'竹林名士',也是七个,所以又称'竹林七贤'","改定稿"中增补的内容非常必要。其他如"记录稿"和"修改稿"中均作"所以容易说自由话","改定稿"中改为"所以容易说些自由话";"记录稿"和"修改稿"中均作"访他的人有加以青眼和白眼的分别","改定稿"中改为"对于访他的人有加以青眼和白眼的分别";"记录稿"和"修改稿"中均作"也可以得到人的原谅","改定稿"中改为"也可以借醉得到人的原谅";"记录稿"和"修改稿"中均作"亦不可常住宿","改定稿"中改为"亦不可住宿"等等;或增或删,均属于这类修改。

此外,还有一些修改贯穿了"记录稿""修改稿"和"改定稿",呈现出一个不断完善的过程,属于关键性的调整。如对曹操的评价,"记录稿"中作"然而我想他无论如何是一个聪明人";也许鲁迅觉得"聪明"的评价不够到位,"修改稿"中改为"然而我想他无论如何,是一个杰出的人",评价有明显提高,但与上下文不太合拍,鲁迅并非一味地对曹操予以好评;于是"改定稿"中最终确定为"然而我想他无论如何是一个精明人","精明"一词集褒贬于一身,修辞效果也颇为强烈。又如"记录稿"中作"曹操曹丕以外,下面有七个人,都很能做文章,后来称为,建安七子",“修改稿”中改为“曹操曹丕以外,还有七个人,都很能做文章,后来称为‘建安七子’”,修正了“记录稿”中标点的错误,用“还有”替代“下面有”,也更为准确;而“改定稿”中进一步改为“曹操曹丕以外,还有下面的七个人:孔融、陈琳、王粲、徐幹、阮瑀、应瑒、刘桢,都很能做文章,后来称为‘建安七子’”,不仅增补了七子的姓名,而且将前两稿中的表述结合起来,“还有下面”既使语义与上文相连贯,又表明了七子的地位,这一修改可谓用心良苦。又如“记录稿”中作“所以我们看晋人”,“修改稿”中改为“我们看晋人的传记或画像”,晋人早已作古,是鲁迅不可能见到的,了解晋人通过只能通过传记或画像,这一修改显然更符合逻辑;而“改定稿”中进一步改为“所以我们看晋人的画像或那时的文章”,表意则更为准确丰富。再如“记录稿”中作“家常无米,就去向人家门口要求”,“修改稿”中改为“家常无米,就去向人家门口乞求”,“改定稿”中又改为“家常无米,就去向人家门口求乞”,由“要求”到“乞求”,再由“乞求”到“求乞”,表达愈发恰切。还有一处突出的修改,“记录稿”中作“比方去找我的孩子,树木的树字和人类的人字都是要避讳的,稍一不慎,便会遭无礼的待遇”,属于结合自身的现场发挥,“修改稿”发表时署名鲁迅,再使用“周树人”的名字加以发挥,显然不太合适,于是删作“稍一不慎,便会遭无礼的待遇”,但这样又可能削弱“记录稿”中的表达效果,于是“改定稿”中进一步改为“否则,嘴上一说出这个字音,假如他的父母是死了的,主人便会大哭起来——他记得父母了——给你一个大大的没趣”。这一修改并不多见,几乎是抛开了讲演稿的全面重写。可见,鲁迅对《魏晋风度及文章与药及酒之关系》的修改不限于对讲演稿的订正,还体现出对文章的经营。

同时,鲁迅在“改定稿”中还调整了对于标题的说明文字,改为“九月间在广州夏期学术演讲会讲”,因为收入自家的文集,无须呈现作者或记录者的姓名,这样的修改也便顺理成章了。总之,“改定稿”成为鲁迅生前的“定本”,也成为日后各版《鲁迅全集》所依据的底本。

三、由“改定稿”到“全集本”

人民文学出版社2005年版《鲁迅全集》以鲁迅的各类文集为中心,《魏晋风度及文章与药及酒之关系》收入《而已集》,列入全集第3卷。可见,“全集本”所依据的底本并非作为初刊本的“记录稿”或再刊本的“修改稿”,而是收入上海北新书局1928年10月版《而已集》的“改定稿”。但“全集本”在编辑过程中也做出了部分修订,主要是对错讹的正误和标点的规范,共有8处。如“改定稿”中作

"Art for Arts sake"，"全集本"订正为"Art for Art's Sake"，纠正了英文语法和大小写方面的错误；"改定稿"中作"亲朋戚友死于乱者特多"，"全集本"订正为"亲戚朋友死于乱者特多"，调整了错乱的语序。还有一些修订，主要依据《鲁迅全集》之通例，如在对于标题的说明性文字前增加了破折号等。

　　然而，"全集本"中的个别修改也有可商榷之处。如"改定稿"中作："曹丕说：'文章事可以留名声于千载'"，"全集本"中去掉了引号，改为"曹丕说文章事可以留名声于千载"，因为鲁迅没有直接引用《典论·论文》原文，而是用现代汉语加以概括，"全集本"中去掉引号也有一定道理。但同样用现代汉语概括曹操的话，"改定稿"中作"曹操曾自己说过：'倘无我，不知有多少人称王称帝！'""全集本"此处同"改定稿"，没有去掉引号，前后标准不够统一。此外，"全集本"中作"故我想，衣大，穿屐，散髪等等"，特地保留了繁体字"髪"，目的是不与"發"相混淆，这是颇为严谨的做法。"散髪"始见于"记录稿"，"修改稿"中去掉了这段话，"改定稿"中则予以恢复，也作"散髪"，"全集本"依照"改定稿"。但联系上下文看，只涉及服五石散后"散發"，并未提到披头散髪，可见"记录稿"中"散髪"恐系"散發"之误植，"改定稿"中未能加以订正，"全集本"中亦沿用，改作简化字"散发"似乎更为合理。

　　以上简要分析了《魏晋风度及文章与药及酒之关系》由"记录稿"到"全集本"的修订过程。由此可知，迄今为止最新修订、也是最为通行的"全集本"尚有个别可商榷之处，未臻完善。由于绝大多数读者和研究者缺乏使用"记录稿""修改稿"和"改定稿"的便利，提供一个更为准确、规范的"全集本"十分必要。而对于鲁迅作品的整理应遵循哪些原则，笔者不揣浅陋，冒昧提出以下几点浅见：

　　1.尽可能忠实于底本。《鲁迅全集》以鲁迅的各类文集为中心，或依据初版本，或依据作者生前的定本；集外文则或依据手稿，或依据初刊本，或依据作者生前的定本。底本一经确定，在整理过程中，除明显的错讹外，在不影响阅读的前提下，应尽量依据底本，同时尊重鲁迅本人的书写习惯（对文字、标点和格式而言均如此），避免编者的主观臆断和妄改，以便保存其原貌。对底本中的明显错讹，则应加以修改。

　　2.文字校勘宜细不宜粗。民国时期出版的各类文集，不同程度地存在手民误植，鲁迅作品亦如是，而且由繁体字转换为简化字，也容易产生新的错误。因此，应格外重视文字的校勘，以去伪存真，务求精善。其中，对错别字务须校正

（可在原文处径改并在文末附《校勘记》，也可将正字置于中括号内，附在错别字后）。必要时亦可结合上下文进行"理校"（使用此法应格外慎重），如前文提到的"散髪"之误。

3.标点和格式的校勘宜粗不宜细。新式标点在新文化运动之后逐渐普及，鲁迅该文即如此，与现今通行标点的使用规范已颇为近似。虽然个别地方似乎有欠规范，却体现出过渡时代的特征，而且并未影响表述的准确和文意的畅达。因此，除明显缺失或错讹外，对鲁迅作品中标点，不必强求与现今规范的一致性。个别地方不使用标点，或使用句号而不使用分号，均可保持原貌，无须增补或修改。行文格式亦如此，无碍于阅读即可，不必务求规范。

总之，鲁迅作品虽然不尽属于古籍[①]，但在整理过程中却应该像对待古籍一样，既要加强校勘，避免误植，又要修旧如旧，保留原貌。对于《魏晋风度及文章与药及酒之关系》这类经鲁迅反复修改、存在多个文字互异的版本的作品，通过汇校，一方面可以展现其修改的动态过程，为考察"书写中的鲁迅"提供依据[②]；另一方面，则有助于奉献出一个可供阅读与研究的善本。

---

① 按照通行说法，判断古籍的时间下限是1919年"五四运动"。参见许逸民：《古籍与古籍整理（代自序）》，许逸民：《古籍整理释例》（增订本），北京：中华书局2014年版，第1—7页。但鲁迅辑校古籍当属此列。
② 参见姜异新：《回归"书写中的鲁迅"——略论鲁迅手稿研究的学术生长点》，《现代中文学刊》2016年第3期。

第二章　鲁迅《魏晋风度及文章与药及酒之关系》校勘记

校勘说明：

　　《魏晋风度及文章与药及酒之关系》一文是鲁迅于1927年7月23日、26日在国民党政府广州市教育局主办的广州夏令（鲁迅误作夏期）学术演讲会上所作演讲的记录，最初以记录稿的形式刊于1927年8月11日、12日、13日、15日、16日、17日广州《民国日报》副刊《现代青年》第173至178期（以下简称"记录稿"）；后经作者修改，发表于1927年11月16日《北新》半月刊第2卷第2期（以下简称"修改稿"）。后经鲁迅再次修订，辑入上海北新书局1928年10月出版的《而已集》（以下简称"改定稿"）。至此，《魏晋风度及文章与药及酒之关系》经鲁迅之手出现了三个文字互异的版本。本文对这三个版本进行汇校，以展现各版本中文字和标点之差别，并附以目前最通行的鲁迅作品版本：人民文学出版社2005年版《鲁迅全集》（《而已集》收入全集第3卷，以下简称"全集本"），以为参照。

《魏晋风度及文章与药及酒之关系》校勘记：

标题：

1.副标题[记录稿]　鲁迅讲　邱桂英罗西记

　　　　　[修改稿]　鲁迅在广州夏期学术演讲会讲　邱桂英罗西记

　　　　　[改定稿]　九月间在广州夏期学术演讲会讲

　　　　　[全集本]　——九月间在广州夏期学术演讲会讲

正文：

1.[记录稿]　第一面上，第2行：可真不容易，

　[修改稿]　第29页，第2行：可真不容易。

　[改定稿]　第117页，第2行：同[记录稿]。

　[全集本]　第523页，第2行：同[记录稿]。

2.[记录稿]　第一面上，第5行：因谓我们想研究某一时代的文学，

　[修改稿]　第29页，第4行：因为我们想研究某一时代的文学，

　[改定稿]　第117页，第5行：同[修改稿]。

　[全集本]　第523页，第5—6行：同[修改稿]。

3.[记录稿]　第一面上，第7—8行：在文学方面起一个重大的变化，

[修改稿]　第29页,第6行:在文学方面起了一个重大的变化,

　　[改定稿]　第117页,第7—8行:同[记录稿]。

　　[全集本]　第523页,第7—8行:同[记录稿]。

4.[记录稿]　第一面上,第8行:因当时正在黄巾和董卓大乱之后,

　　[修改稿]　第29页,第6—7行:因为那时正当黄巾和董卓大乱之后,

　　[改定稿]　第117页,第8行:同[记录稿]。

　　[全集本]　第523页,第8行:同[记录稿]。

5.[记录稿]　第一面上,第10行:更而想在戏台上那一位花面的奸臣,

　　[修改稿]　第29页,第8行:更联想到戏台上那一位花面的奸臣。

　　[改定稿]　第118页,第2行:更而想起戏台上那一位花面的奸臣,

　　[全集本]　第523页,第10—11行:同[改定稿]。

6.[记录稿]　第一面上,第11行:现在我们再看历史,在历史上的记载和论断有时也是极靠不住的,

　　[修改稿]　第29页,第9行:现在我们再看历史。在历史上的记载和论断,有时也是极靠不住的,

　　[改定稿]　第118页,第3—4行:同[记录稿]。

　　[全集本]　第523页,第11—12行:同[记录稿]。

7.[记录稿]　第一面上,第12行:不能相信的地方很多,

　　[修改稿]　第29页,第9行—第30页,第1行:不能相信的地方很多。

　　[改定稿]　第118页,第4行:同[记录稿]。

　　[全集本]　第523页,第12—13行:同[记录稿]。

8.[记录稿]　第一面上,第13—14行:因为年代长了,做史的是本朝人,当然本朝的人物,

　　[修改稿]　第30页,第2行:这就因为年代长了,做史的是本朝人,当然恭维本朝的人物,

　　[改定稿]　第118页,第5—6行:为什么呢?因为年代长了,做史的是本朝人,当然恭维本朝的人物,

　　[全集本]　第523页,第14—15行:同[改定稿]。

9.[记录稿]　第一面上,第15行:很自由地贬斥其异朝的人物,

　　[修改稿]　第30页,第3行:便很自由地贬斥其异朝的人物了。

　　[改定稿]　第118页,第7行:便很自由地贬斥其异朝的人物,

　　[全集本]　第523页,第15—16行:同[改定稿]。

10.[记录稿] 第一面上,第16—17行:曹操在史上年代也是颇短的,自然也逃不了说坏话的公例。

[修改稿] 第30页,第4行:曹氏在史上年代也是颇短的,自然也逃不了说坏话的公例。

[改定稿] 第118页,第8—9行:曹操在史上年代也是颇短的,自然也逃不了被后一朝人说坏话的公例。

[全集本] 第523页,第17、18行—第524页,第1行:同[改定稿]。

11.[记录稿] 第一面上,第17行:至少是一个英雄,

[修改稿] 第30页,第5行:至少是一个英雄。

[改定稿] 第118页,第10行:同[记录稿]。

[全集本] 第524页,第1行:同[记录稿]。

12.[记录稿] 第一面上,第19行:因为已经做过工作:

[修改稿] 第30页,第6行:因为已经有人做过工作:

[改定稿] 第118页,第12行:同[修改稿]。

[全集本] 第524页,第3—4行:同[修改稿]。

13.[记录稿] 第一面上,第19行——第一面下,第1行:在文集一方面有清严可均辑的"全上右①三代秦汉三国晋南北朝文"。

[修改稿] 第30页,第6—7行:在文集一方面,有清严可均辑的《全上古三代秦汉三国晋南北朝文》。

[改定稿] 第118页,第12行—第119页,第1行:在文集一方面有清严可均辑的《全上古三代秦汉三国晋南北朝文》。

[全集本] 第524页,第4—5行:同[改定稿]。

14.[记录稿] 第一面下,第2行:是全汉文,全三国文,全晋文。

[修改稿] 第30页,第7行:是《全汉文》,《全三国文》,《全晋文》。

[改定稿] 第119页,第2行:同[修改稿]。

[全集本] 第524页,第5—6行:同[修改稿]。

15.[记录稿] 第一面下,第3—4行:在诗一方面有丁福保辑的"全汉三国晋南北朝诗"——丁福保是做医生的,现在还在。

[修改稿] 第30页,第8行:在诗一方面,有丁福保辑的《全汉三国晋南北朝

---

① 当作"古",原文如此。

诗》。丁福保是做医生的,现在还在。

[改定稿] 第119页,第3—4行:同[记录稿]。

[全集本] 第524页,第7—8行:在诗一方面有丁福保辑的《全汉三国晋南北朝诗》。——丁福保是做医生的,现在还在。

16.[记录稿] 第一面下,第5—6行:辑录关于这时代的文学评论有:刘师培编的《中国中古文学史》,这本书是北大的讲义,

[修改稿] 第30页,第9—10行:辑录关于这时代的文学评论,有刘师培编的《中国中古文学史》,这本书是北京大学的讲义。

[改定稿] 第119页,第5—6行:辑录关于这时代的文学评论有刘师培编的《中国中古文学史》。这本书是北大的讲义,

[全集本] 第524页,第9—10行:同[改定稿]。

17.[记录稿] 第一面下,第9行:倘若刘先生已详的,

[修改稿] 第30页,第12行:同[记录稿]。

[改定稿] 第119页,第9行:倘若刘先生的书里已详的,

[全集本] 第524页,第14行:同[改定稿]。

18.[记录稿] 第一面下,第11—12行:董卓之后,曹操专权。在他的统治之下,第一个特色便是尚刑名,

[修改稿] 第30页,第13行:董卓之后,曹操专权,在他的统治之下,第一个特色便是尚刑名。

[改定稿] 第119页,第11—12行:董卓之后,曹操专权。在他的统治之下,第一个特色便是尚刑名。

[全集本] 第524页,第16—17行:同[改定稿]。

19.[记录稿] 第一面下,第12—13行:他的立法是很严的。因为当大乱之后。大家都想做皇帝,大家都想叛乱,故曹操不能不如此,

[修改稿] 第30页,第13—14行:他的立法是很严的,因为当大乱之后,大家都想做皇帝,大家都想叛乱,故曹操不能不如此。

[改定稿] 第119页,第12行—第120页,第1行:同[修改稿]。

[全集本] 第524页,第17—18页:同[修改稿]。

20.[记录稿] 第一面下,第13—14行:曹操曾自己说过:"倘无我不知有多少人称王称帝"!

[修改稿] 第30页,第14行—第31页,第1行:曹操曾自己说过,"倘无我,不知有多少人称王称帝!"

[改定稿]　第120页,第1—2行:曹操曾自己说过:"倘无我,不知有多少人称王称帝!"

[全集本]　第524页,第18—19行:同[改定稿]。

21.[记录稿]第一面下,第16行:就是尚通脱,

[修改稿]　第31页,第3行:就是尚通脱。

[改定稿]　第120页,第4行:同[修改稿]。

[全集本]　第524页,第22行:同[修改稿]。

22.[记录稿]　第一面下,第16—17行:自然也与当时的风气有莫大的关系,

[修改稿]　第31页,第3—4行:自然也与当时的风气有莫大的关系。

[改定稿]　第120页,第4—5行:同[修改稿]。

[全集本]　第524页,第23行:同[修改稿]。

23.[记录稿]　第一面下,第23行:他和他的姊夫是不对的,

[修改稿]　第31页,第8行:他和他的姊夫是不对的。

[改定稿]　第120页,第11行:同[记录稿]。

[全集本]　第525页,第5行:同[记录稿]。

24.[记录稿]　第二面上,第1行:伊不肯要,

[修改稿]　第31页,第9行:同[记录稿]。

[改定稿]　第120页,第12行:她不肯要,

[全集本]　第525页,第6行:同[改定稿]。

25.[记录稿]　第二面上,第9行:总括起来,我们可以说汉末魏初的文章是清峻通脱。

[修改稿]　第32页,第1行:同[记录稿]。

[改定稿]　第121页,第8行:总括起来,我们可以说汉末魏初的文章是清峻,通脱。

[全集本]　第525页,第14行:同[改定稿]。

26.[记录稿]　第二面上,第9—10行:在曹操本身,也是一个改造文章的祖师,可惜他的文章传的很少,

[修改稿]　第32页,第1—2行:在曹操本身,也是一个改造文章的祖师。可惜他的文章传的很少。

[改定稿]　第121页,第8—9行:在曹操本身,也是一个改造文章的祖师,可惜他的文章传的很少。

[全集本]　第525页,第14—16行:同[改定稿]。

27.[记录稿] 第二面上,第12—13行:只要有才便可以,

　　[修改稿] 第32页,第4行:只要有才便可以。

　　[改定稿] 第121页,第11—12行:同[修改稿]。

　　[全集本] 第525页,第18—19行:同[修改稿]。

28.[记录稿] 第二面上,第14行:他引出离当不久的事实,这也别人所不敢的。

　　[修改稿] 第32页,第5—6行:他引用离当时不久的事实,这也是别人所不敢的。

　　[改定稿] 第122页,第1行:他引出离当时不久的事实,这也是别人所不敢用的。

　　[全集本] 第525页,第20—21行:同[改定稿]。

29.[记录稿] 第二面上,第16—17行:或葬于某某名人的墓旁;

　　[修改稿] 第32页,第7行:或葬于某某名人的墓旁。

　　[改定稿] 第122页,第3—4行:同[记录稿]。

　　[全集本] 第525页,第23行:同[记录稿]。

30.[记录稿] 第二面上,第19—20行:陆机虽然评曰:"贻尘谤于后王"然而我想他无论如何是一个聪明人,

　　[修改稿] 第32页,第9行:陆机虽然评曰"贻尘谤于后王",然而我想他无论如何,是一个杰出的人。

　　[改定稿] 第122页,第6—7行:陆机虽然评曰"贻尘谤于后王",然而我想他无论如何是一个精明人,

　　[全集本] 第526页,第2—3行:同[改定稿]。

31.[记录稿] 第二面上,第20—21行:他自己能做文章,又有手段,把天下的方士文士通搜罗起来,省得他们走到外面给他捣乱。

　　[修改稿] 第32页,第9—10行:他自己能做文章;又有手段,把天下的方士文士全都搜罗起来,省得他们走到外面给他捣乱。

　　[改定稿] 第122页,第7—8行:他自己能做文章,又有手段,把天下的方士文士统统搜罗起来,省得他们跑在外面给他捣乱。

　　[全集本] 第526页,第3—4行:同[改定稿]。

32.[记录稿]第二面上,第21行:所以他帷幄下面,方士文士就特别地多。①

———————————

①　以上引录[记录稿],出自广州《民国日报》副刊《现代青年》第173期(1927年8月11日)。

[修改稿]　第32页,第10—11行:同[记录稿]。

[改定稿]　第122页,第8—9行:所以他帷幄里面,方士文士就特别地多。

[全集本]　第526页,第4—5行:同[改定稿]。

33.[记录稿]　第一面上,第1行:以长子而承父业,

[修改稿]　第32页,第12行:以长子承父业,

[改定稿]　第122页,第10行:同[记录稿]。

[全集本]　第526页,第6行:同[记录稿]。

34.[记录稿]　第一面上,第1—2行:他也是喜欢文章,其弟曹植,还有明帝曹叡都是喜欢文章的。

[修改稿]　第32页,第12—13行:他也是喜欢文章。其弟曹植,还有明帝曹叡,都是喜欢文章的。

[改定稿]　第122页,第10—11行:他也是喜欢文章的。其弟曹植,还有明帝曹叡,都是喜欢文章的。

[全集本]　第526页,第6—8行:同[改定稿]。

35.[记录稿]　第一面上,第3行:丕着有典论,

[修改稿]　第32页,第13行:丕着有《典论》,

[改定稿]　第122页,第12行:同[修改稿]。

[全集本]　第526页,第8—9行:同[修改稿]。

36.[记录稿]　第一面上,第4行:"诗赋欲丽,""文以气为主。"典论的零零碎碎,在唐宋类书中,

[修改稿]　第32页,第14行:"诗赋欲丽","文以气为主"。《典论》的零零碎碎,在唐宋类书中。

[改定稿]　第123页,第1行:"诗赋欲丽","文以气为主"。《典论》的零零碎碎,在唐宋类书中;

[全集本]　第526页,第9—10行:同[改定稿]。

37.[记录稿]　第一面上,第5行:在"文选"中可以获得。

[修改稿]　第33页,第1行:同[记录稿]。

[改定稿]　第123页,第2行:在《文选》中可以看见。

[全集本]　第526页,第10—11行:同[改定稿]。

38.[记录稿]　第一面上,第6—7行:反对当时那些寓训勉于诗赋的见解,

[修改稿]　第33页,第2—3行:反对当时那些寓训勉于诗赋的见解。

[改定稿]　第123页,第3—4行:同[记录稿]。

[全集本]　第526页,第13行:同[记录稿]。

39.[记录稿]　第一面上,第8—9行:或如近代所说是为艺术而艺术(Art for Arts sake)的一派!

　　[修改稿]　第33页,第3—4行:或如近代所说,是为艺术而艺术(Art for Art's sake)的一派。

　　[改定稿]　第123页,第5—6行:或如近代所说是为艺术而艺术(Art for Arts sake)的一派。

　　[全集本]　地526页,第14—15行:或如近代所说是为艺术而艺术(Art for Art's Sake)的一派。

40.[记录稿]　第一面上,第9—10行:更因他以"气"为主故于华丽以外,加上壮大,

　　[修改稿]　第33页,第4—5行:更因他以"气"为主,故于华丽以外,加上壮大。

　　[改定稿]　第123页,第6—7行:同[修改稿]。

　　[全集本]　第526页,第16行:同[修改稿]。

41.[记录稿]　第一面上,第11行:"清峻,通脱,华丽,壮大",

　　[修改稿]　第33页,第5—6行:"清峻,通脱,华丽,壮大"。

　　[改定稿]　第123页,第8行:同[修改稿]。

　　[全集本]　第526页,第17—18行:"清峻,通脱,华丽,壮大。"

42.[记录稿]　第一面上,第12行:曹丕说:"文章事可以留名声于千载"。

　　[修改稿]　第33页,第6—7行:同[记录稿]。

　　[改定稿]　第123页,第9行:曹丕说:"文章事可以留名声于千载";

　　[全集本]　第526页,第18—19行:曹丕说文章事可以留名声于千载;

43.[记录稿]　第一面上,第13行:子建大概是违心之论,

　　[修改稿]　第33页,第7行:子建大概是违心之论。

　　[改定稿]　第123页,第10行:同[修改稿]。

　　[全集本]　第526页,第20行:同[修改稿]。

44.[记录稿]　第一面上,第14行:第一子建的文章做得好,

　　[修改稿]　第33页,第8行:第一,子建的文章做得好。

　　[改定稿]　第123页,第11行:第一,子建的文章做得好,

　　[全集本]　第526页,第21行:同[改定稿]。

45.[记录稿]　第一面上,第15行:于是他便敢说文章是小道,

　　[修改稿]　第33页,第9行:于是他便敢说文章是小道。

[改定稿]　第123页,第12行—第124页,第1行:于是他便敢说文章是小道;

[全集本]　第526页,第22—23行:同[改定稿]。

46.[记录稿]　第一面上,第15—16行:第二子建活动的目标在于政治方面,

[修改稿]　第33页,第9—10行:第二,子建活动的目标在于政治方面,

[改定稿]　第124页,第1行:同[修改稿]。

[全集本]　第526页,第23行:同[修改稿]。

47.[记录稿]　第一面上,第16—17行:遂说文章是无用的。

[修改稿]　第33页,第10行:遂说文章是无用了。

[改定稿]　第124页,第1—2行:同[修改稿]。

[全集本]　第526页,第24行:同[修改稿]。

48.[记录稿]　第一面上,第18行——第一面下,第1行:曹操曹丕以外,下面有七个人,都很能做文章,后来称为,建安七子,

[修改稿]　第33页,第11行:曹操曹丕以外,还有七个人,都很能做文章,后来称为"建安七子"。

[改定稿]　第124页,第3—4行:曹操曹丕以外,还有下面的七个人:孔融,陈琳,王粲,徐干,阮瑀,应场,刘桢,都很能做文章,后来称为"建安七子"。

[全集本]　第527页,第1—3行:同[改定稿]。

49.[记录稿]　第一面下,第1—2行:七人的文章都很少,现在我们很难判断,大概都不外是慷慨"华丽",

[修改稿]　第33页,第11—12行:七人的文章都很少,现在我们很难判断。大概都不外是"慷慨","华丽"。

[改定稿]　第124页,第4—6行:七人的文章很少流传,现在我们很难判断;但,大概都不外是"慷慨","华丽"罢。

[全集本]　第527页,第3—4行:同[改定稿]。

50.[记录稿]　第一面下,第2—3行:华丽即书曹丕所主张,慷慨就因当天下大乱之际,亲朋戚友死于特乱者多,于是为文就不免带着悲凉,激昂和"慷慨"。

[修改稿]　第33页,第12—13行:华丽即曹丕所主张;慷慨就因为正当天下大乱之际,亲戚朋友死于乱者特多,于是为文就不免带着悲凉,激昂和"慷慨"。

[改定稿]　第124页,第6—7行:华丽即曹丕所主张,慷慨就因当天下大乱之际,亲朋戚友死于乱者特多,于是为文就不免带着悲凉,激昂和"慷慨"了。

[全集本]　第527页,第4—6行:华丽即曹丕所主张,慷慨就因当天下大乱之际,亲戚朋友死于乱者特多,于是为文就不免带着悲凉,激昂和"慷慨"了。

51.[记录稿]　第一面下,第4行:七子之中,特别的是孔融,他专喜和曹操捣乱,

　　[修改稿]　第33页,第14行:七子之中,特别的是孔融。他专喜和曹操捣乱。

　　[改定稿]　第124页,第8行:七子之中,特别的是孔融,他专喜和曹操捣乱。

　　[全集本]　第527页,第7行:同[改定稿]。

52.[记录稿]　第一面下,第4—5行:曹丕典论里有论孔融的,因此他也被拉进建安七子一块儿,其实不对很两样的,

　　[修改稿]　第33页,第14行—第34页,第1行:曹丕《典论》里有论孔融的,因此他也被拉进"建安七子"一块儿去。其实不对,很两样的。

　　[改定稿]　第124页,第8—10行:同[修改稿]。

　　[全集本]　第527页,第7—9行:同[修改稿]。

53.[记录稿]　第一面下,第5—6行:不过在当时他的名声可非常之大,

　　[修改稿]　第34页,第1行:不过在当时他的名声可非常之大。

　　[改定稿]　第124页,第10行:不过在当时,他的名声可非常之大。

　　[全集本]　第527页,第9行:同[改定稿]。

54.[记录稿]　第一面下,第6—7行:曹丕很不满意他,

　　[修改稿]　第34页,第2行:曹丕很不满意他。

　　[改定稿]　第124页,第11行:同[修改稿]。

　　[全集本]　第527页,第10行:同[修改稿]。

55.[记录稿]　第一面下,第7—8行:就他所有的看起来,我们可以睢出他并不大对别人讥讽,只对曹操,

　　[修改稿]　第34页,第2—3行:就所有的看起来,我们可以知道他并不大对别人讥讽,只对曹操。

　　[改定稿]　第124页,第11—12行:就他所有的看起来,我们可以瞧出他并不大对别人讥讽,只对曹操。

　　[全集本]　第527页,第11—12页:同[改定稿]。

56.[记录稿]　第一面下,第8—9行:曹丕把袁熙的妻,甄氏拿来。归了自己,

　　[修改稿]　第34页,第3—4行:曹丕把袁熙的妻甄氏拿来,归了自己。

　　[改定稿]　第125页,第1行:曹丕把袁熙的妻甄氏拿来,归了自己,

　　[全集本]　第527页,第12—13行:同[改定稿]。

57.[记录稿]　第一面下,第10行:以今例古。

　　[修改稿]　第34页,第5行:以今例古,

　　[改定稿]　第125页,第2行:同[修改稿]。

[全集本]　第527页,第14行:同[修改稿]。

58.[记录稿]　第一面下,第13—14行:其实曹操也是吃酒的。我们看他的"何以解忧？惟有杜康。"的诗句,可以知道。

[修改稿]　第34页,第7行:其实曹操也是喝酒的。我们看他的"何以解忧？惟有杜康"的诗句,便可以知道。

[改定稿]　第125页,第5—6行:其实曹操也是喝酒的。我们看他的"何以解忧？惟有杜康"的诗句,就可以知道。

[全集本]　第527页,第17—18行:同[改定稿]。

59.[记录稿]　第一面下,第15行:所以不得不这样说。

[修改稿]　第34页,第8行:所以不得不这样。

[改定稿]　第125页,第7行:所以不得不这样做;

[全集本]　第527页,第19行:同[改定稿]。

60.[记录稿]　第一面下,第15—16行:所以容易说自由话。

[修改稿]　第34页,第9行:同[记录稿]。

[改定稿]　第125页,第7—8行:所以容易说些自由话。

[全集本]　第527页,第20行:同[改定稿]。

61.[记录稿]　第一面下,第16—17行:他杀孔融的罪状大概是不孝。因为孔融有下列的两个主张:

[修改稿]　第34页,第9—10行:他杀孔融的罪状,大概是不孝。因为孔融有下列的两个主张:——

[改定稿]　第125页,第8—9行:同[记录稿]。

[全集本]　第527页,第21—22行:同[记录稿]。

62.记录稿]　第一面下,第18行:孔融主张母亲和儿子的关系是如瓶之盛物一样的。

[修改稿]　第34页,第11行:同[记录稿]。

[改定稿]　第125页,第10行:孔融主张母亲和儿子的关系是如瓶之盛物一样,

[全集本]　第527页,第23行:同[改定稿]。

63.[记录稿]　第一面下,第19—20行:假设有天下饥荒的一个时候,

[修改稿]　第34页,第12行:同[记录稿]。

[改定稿]　第125页,第13—14行:假使有天下饥荒的一个时候,

[全集本]　第528页,第1行:同[改定稿]。

64.[记录稿]　第一面下,第22行:把他杀了,倘若曹操在生,
　　[修改稿]　第34页,第14行:把他杀了。倘若曹操在世,
　　[改定稿]　第126页,第2行:同[修改稿]。
　　[全集本]　第528页,第3—4行:同[修改稿]。

65.[记录稿]　第一面下,第24行:也没人敢问他,
　　[修改稿]　第35页,第1行:也没有人敢问他。
　　[改定稿]　第126页,第4行:同[记录稿]。
　　[全集本]　第528页,第5—6行:同[记录稿]。

66.[记录稿]　第二面上,第3行:而且他和孔融早是以气为主来写文章的了。
　　[修改稿]　第35页,第3—4行:而且他和孔融早是"以气为主"来写文章的了。
　　[改定稿]　第126页,第7行:同[记录稿]。
　　[全集本]　第528页,第8—9行:同[修改稿]。

67.[记录稿]　第二面上,第4—5行:非专靠曹操父子之功的!
　　[修改稿]　第35页,第5行:非专靠曹操父子之功的。
　　[改定稿]　第126页,第8—9行:同[修改稿]。
　　[全集本]　第528页,第10行:同[修改稿]。

68.[记录稿]　第二面上,第5行:却是曹丕提倡的功劳。
　　[修改稿]　第35页,第5行:却也是曹丕提倡的功劳。
　　[改定稿]　第126页,第9行:同[记录稿]。
　　[全集本]　第528页,第10—11行:同[记录稿]。

69.[记录稿]　第二面上,第8行:他喜欢研究老子和易经。
　　[修改稿]　第35页,第7行:他喜欢研究《老子》和《易经》。
　　[改定稿]　第126页,第12行:同[修改稿]。
　　[全集本]　第528页,第14—15行:同[修改稿]。

70.[记录稿]　第二面上,第10行:所以他们的记载对何晏大不满。
　　[修改稿]　第35页,第8—9行:所以他们的记载对何晏都大不满。
　　[改定稿]　第127页,第2行:同[记录稿]。
　　[全集本]　第528页,第16—17行:同[记录稿]。

71.[记录稿]　第二面上,第12行:不是搽粉的,但究竟何晏搽粉不搽呢?
　　[修改稿]　第35页,第10行:不是搽粉的。但究竟何晏搽粉不搽呢?
　　[改定稿]　第127页,第4行:不是搽粉的。但究竟何晏搽粉不搽粉呢?
　　[全集本]　第528页,第18—19行:同[改定稿]。

72.[记录稿] 第二面上,第13行:但何晏有两件事我们是知道的,第一他喜空谈,

　　[修改稿] 第35页,第11行:但何晏有两件事我们是知道的,第一,他喜空谈,

　　[改定稿] 第127页,第5行:但何晏有两件事我们是知道的。第一,他喜欢空谈,

　　[全集本] 第528页,第20行:同[改定稿]。

73.[记录稿] 第二面上,第14行:第二他喜欢吃药,是吃药的祖师。

　　[修改稿] 第35页,第11行:第二,他喜欢吃药,是吃药的祖师。

　　[改定稿] 第127页,第6行:同[修改稿]。

　　[全集本] 第528页,第21行:同[修改稿]。

74.[记录稿] 第二面上,第15行:此外,他喜谈也喜名理,他身子不好,因此不能不吃药。

　　[修改稿] 第35页,第13行:他身子不大好,此外也许还有点荒唐的事情,因此不能不吃药。

　　[改定稿] 第127页,第7行:此外,他也喜欢谈名理。他身子不好,因此不能不服药。

　　[全集本] 第528页,第22行:同[改定稿]。

75.[记录稿] 第二面上,第15—16行:他吃的不是寻常的药,

　　[修改稿] 第35页,第13—14行:他吃的又不是寻常的药,

　　[改定稿] 第127页,第7—8行:他吃的不是寻常的药,

　　[全集本] 第528页,第23行:同[改定稿]。

76.[记录稿] 第二面上,第17—18行:汉时大家还不敢吃,何晏或者将药方略有改变,便吃开头了。

　　[修改稿] 第36页,第1—2行:汉时,大家除治病时万不得已之外还不敢吃,何晏或者将药方略加改变,便吃起来了。

　　[改定稿] 第127页,第9—10行:汉时,大家还不敢吃,何晏或者将药方略加改变,便吃开头了。

　　[全集本] 第528页,第24行—第529页,第1行:同[改定稿]。

77.[记录稿] 第二面上,第18行:五石散大概有五样药:

　　[修改稿] 第36页,第2行:同[记录稿]。

　　[改定稿] 第127页,第10—11行:五石散的基本,大概是五样药:

　　[全集本] 第529页,第1—2行:同[改定稿]。

78.[记录稿]　第二面上,第19行:赤石脂,

　　[修改稿]　第36页,第3行:赤石脂。

　　[改定稿]　第127页,第11行:赤石脂;

　　[全集本]　第529页,第2行:同[改定稿]。

79.[记录稿]　第二面上,第19—20行:但现在也不必细研究它,[①]

　　[修改稿]　第36页,第3行:但现在也不必仔细研究它,

　　[改定稿]　第127页,第12行:但现在也不必细细研究牠,

　　[全集本]　第529页,第3行:但现在也不必细细研究它,

80.[记录稿]　第一面上,第1行:从书上看起来,这种药是很好,人吃了能转弱为强。

　　[修改稿]　第36页,第5行:从书上看起来,这种药是很好的,人吃了能立刻转弱为强。

　　[改定稿]　第128页,第1行:从书上看起来,这种药是很好的,人吃了能转弱为强。

　　[全集本]　第529页,第5行:同[改定稿]。

81.[记录稿]　第一面上,第1—2行:因此之故,何晏有钱,他吃起来,大家也跟着吃,

　　[修改稿]　第36页,第5—6行:因此之故,何晏一吃,大家也就跟着吃。

　　[改定稿]　第128页,第1—2行:因此之故,何晏有钱,他吃起来了;大家也跟着吃。

　　[全集本]　第529页,第5—6行:同[改定稿]。

82.[记录稿]　第一面上,第3—4行:现在由隋巢元方做的"诸病源候论"的里面可以看到一些,

　　[修改稿]　第36页,第7行:现在由隋巢元方做的《诸病源候论》的里面可以看到一些。

　　[改定稿]　第128页,第3—4行:同[修改稿]。

　　[全集本]　第529页,第8—9行:同[修改稿]。

83.[记录稿]　第一面上,第5—6行:先吃下去的时候,没怎样的,后来药的效验既出,名曰散发。

---

① 以上引录[记录稿],出自广州《民国日报》副刊《现代青年》第174期(1927年8月12日)。

[修改稿]　第36页,第8—9行:先吃下去的时候,没怎样的,后来药的效验既出,名曰"散发"。

[改定稿]　第128页,第5—6行:先吃下去的时候,倒不怎样的,后来药的效验既显,名曰"散发"。

[全集本]　第529页,第10—11行:同[改定稿]。

84.[记录稿]　第一面上,第7行:因此吃了之后不能休息,非走路不可,因走路才能散发,

[修改稿]　第36页,第9—10行:因此吃下之后不能休息,非走路不可,因走路才能"散发",

[改定稿]　第128页,第7—8行:同[记录稿]。

[全集本]　第529页,第12—13行:同[记录稿]。

85.[记录稿]　第一面上,第8—9行:"至城东行散。"

[修改稿]　第36页,第10—11行:"至城东行散",

[改定稿]　第128页,第9行:同[修改稿]。

[全集本]　第529页,第14行:同[修改稿]。

86.[记录稿]　第一面上,第8—9行:后来清朝做诗的人不知其故,

[修改稿]　第36页,第11行:后来做诗的人不知其故,

[改定稿]　第128页,第9行:同[修改稿]。

[全集本]　第529页,第14行:同[修改稿]。

87.[记录稿]　第一面上,第10行:所以不吃药也以行散二字入诗,

[修改稿]　第36页,第11—12行:所以不吃药也以"行散"二字入诗,

[改定稿]　第128页,第10行:所以不服药也以行散二字入诗,

[全集本]　第529页,第15行:同[修改稿]。

88.[记录稿]　第一面上,第11—12行:吃烧的东西。

[修改稿]　第36页,第13行:吃热的东西。

[改定稿]　第128页,第11—12行:同[修改稿]。

[全集本]　第529页,第18行:同[修改稿]。

89.[记录稿]　第一面上,第13—14行:就有一样不必冷吃的就是酒。

[修改稿]　第37页,第1行:同[记录稿]。

[改定稿]　第129页,第1—2行:只有一样不必冷吃的,就是酒。

[全集本]　第529页,第20行:同[改定稿]。

90.[记录稿]　第一面上,第15行:用冷水浇身,吃冷东西,饮热酒。

[修改稿]　第37页,第2行:同[记录稿]。

[改定稿]　第129页,第3行:用冷水浇身;吃冷东西;饮热酒。

[全集本]　第529页,第21—22行:同[改定稿]。

91.[记录稿]　第一面上,第16行:五石散吃的人多,

　　[修改稿]　第37页,第2—3行:五石散吃的人一多,

　　[改定稿]　第129页,第4行:同[记录稿]

　　[全集本]　第529页,第22行:同[记录稿]。

92.[记录稿]　第一面上,第17—18行:为御防皮肉被衣服擦伤,

　　[修改稿]　第37页,第4行:同[记录稿]。

　　[改定稿]　第129页,第5—6行:为豫防皮肤被衣服擦伤,

　　[全集本]　第529页,第24行:同[改定稿]。

93.[记录稿]　第一面上,第18行——第一面下,第1—2行:现在有许多人以为晋人轻裘缓带,衣宽。在当时是人们高逸的表现,其实不知他们是吃药的原故。

　　[修改稿]　第37页,第4—5行:现在有许多人以为晋人轻裘缓带,是那时的人们高逸的表现。其实不知他们是吃药的原故。

　　[改定稿]　第129页,第6—8行:现在有许多人以为晋人轻裘缓带,宽衣,在当时是人们高逸的表现,其实不知他们是吃药的缘故。

　　[全集本]　第530页,第1—2行:同[改定稿]。

94.[记录稿]　第一面下,第3行:把衣服宽大起来了!

　　[修改稿]　第37页,第6行:把衣服宽大起来了。

　　[改定稿]　第129页,第9行:同[记录稿]。

　　[全集本]　第530页,第3—4行:同[记录稿]。

95.[记录稿]　第一面下,第4行:因皮肤易磨破,

　　[修改稿]　第37页,第7行:同[记录稿]。

　　[改定稿]　第129页,第10行:因皮肤易于磨破,

　　[全集本]　第530页,第5行:同[改定稿]。

96.[记录稿]　第一面下,第5行:所以我们看晋人,

　　[修改稿]　第37页,第7—8行:我们看晋人的传记或画像,

　　[改定稿]　第129页,第11行:所以我们看晋人的画像或那时的文章,

　　[全集本]　第530页,第6行:同[改定稿]。

97.[记录稿]　第一面下,第7行:不能穿新的而宜于穿旧的;更不能常洗,

　　[修改稿]　第37页,第10行:同[记录稿]。

[改定稿]　第130页,第1行:不能穿新的而宜于穿旧的,衣服便不能常洗。

[全集本]　第530页,第9—10行:同[改定稿]。

98.[记录稿]　第一面下,第8行:"扪虱而谈,"

[修改稿]　第37页,第11行:扪虱而谈,

[改定稿]　第130页,第2行:"扪虱而谈",

[全集本]　第530页,第10—11行:同[改定稿]。

99.[记录稿]　第一面下,第10行:但在那时是不要紧的,此皆因习惯不同之故。①

[修改稿]　第37页,第12行:同[记录稿]。

[改定稿]　第130页,第4行:但在那时不要紧,因为习惯不同之故。

[全集本]　第530页,第12—13行:同[改定稿]。

100.[记录稿]　第一面下,第11行:比才②清朝是提倡抽大烟的,

[修改稿]　第37页,第13行:比方清朝是提倡抽大烟的,

[改定稿]　第130页,第4—5行:这正如清朝是提倡抽大烟的,

[全集本]　第530页,第13行:同[改定稿]。

101.[记录稿]　第一面下,第12—13行:我们就觉得很奇怪。

[修改稿]　第37页,第14行:同[记录稿]。

[改定稿]　第130页,第6行:我们就觉得很奇怪了。

[全集本]　第530页,第15行:同[改定稿]。

102.[记录稿]　第一面下,第14行:此外可见服散的情形及其他种种的书,还有葛洪的抱朴子。

[修改稿]　第38页,第1行:此外可窥见服散的情形及其他种种的书,还有葛洪的《抱朴子》。

[改定稿]　第130页,第7行:此外可见服散的情形及其他种种的书,还有葛洪的《抱朴子》。

[全集本]　第530页,第16—17行:同[改定稿]。

103.[记录稿]　第一面下,第15—16行:说是散发以示阔气。

[修改稿]　第38页,第2行:说是"散发"以示阔气。

[改定稿]　第130页,第8—9行:同[修改稿]。

---

① [记录稿][修改稿]在这一句后另起一段,[改定稿][全集本]不另起。
② 当作"方",原文如此。

[全集本]　第530页,第18—19行:同[修改稿]。

104.[记录稿]　第一面下,第16—18行:表示他是刚才写了许多字的。故我想,衣大,穿屐,散髮等等,后来效之,不吃也学起来,与教育实在无关的。

[修改稿]　第38页,第3行:表示他是刚才写了许多字的一样。

[改定稿]　第130页,第9—11行:表示他是刚才写了许多字的样子。故我想,衣大,穿屐,散髮等等,后来效之,不吃也学起来,与理论的提倡实在无关的。

[全集本]　第530页,第19—21行:表示他是刚才写了许多字的样子。故我想,衣大,穿屐,散髮等等,后来效之,不吃也学起来,与理论的提倡实在无关的。

105.[记录稿]　第一面下,第19行:又因散发之时,不能肚饿,故吃冷物,

[修改稿]　第38页,第4行:又因"散发"之时,不宜肚饿,故须吃冷物,

[改定稿]　第130页,第12行:又因散发之时,不能肚饿,所以吃冷物,

[全集本]　第530页,第22行:同[改定稿]。

106.[记录稿]　第一面下,第20行:一日数次也不可定。

[修改稿]　第38页,第4—5行:一日数次也不定。

[改定稿]　第131页,第1行:同[记录稿]。

[全集本]　第530页,第23行:同[记录稿]。

107.[记录稿]　第一面下,第20—21行:因此影响到晋时"居丧无礼"——本来晋魏父母之礼很繁多的。

[修改稿]　第38页,第5行:因此影响到晋时"居丧无礼"——本来,魏晋时对父母之礼是很繁重的。

[改定稿]　第131页,第1—2行:因此影响到晋时"居丧无礼"——本来魏晋时,对于父母之礼是很繁多的。

[全集本]　第530页,第23—24行:因此影响到晋时"居丧无礼"。——本来魏晋时,对于父母之礼是很繁多的。

108.[记录稿]　第一面下,第21行:比方想去访个人。

[修改稿]　第38页,第5—6行:比方想去访一个人。

[改定稿]　第131页,第2行:比方想去访一个人,

[全集本]　第530页,第24行—第531页,第1行:同[改定稿]。

109.[记录稿]　第一面下,第22—23行:比方去找我的孩子,树木的树字和人类的人字都是要避讳的,稍一不慎,便会遭无礼的待遇。

[修改稿]　第38页,第6—7行:稍一不慎,便会遭无礼的待遇。

[改定稿]　第131页,第3—5行:否则,嘴上一说出这个字音,假如他的父母是死了的,主人便会大哭起来——他记得父母了——给你一个大大的没趣。

　　[全集本]　第531页,第2—4行:同[改定稿]。

110.[记录稿]　第一面下,第23行——第二面上,第1行:晋礼居丧之时,要瘦不多吃饭,不准喝酒。

　　[修改稿]　第38页,第7行:晋礼,居丧之时,要瘦,不多吃饭,不准喝酒。

　　[改定稿]　第131页,第5—6行:晋礼居丧之时,也要瘦,不多吃饭,不准喝酒。

　　[全集本]　第531页,第4—5行:同[改定稿]。

111.[记录稿]　第二面上,第1—2行:不能管得许多,所以就变成"居丧无礼"了。

　　[修改稿]　第38页,第7—8行:同[记录稿]。

　　[改定稿]　第131页,第6—7行:不能管得许多,只好大嚼,所以就变成"居丧无礼"了。

　　[全集本]　第531页,第5—6行:同[改定稿]。

112.[记录稿]　第二面上,第3—4行:因为这个原故,社会上遂尊称这些人叫作名士派。

　　[修改稿]　第38页,第9—10行:同[记录稿]。

　　[改定稿]　第131页,第8—9行:因为这个缘故,社会上遂尊称这样的人叫作名士派。

　　[全集本]　第531页,第7—8行:同[改定稿]。

113.[记录稿]　第二面上,第5—6行:吃散发源于何晏,和他同志的,有王弼和夏侯玄两个人,与晏同为吃药的祖师,有他三人提倡,有多人跟着走。

　　[修改稿]　第38页,第11—12行:服散发源于何晏,和他同志的,还有王弼和夏侯玄两个人,有他三人提倡,许多人跟着走。

　　[改定稿]　第131页,第10—11行:吃散发源于何晏,和他同志的,有王弼和夏侯玄两个人,与晏同为服药的祖师。有他三人提倡,有多人跟着走。

　　[全集本]　第531页,第9—10行:同[改定稿]。

114.[记录稿]　第二面上,第7—8行:王何二人现在我们尚能看到他的文章,

　　[修改稿]　第38页,第12—13行:同[记录稿]。

　　[改定稿]　第131页,第12行—第132页,第1行:王何二人现在我们尚能看到他们的文章。

　　[全集本]　第531页,第11—12行:同[改定稿]。

115.[记录稿]　第二面上,第8行:所以又名曰"正始名士,"

　　　[修改稿]　第38页,第13行:所以又名曰"正始名士"。

　　　[改定稿]　第132页,第1行:同[修改稿]。

　　　[全集本]　第531页,第12—13行:同[修改稿]。

116.[记录稿]　第二面上,第9行:只会吃药,

　　　[修改稿]　第38页,第13行:同[记录稿]。

　　　[改定稿]　第132页,第2行:是只会吃药,

　　　[全集本]　第531页,第13行:同[改定稿]。

117.[记录稿]　第二面上,第10行:不做文章的流为清谈,

　　　[修改稿]　第39页,第1行:同[记录稿]。

　　　[改定稿]　第132页,第3行:不做文章而流为清谈,

　　　[全集本]　第531页,第15行:同[改定稿]。

118.[记录稿]　第二面上,第12行:因为他二人同曹操有关系,

　　　[修改稿]　第39页,第2—3行:因为他二人同曹氏有关系,

　　　[改定稿]　第132页,第5行:同[记录稿]。

　　　[全集本]　第531页,第18行:同[记录稿]。

119.[记录稿]　第二面上,第15行:这种吃散的风气,

　　　[修改稿]　第39页,第5行:同[记录稿]。

　　　[改定稿]　第132页,第8行:这种服散的风气,

　　　[全集本]　第531页,第21行:同[改定稿]。

120.[记录稿]　第二面上,第16行:因为唐时还有解散方,

　　　[修改稿]　第39页,第5行:因为唐时还有"解散方",

　　　[改定稿]　第132页,第9行:同[修改稿]。

　　　[全集本]　第531页,第22行:同[修改稿]。

121.[记录稿]　第二面上,第17行:唐以后就没有人吃,其因尚未详,

　　　[修改稿]　第39页,第6行:唐以后就没有人吃了,其因尚未详,

　　　[改定稿]　第132页,第10行:唐以后就没有人吃,其原因尚未详,

　　　[全集本]　第531页,第23—24行:同[改定稿]。

122.[记录稿]　第二面上,第19—20行:晋名人皇甫谧作一文曰高士传,我们以为他很高超,但他是服散的,有一篇文章,自说吃散太苦。

　　　[修改稿]　第39页,第8—9行:晋名人皇甫谧有一书曰《高士传》,我们以为他很高超,但他是服散的。有一篇文章,自说吃散之苦。

[改定稿]　第132页,第12行—第133页,第1行:晋名人皇甫谧作一书曰《高士传》,我们以为他很高超。但他是服散的,曾有一篇文章,自说吃散之苦。

　　[全集本]　第532页,第1—2行:同[改定稿]。

123.[记录稿]　第二面上,第20行:因此药性一发,

　　[修改稿]　第39页,第9行:因为药性一发,

　　[改定稿]　第133页,第1行:同[修改稿]。

　　[全集本]　第532页,第2—3行:同[修改稿]。

124.[记录稿]　第二面上,第21行:或要发狂。

　　[修改稿]　第39页,第9行:同[记录稿]。

　　[改定稿]　第133页,第2行:或要发狂;

　　[全集本]　第532页,第3—4行:同[改定稿]。

125.[记录稿]　第二面上,第21—22行:人本聪明或因此也会变痴呆,故此非要深知药性,会解救而且家里的人多深知药性不可,

　　[修改稿]　第39页,第9—10行:人本聪明,或因此也会变痴呆。故非深知药性,会解救,而且家里的人也多深知药性不可,

　　[改定稿]　第133页,第2—3行:本来聪明的人,因此也会变成痴呆。所以非深知药性,会解救,而且家里的人多深知药性不可。

　　[全集本]　第532页,第4—5行:同[改定稿]。

126.[记录稿]　第二面上,第22—23行:所以晋朝人多是癖气很坏,

　　[修改稿]　第39页,第10—11行:同[记录稿]。

　　[改定稿]　第133页,第3—4行:晋朝人多是脾气很坏,

　　[全集本]　第532页,第5行:同[改定稿]。

127.[记录稿]　第二面上,第23行:便是食药的原故,

　　[修改稿]　第39页,第11行:我想或者也便是服药的原故。

　　[改定稿]　第133页,第4行:大约便是服药的缘故。

　　[全集本]　第532页,第6行:同[改定稿]。

128.[记录稿]　第二面上,第24—26行:有时简直是近于发疯,但在晋朝更有以痴为好的,这大概也是食药的原故。[①]

　　[修改稿]　第39页,第12行:有时简直是近于发疯。

---

① 以上引录[记录稿],出自广州《民国日报》副刊《现代青年》第175期(1927年8月13日)。

[改定稿]　第133页,第5—7行:有时简直是近于发疯。但在晋朝更有以痴为好的,这大概也是服药的缘故。

　　[全集本]　第532页,第7—9行:同[改定稿]。

129.[记录稿]　第一面上,第1行:又有一个团体新起,叫做"竹林名士"。

　　[修改稿]　第39页,第13行:同[记录稿]。

　　[改定稿]　第133页,第8—9行:又有一个团体新起,叫做"竹林名士",也是七个,所以又称"竹林七贤"。

　　[全集本]　第532页,第10—11行:同[改定稿]。

130.[记录稿]　第一面上,第1—2行:正始名士吃药,竹林名士饮酒。

　　[修改稿]　第39页,第13—14行:正始名士吃药,竹林名士则饮酒。

　　[改定稿]　第133页,第9行:正始名士服药,竹林名士饮酒。

　　[全集本]　第532页,第11—12行:同[改定稿]。

131.[记录稿]　第一面上,第2行:竹林的代表是嵇康和阮籍。

　　[修改稿]　第39页,第14行:竹林名士的代表是嵇康和阮籍。

　　[改定稿]　第133页,第10行:同[记录稿]。

　　[全集本]　第532页,第12行:同[记录稿]。

132.[记录稿]　第一面上,第2—4行:但究竟竹林名士不纯粹是吃酒的,嵇康也兼吃药,而阮籍则是专吃酒的代表。但嵇康也饮酒,①

　　[修改稿]　第39页,第14行—第40页,第1行:但究竟竹林名士不纯粹是喝酒的,嵇康也兼吃药,而阮籍则是专喝酒的代表,

　　[改定稿]　第133页,第10—11行:但究竟竹林名士不纯粹是喝酒的,嵇康也兼服药,而阮籍则是专喝酒的代表。但嵇康也饮酒,

　　[全集本]　第532页,第12—14行:同[改定稿]。

133.[记录稿]　第一面上,第6行:这七人中,癖气各有不同,嵇阮二人的癖气都很大,

　　[修改稿]　第40页,第3行:这七人中,癖气各有不同,嵇阮二人的癖气都很大,

　　[改定稿]　第134页,第1行:这七人中,脾气各有不同。嵇阮二人的脾气都很大;

---

① [记录稿]以下"嵇"字,均作○,不再——注明。

[全集本]　第532页,第16行:同[改定稿]。

134.[记录稿]　第一面上,第8行:访他的人有加以青眼和白眼的分别。

[修改稿]　第40页,第5行:同[记录稿]。

[改定稿]　第134页,第3行:对于访他的人有加以青眼和白眼的分别。

[全集本]　第532页,第18行:同[改定稿]。

135.[记录稿]　第一面上,第9—10行:白眼我却装不了!

[修改稿]　第40页,第6行:同[记录稿]。

[改定稿]　第134页,第4—5行:白眼我却装不好。

[全集本]　第532页,第20行:同[改定稿]。

136.[记录稿]　第一面上,第11行:后来阮竟做到"口不臧否人物"的地步,嵇康全不改变。

[修改稿]　第40页,第7行:后来阮竟做到"口不臧否人物"的地步,嵇康则全不改变。

[改定稿]　第134页,第6行:后来阮籍竟做到"口不臧否人物"的地步,嵇康却全不改变。

[全集本]　第532页,第21—22行:同[改定稿]。

137.[记录稿]　第一面上,第12—13行:与孔融何晏等同遭不幸的杀害。

[修改稿]　第40页,第8行:与孔融何晏等一样,遭了不幸的杀害。

[改定稿]　第134页,第7—8行:同[修改稿]。

[全集本]　第532页,第22—23行:同[修改稿]。

138.[记录稿]　第一面上,第13—14行:这大概是吃药和吃酒的原故,吃药可以成仙,仙是可以骄视俗人的;饮酒不会成仙,所以敷衍了事。

[修改稿]　第40页,第8—9行:这大概是吃药和喝酒的原故,吃药可以成仙,仙是可以骄视俗人的,故不屈;饮酒不会成仙,所以随俗沉浮,以敷衍了事了。

[改定稿]　第134页,第8—9行:这大概是因为吃药和吃酒之分的缘故:吃药可以成仙,仙是可以骄视俗人的;饮酒不会成仙,所以敷衍了事。

[全集本]　第532页,第23行—第533页,第1行:同[改定稿]。

139.[记录稿]　第一面上,第15—16行:若在平时有这种状态,

[修改稿]　第40页,第10行:若在平时,有这种状态,

[改定稿]　第134页,第10—11行:同[修改稿]。

[全集本]　第533页,第2—3行:同[修改稿]。

140.[记录稿]　第一面上,第18—19行:即如刘伶,——他曾做过篇酒德颂,谁都

知道,——

[修改稿]　第40页,第12—13行:即如刘伶,——他曾做过一篇《酒德颂》,谁都知道,——

[改定稿]　第135页,第1—2行:即如刘伶——他曾做过一篇《酒德颂》,谁都知道——

[全集本]　第533页,第6—7行:同[改定稿]。

141.[记录稿]　第一面下,第1—2行:他答人说,天地是我的房屋,房屋就是我的衣服,你们为什么进我的衣服中来?

[修改稿]　第40页,第14行—第41页,第1行:他答人说:"天地是我的房屋,房屋就是我的衣服,你们为什么进我的衣服中来?"

[改定稿]　第135页,第3—5行:他答人说,天地是我的房屋,房屋就是我的衣服,你们为什么进我的裤子中来?

[全集本]　第533页,第8—10行:同[改定稿]。

142.[记录稿]　第一面下,第3行:在大人先生传里有说:

[修改稿]　第41页,第1—2行:在《大人先生传》里有说:

[改定稿]　第135页,第5—6行:同[修改稿]。

[全集本]　第533页,第10—11行:同[修改稿]。

143.[记录稿]　第一面下,第4行:我腾而亦将何怀?

[修改稿]　第41页,第2行:我腾而上将何怀?

[改定稿]　第135页,第6行:同[修改稿]。

[全集本]　第533页,第11—12行:同[修改稿]。

144.[记录稿]　第一面下,第6行:神仙也不足信。既然一切都是虚无,所以他便沈湎于酒了。

[修改稿]　第41页,第3—4行:神仙也不足信。既然一切都是虚无,他便当然沈湎于酒了。

[改定稿]　第135页,第8—9行:神仙也不足信,既然一切都是虚无,所以他便沈湎于酒了。

[全集本]　第533页,第13—14行:同[改定稿]。

145.[记录稿]　第一面下,第6—7行:然而他还有一个原因,

[修改稿]　第41页,第4行:然而还有一个原因,

[改定稿]　第135页,第9行:同[记录稿]。

[全集本]　第533页,第14行:同[记录稿]。

146.[记录稿]　第一面下,第7行:大半倒在环境,

[修改稿]　第41页,第4—5行:同[记录稿]。

[改定稿]　第135页,第9—10行:大半倒在环境。

[全集本]　第533页,第15行:同[改定稿]。

147.[记录稿]　第一面下,第8—9行:所以他讲话就极难,只好多饮酒,少讲话;

[修改稿]　第41页,第5—6行:所以他讲话就极难。只好多饮酒,少讲话。

[改定稿]　第135页,第10—11行:所以他讲话就极难,只好多饮酒,少讲话,

[全集本]　第533页,第16—17行:同[改定稿]。

148.[记录稿]　第一面下,第9行:也可以得到人的原谅。

[修改稿]　第41页,第6行:同[记录稿]。

[改定稿]　第135页,第11—12行:也可以借醉得到人的原谅。

[全集本]　第533页,第17行:同[改定稿]。

149.[记录稿]　第一面下,第11行:就可以知道

[修改稿]　第41页,第7行:同[记录稿]。

[改定稿]　第136页,第1行:就可以知道了。

[全集本]　第533页,第19行:同[改定稿]。

150.[记录稿]　第一面下,第12—13行:阮籍作文章和诗都很好,虽无他的文章□①慷慨激昂,而许多意思都是隐而不显的。

[修改稿]　第41页,第8—9行:阮籍作文章和诗都很好,诗比他的文章,还要慷慨激昂些,但许多意思仍是隐而不显的。

[改定稿]　第136页,第2—3行:阮籍作文章和诗都很好,他的诗文虽然也慷慨激昂,但许多意思都是隐而不显的。

[全集本]　第533页,第20—21行:同[改定稿]。

151.[记录稿]　第一面下,第13—14行:我们现在自然更很难看得懂他的诗了,

[修改稿]　第41页,第9行:我们现在自然更很难看得懂他了,

[改定稿]　第136页,第3—4行:我们现在自然更很难看得懂他的诗了。

[全集本]　第533页,第21—22行:同[改定稿]。

152.[记录稿]　第一面下,第15—17行:孔子说:"学而时习之,不亦说乎"? 稽②康

---

① 此处字迹无法辨认。

② 当作"嵇",原文如此。

166

做的"难自然好学论,"却道,人是并不好学的。

　　[修改稿]　第41页,第10—11行:孔子说:"学而时习之,不亦说乎?"嵇康做的《难自然好学论》,却道,人是并不好学的。

　　[改定稿]　第136页,第5—7行:孔子说:"学而时习之,不亦说乎?"嵇康做的《难自然好学论》,却道,人是并不好学的,

　　[全集本]　第533页,第24行—第534页,第1行:同[改定稿]。

153.[记录稿]　第一面下,第21行:消息不灵通。

　　[修改稿]　第42页,第1行:消息不灵通的缘故。

　　[改定稿]　第136页,第11行:同[记录稿]。

　　[全集本]　第534页,第6行:同[记录稿]。

154.[记录稿]　第一面下,第23行—第二面上,第1行:就将嵇康杀掉了。

　　[修改稿]　第42页,第3行:同[记录稿]。

　　[改定稿]　第137页,第1行:就将嵇康杀了。

　　[全集本]　第534页,第8—9行:同[改定稿]。

155.[记录稿]　第二面上,第3—4行:嵇康都说不好,那么,叫司马懿篡位的时候,怎么办纔是好呢?

　　[修改稿]　第42页,第5行:嵇康都说不好。那么,叫司马懿篡位的时候,怎么办纔好呢?

　　[改定稿]　第137页,第4—5行:同[记录稿]。

　　[全集本]　第534页,第11—12行:同[记录稿]。

156.[记录稿]　第二面上,第5行:因此就非死不可,

　　[修改稿]　第42页,第6行:因此就非死不可。

　　[改定稿]　第137页,第6行:因此就非死不可了。

　　[全集本]　第534页,第13—14行:同[改定稿]。

157.[记录稿]　第二面上,第5行:嵇康的见杀,是因为他的朋友吕安不孝,

　　[修改稿]　第42页,第6—7行:嵇康的见杀,表面上是因为他的朋友吕安不孝,

　　[改定稿]　第137页,第6行:同[记录稿]。

　　[全集本]　第534页,第14行:同[记录稿]。

158.[记录稿]　第二面上,第6行:罪案和曹操的杀孔融差不多,

　　[修改稿]　第42页,第7行:罪案和曹操的杀孔融差不多。

　　[改定稿]　第137页,第7行:同[修改稿]。

[全集本]　　第534页,第15行:同[修改稿]。

159.[记录稿]　第二面上,第10行:嵇康的害处是在发议论,

[修改稿]　　第42页,第10行:嵇康的害处是在发议论。

[改定稿]　　第137页,第11行:嵇康的害处是在发议论;

[全集本]　　第534页,第19行:同[改定稿]。

160.[记录稿]　第二面上,第12行:但魏晋也不全是这样的情形,

[修改稿]　　第42页,第12行:但魏晋也不全是这样的情形:

[改定稿]　　第138页,第1行:同[记录稿]。

[全集本]　　第534页,第21行:同[记录稿]。

161.[记录稿]　第二面上,第15行:司马懿不听他的话,①

[修改稿]　　第42页,第14行:司马懿不听他的话。

[改定稿]　　第138页,第4行:同[记录稿]。

[全集本]　　第534页,第24行:同[记录稿]。

162.[记录稿]　第一面上,第2行:季札说"中国之君子,明于礼义而陋于知人心"。

[修改稿]　　第43页,第2—3行:季札说,"中国之君子,明于礼义而陋于知人心。"

[改定稿]　　第138页,第7行:季札说:"中国之君子,明于礼义而陋于知人心。"

[全集本]　　第535页,第3—4行:同[改定稿]。

163.[记录稿]　第一面上,第5—6行:而实在是毁坏礼教,不信礼教的。

[修改稿]　　第43页,第4—5行:而实在是毁坏礼教。不信礼教的,

[改定稿]　　第138页,第10—11行:同记录稿]。

[全集本]　　第535页,第7—8行:同[记录稿]。

164.[记录稿]　第一面上,第6—7行:太相信礼教,

[修改稿]　　第43页,第6行:太相信礼教了。

[改定稿]　　第138页,第12行:太相信礼教。

[全集本]　　第535页,第8行:同[改定稿]。

165.[记录稿]　第一面上,第7—8行:因为魏晋时所谓崇奉礼教是用以自利,那

---

① 以上引录[记录稿],出自广州《民国日报》副刊《现代青年》第176期(1927年8月15日)。

崇奉也不过偶然崇奉，

[修改稿]　第43页,第6—7行:因为魏晋时所谓崇奉礼教,是用以自利,那崇奉也不过偶然崇奉。

[改定稿]　第138页,第12行—第139页,第1行:因为魏晋时所谓崇奉礼教,是用以自利,那崇奉也不过偶然崇奉,

[全集本]　第535页,第9—10行:同[改定稿]。

166.[记录稿]　第一面上,第8行:如曹操杀孔融司马懿杀嵇康,都是因为他们和不孝有关,

[修改稿]　第43页,第7—8行:如曹操杀孔融,司马懿杀嵇①康,都说是因为他们和不孝有关。

[改定稿]　第139页,第1—2行:如曹操杀孔融,司马懿杀嵇康,都是因为他们和不孝有关,

[全集本]　第535页,第10行:同[改定稿]。

167.[记录稿]　第一面上,第8—10行:实在曹操司马懿何尝是著名的孝子,不过将这个名义,加罪于反对自己的人罢了,

[修改稿]　第43页,第8—9行:实在曹操司马懿何尝是著名的孝子,不过将这个名义,加罪于反对自己的人罢了。

[改定稿]　第139页,第2—3行:但实在曹操司马懿何尝是著名的孝子,不过将这个名义,加罪于反对自己的人罢了。

[全集本]　第535页,第11—12行:同[改定稿]。

168.[记录稿]　第一面上,第11行:甚至于反对礼教,

[修改稿]　第43页,第10行:同[记录稿]。

[改定稿]　第139页,第4行:甚至于反对礼教。

[全集本]　第535页,第13—14行:同[改定稿]。

169.[记录稿]　第一面上,第14—15行:在广东的人所谓北方和我常说的北方的界限有些不同,我常称山东山西直隶河南之类为北方,——

[修改稿]　第43页,第12—13行:在广东的人所谓北方,和我常说的北方的界限有些不同,我常称山东山西直隶河南之类为北方,——

[改定稿]　第139页,第7—8行:在广东的人所谓北方和我常说的北方的界

---

① 当作"嵇",原文如此。

限有些不同,我常称山东山西直隶河南之类为北方——

　　[全集本]　第535页,第16—18行:同[改定稿]。

170.[记录稿]　第一面下,第3行:好像反对三民主义模样,

　　[修改稿]　第44页,第3行:好像反对三民主义模样。

　　[改定稿]　第140页,第2行:同[修改稿]。

　　[全集本]　第535页,第24行:同[修改稿]。

171.[记录稿]　第一面下,第4行:有许多也如此,他们倒是迂夫子,将礼教当作
宝贝的。

　　[修改稿]　第44页,第4行:同[记录稿]。

　　[改定稿]　第140页,第3—4行:有许多大约也如此。他们倒是迂夫子,将礼
教当作宝贝看待的。

　　[全集本]　第536页,第1—2行:同[改定稿]。

172.[记录稿]　第一面下,第5行:还有一个实证,

　　[修改稿]　第44页,第5行:还有一个实证。

　　[改定稿]　第140页,第5行:同[记录稿]。

　　[全集本]　第536页,第3行:同[记录稿]。

173.[记录稿]　第一面下,第9行:就不当拒绝他的儿子,

　　[修改稿]　第44页,第8行:就不当拒绝他的儿子。

　　[改定稿]　第140页,第9行:同[记录稿]。

　　[全集本]　第536页,第8行:同[记录稿]。

174.[记录稿]　第一面下,第11行:一看他的"绝交书",就知道他的态度很骄傲
的;

　　[修改稿]　第44页,第9—10行:一看他的《绝交书》就知道他的态度很骄傲
的;

　　[改定稿]　第140页,第11行:同[记录稿]。

　　[全集本]　第536页,第9—10行:同[记录稿]。

175.[记录稿]　第一面下,第11行:他在家打铁——

　　[修改稿]　第44页,第10行:他在家打铁,——

　　[改定稿]　第140页,第11—12行:同[记录稿]。

　　[全集本]　第536页,第10行:同[记录稿]。

176.[记录稿]　第一面下,第13—14行:"何所闻而来,何所见而去"?

　　[修改稿]　第44页,第11行:"何所闻而来,何所见而去?"

[改定稿]	第141页,第1—2行:同[修改稿]。
[全集本]	第536页,第12—13行:同[修改稿]。

177.[记录稿] 第一面下,第14行:"闻所闻而来,见所见而去"。
　　[修改稿] 第44页,第12行:"闻所闻而来。见所见而去。"
　　[改定稿] 第141页,第2行:"闻所闻而来,见所见而去。"
　　[全集本] 第536页,第13行:同[修改稿]。

178.[记录稿] 第一面下,第15行:但我看他做给他的儿子看的"家诫",
　　[修改稿] 第44页,第12—13行:同[记录稿]。
　　[改定稿] 第141页,第3行:但我看他做给他的儿子看的《家诫》——
　　[全集本] 第536页,第14—15行:同[改定稿]。

179.[记录稿] 第一面下,第16—17行:就觉得宛然是两个人,
　　[修改稿] 第44页,第13—14行:就觉得宛然是两个人。
　　[改定稿] 第141页,第5行:——就觉得宛然是两个人。
　　[全集本] 第536页,第16行:同[改定稿]。

180.[记录稿] 第一面下,第18行:亦不可常住宿,
　　[修改稿] 第45页,第1行:亦不可常住宿;
　　[改定稿] 第141页,第6行:亦不可住宿;
　　[全集本] 第536页,第18行:同[改定稿]。

181.[记录稿] 第一面下,第23行:必要须和和气气的拿着杯子。
　　[修改稿] 第45页,第4行:必须要和和气气的拿着杯子。
　　[改定稿] 第141页,第11行:必须和和气气的拿着杯子。
　　[全集本] 第536页,第23—24行:同[改定稿]。

182.[记录稿] 第一面下,第23行:实在觉得很希奇,
　　[修改稿] 第45页,第5行:同[记录稿]。
　　[改定稿] 第141页,第11—12行:实在觉得很希奇:
　　[全集本] 第536页,第24行:同[改定稿]。

183.[记录稿] 第二面上,第5行:因为他们,生于乱世,
　　[修改稿] 第45页,第8行:因为他们生于乱世,
　　[改定稿] 第142页,第4行:同[修改稿]。
　　[全集本] 第537页,第5行:同[修改稿]。

184.[记录稿] 第二面上,第5—6行:并非他们的本态;
　　[修改稿] 第45页,第8—9行:并非他们的本态。

[改定稿]　第142页,第5行:同[修改稿]。

[全集本]　第537页,第6行:同[修改稿]。

185.[记录稿]　第二面上,第9行:于是社会上便很多了,没意思的空谈和饮酒。

[修改稿]　第45页,第11—12行:于是社会上便很多了没意思的空谈和饮酒。

[改定稿]　第142页,第9行:同[修改稿]。

[全集本]　第537页,第10—11行:同[修改稿]。

186.[记录稿]　第二面上,第10—11行:弄得玩空城计,

[修改稿]　第45页,第12—13行:同[记录稿]。

[改定稿]　第142页,第10—11行:弄得玩"空城计",

[全集本]　第537页,第12行:同[改定稿]。

187.[记录稿]　第二面上,第11—12行:亦能做文章的,

[修改稿]　第45页,第13行:同[记录稿]。

[改定稿]　第142页,第11—12行:是也能做文章的,

[全集本]　第537页,第13行:同[改定稿]。

188.[记录稿]　第二面上,第14行:即魏末晋初的文章的特色,①

[修改稿]　第46页,第1行:即是魏末晋初的文章的特色。

[改定稿]　第143页,第2行:便是魏末晋初的文章的特色。

[全集本]　第537页,第16行:同[改定稿]。

189.[记录稿]　第一面上,第1行:到东晋,风气变了!

[修改稿]　第46页,第3行:到东晋,风气变了,

[改定稿]　第143页,第4行:到东晋,风气变了。

[全集本]　第537页,第18行:同[改定稿]。

190.[记录稿]　第一面上,第4—5行:所以现在有人称他为"田园诗人"是个非常和平的田园诗人。

[修改稿]　第46页,第5—6行:所以现在有人称他为"田园诗人",是个非常和平的田园诗人。

[改定稿]　第143页,第7—8行:同[修改稿]。

[全集本]　第537页,第21—22行:同[修改稿]。

---

① 以上引录[记录稿],出自广州《民国日报》副刊《现代青年》第177期(1927年8月16日)。

191.[记录稿]　第一面上,第6行:家常无米,就去向人家门口要求。

　　[修改稿]　第46页,第6—7行:家常无米,就去向人家门口乞求。

　　[改定稿]　第143页,第9行:家常无米,就去向人家门口求乞。

　　[全集本]　第537页,第23—24行:同[改定稿]。

192.[记录稿]　第一面上,第9行:而还在采菊东篱下,

　　[修改稿]　第46页,第9行:而还在篱下采菊,

　　[改定稿]　第143页,第12行:而还在东篱下采菊,

　　[全集本]　第538页,第3行:同[改定稿]。

193.[记录稿]　第一面上,第11行:便做诗,叫作"秋日赏菊傚陶彭泽体,"

　　[修改稿]　第46页,第10—11行:便做诗,叫作"秋日赏菊傚陶彭泽体",

　　[改定稿]　第144页,第2行:同[修改稿]。

　　[全集本]　第538页,第5—6行:同[修改稿]。

194.[记录稿]　第一面上,第13行:陶潜之在晋末,是和孔融于汉末与嵇康于魏末略同,

　　[修改稿]　第46页,第12行:陶潜之在晋末,是和孔融于汉末,稽①康于魏末略同,

　　[改定稿]　第144页,第4行:同[记录稿]。

　　[全集本]　第538页,第7行:同[记录稿]。

195.[记录稿]　第一面上,第15行:但陶集里有《述酒》一篇,是说当时政治的,

　　[修改稿]　第46页,第13—14行:但《陶集》里有《述酒》一篇,是说当时政治的。

　　[改定稿]　第144页,第6行:同[修改稿]。

　　[全集本]　第538页,第9—10行:同[修改稿]。

196.[记录稿]　第一面下,第1—2行:陶潜之比孔融,嵇康和平,

　　[修改稿]　第47页,第3行:陶潜之比孔融稽②康和平,

　　[改定稿]　第144页,第10行:陶潜之比孔融嵇康和平,

　　[全集本]　第538页,第14行:同[改定稿]。

197.[记录稿]　第一面下,第4—5行:那诗文完全超于政治的所谓,"田园诗人""山林诗人",

---

①　当作"嵇",原文如此。
②　当作"嵇",原文如此。

[修改稿]　第47页,第5行:那诗文完全超于政治的所谓"田园诗人""山林诗人",

[改定稿]　第145页,第1—2行:那诗文完全超于政治的所谓"田园诗人","山林诗人",

[全集本]　第538页,第17—18行:同[改定稿]。

198.[记录稿]　第一面下,第6行:则当然连诗文也没有,

[修改稿]　第47页,第6行:则当然连诗文也没有。

[改定稿]　第145页,第3行:同[修改稿]。

[全集本]　第538页,第19行:同[修改稿]。

199.[记录稿]　第一面下,第8行:这才是"为我"因为若做出书来给别人看,

[修改稿]　第47页,第8行:这才是"为我",因为若做出书来给别人看,

[改定稿]　第145页,第3行:这才是"为我"。因为若做出书来给别人看,

[全集本]　第538页,第21—22行:同[改定稿]。

200.[记录稿]　第一面下,第10行:于朝政还是留心,

[修改稿]　第47页,第10行:于朝政还是留心。

[改定稿]　第145页,第7行:同[记录稿]。

[全集本]　第538页,第23行:同[记录稿]。

201.[记录稿]　第一面下,第14行:但我的学识太浅薄,①

[修改稿]　第47页,第12—13行:同[记录稿]。

[改定稿]　第145页,第11行:但我学识太少,

[全集本]　第539页,第3行:同

---

① 以上引录[记录稿],出自广州《民国日报》副刊《现代青年》第178期(1927年8月17日)。

第三章 鲁迅《魏晋风度及文章与药及酒之关系》的文化选择

《魏晋风度及文章与药及酒之关系》一文是一篇鲁迅演讲的记录,后经作者多次修改,目前存世的有多个正式发表的文字互异的版本。由于处在特殊的历史时期,鲁迅在演讲中不时表现出对现实的介入,于论学之中包含讽世之意。这一点不仅得到鲁迅本人证实①,也为读者熟知。尽管不是一篇纯粹的学术文章,《魏晋风度及文章与药及酒之关系》仍体现出鲁迅的文学史研究观念,可以视为鲁迅未完成的《中国文学史》的魏晋部分。②而且,鲁迅透视现实并独出新见,正是以深厚的学术修养和卓越的文学史识见为思想基础;于论学中寄寓现实体验和社会批评,也是鲁迅后期一个重要的言说策略。本章以考察《魏晋风度及文章与药及酒之关系》的学术价值为出发点,分别围绕鲁迅与刘师培《中国中古文学史讲义》的学术关系以及该文体现出的鲁迅的文学史观等问题展开论述,力图凸显《魏晋风度及文章与药及酒之关系》在现代中国文学史研究和文学史写作中的地位和意义,以及鲁迅文学史观的独特价值。

一

在《魏晋风度及文章与药及酒之关系》中,鲁迅明示以刘师培《中国中古文学史讲义》为参考文献,称刘著"辑录关于这时代的文学评论"③。然而,鲁迅对刘著的态度,决非仅仅视之为材料汇编这么简单,刘著无论是在学术思路还是在一些基本论断上均对鲁迅产生重要影响。刘师培与鲁迅的学术联系,近年来

---

① 鲁迅在1928年12月30日致陈濬信中说:"弟在广州之谈魏晋事,盖实有慨而言。'志大才疏',哀北海之终不免也。迩来南朔奔波,所阅颇众,聚感积虑,发为狂言。"《鲁迅全集》第12卷,北京:人民文学出版社2005年版,第143页。

② 许寿裳《亡友鲁迅印象记·一五·杂谈著作》称"鲁迅想要做《中国文学史》"的魏晋六朝部分的标题是"酒,药,女,佛","他那篇《魏晋风度及文章与药及酒之关系》(《而已集》),便是这部文学史的一部分。"鲁迅博物馆鲁迅研究室《鲁迅研究月刊》编辑部编:《鲁迅回忆录》(专著)上册,北京:北京出版社1999年版,第252、253页。

③ 鲁迅:《而已集·魏晋风度及文章与药及酒之关系》,《鲁迅全集》第3卷,北京:人民文学出版社2005年版,第524页。以下引用该文,均据此版本,不再注明。

已有学者详细梳理。①《中国中古文学史讲义》采取罗列古籍中的相关材料,后附案语的论述体例,表面上看似乎有"论"而无"史",而这恰恰是刘师培文学史观的体现。在《搜集文章志材料方法》中,刘师培提出"文学史者,所以考历代文学之变迁也"的论断,并提出以《文章志》和《文章流别》作为文学史的论述体例。②《中国中古文学史讲义》即为这一文学史研究思路的呈现。《中国中古文学史讲义》开篇即提出"俪文律诗为诸夏所独有,今与外域文学竞长,惟资斯体"③的主张,以中国古代文论中"文"的概念作为文学的中心,将"笔"摒除于外④,一方面与晚清以降的"桐城派"文论相对举,另一方面则又明确针对西来之文学理论的概念体系,力图在中国文论体系中立论。可见,刘师培在立论之初,具有明确的文学史研究意识,这使其研究异于中国古代的"文笔之辨",显示出创建独立的文学史研究模式的努力,而对论述体例的选择,则成为这一努力下的自觉实践。因此,《中国中古文学史讲义》的论述体例,表面上近乎中国古代文论中的"文章辨体"和"文章流别",却因作者"对文学史的自觉"这一写作前提,成为探索中国式的文学史研究与写作模式的可贵尝试。

鲁迅曾师从章太炎,但其文学观却更接近刘师培。据许寿裳回忆,章太炎一次向鲁迅问及文学的定义,鲁迅答道:"文学和学说不同,学说所以启人思,文学所以增人感。"章太炎对这一回答并未予以认可。⑤鲁迅对文学的定义,近于刘师培的观点,这影响到鲁迅在《魏晋风度及文章与药及酒之关系》中的一些文学史论断。例如,鲁迅视魏晋为"文学的自觉时代",这与刘师培的论断十分近似;而将这一时代的文学特色断为"清峻,通脱,华丽,壮大",与刘师培"清峻""通倪""聘词""华靡"的论断大体一致,从中不难看出两部论著之间的学术联系。然而,问题似乎没有这么简单。鲁迅与刘师培的学术关系,并非影响与被影响这一结论所能涵盖。一方面,尽管鲁迅的文学观与刘师培相近,却并不一定是在刘的直接影响下形成。由前引许寿裳的回忆可见,正是鲁迅自身的文学

① 这一课题代表性的研究成果有:陈平原:《作为文学史家的鲁迅》,王瑶主编《中国文学研究的现代化进程》,北京:北京大学出版社1996年版;张杰:《鲁迅与刘师培的学术联系》,《鲁迅研究月刊》2000年第6期。

② 刘师培:《搜集文章志材料方法》,陈引驰编校:《刘师培中古文学论集》,北京:中国社会科学出版社1997年版,第105页。

③ 刘师培:《中国中古文学史讲义》,《刘师培中古文学论集》,第3页。

④ 刘师培的文学观,参见王风:《刘师培文学观的学术资源与论争背景》,陈平原主编《中国文学研究现代化进程二编》,北京:北京大学出版社2002年版。

⑤ 许寿裳:《亡友鲁迅印象记·七·从章先生学》,《鲁迅回忆录》(专著)上册,第231页。

观念,促使他认同刘师培的有关论断,并吸收到自己的研究中,而不是在刘的影响下选择了这一文学观。可以肯定的只是《魏晋风度及文章与药及酒之关系》中有关魏晋文学的历史地位和文学特色的若干论断,受到刘师培《中国中古文学史讲义》的影响。另一方面,鲁迅治学与刘师培相近处,如采用清儒家法,注重史料搜集;撰文学史从文字论起;以时代精神作为分析文学风貌的依据等等,或服膺清代朴学家的治学理念,或以阮元《文言说》为论文字的理论依据,或秉承《文心雕龙》"文变染乎世情,兴废系乎时序"的文学史观,只能表明二人有相近的学术资源和治学理念,不能单纯断定为"刘影响鲁"这一结论。

在《魏晋风度及文章与药及酒之关系》开篇,鲁迅指出在论述过程中对刘师培《中国中古文学史讲义》略其所详而详其所略。我以为,鲁迅此举不仅明示对刘著观点的借鉴以及对前贤著述的敬意[①],而且在这详略之中,显示出二人文学史观的差别。在《魏晋风度及文章与药及酒之关系》中,鲁迅并不着力于对具体作家作品或文体流变的分析,而注重一个时代的政治环境、社会风尚以及文人心态等文学外部因素,着力于穿越纷繁复杂的社会现象透视时代的精神。而这正是与以文体为中心的《中国中古文学史讲义》的详略区别所在,且与通常的文学史研究思路大相径庭,更近于今人眼中的思想史、文化史和文人心态史。这恰恰体现出鲁迅对文学史这一研究方式的独特理解,促成鲁迅的一系列文学史著述在现代中国文学史研究与写作中的地位和价值。

可见,刘师培《中国中古文学史讲义》对鲁迅《魏晋风度及文章与药及酒之关系》的影响确实存在,不能忽视,但也不宜夸大。刘师培和鲁迅,并不是一个历时性存在的思想发展脉络中相继承、相衔接的两个关节点,而更体现为思想的共时性关系,即在思想激荡的晚清至"五四",中国知识分子面对共同问题显示出的相近的思维方式。对于鲁迅这样一个思想个体而言,古今中外一切文化传统和思想资源只有植入鲁迅独立的思维世界,经过这个世界创造性的整合才能成为其思想因素。鲁迅不会因为任何一种文化传统和思想资源的影响而成为鲁迅。同样,任何一个具有独创性的思想个体,只有其自身才能成为实现这一独创性的决定因素。鲁迅与刘师培的学术关系进一步证明以下论断:"一种创造性的文化成果必须经过特定个人的主观想象力和独立的思维过程才能

---

① 刘师培生于1884年,比鲁迅小三岁,但其革命思想和学术成就均先于鲁迅闻名于世,得与章太炎、梁启超、王国维等晚清学者同列。

被实际地创造出来,它不仅仅是已有事物的自身连接或重新组合。"①

二

《魏晋风度及文章与药及酒之关系》问世后,其研究思路和学术论断一直受到文学史家的推崇,特别是鲁迅对文人心态的分析和时代精神的透视,常为后世研究者所称赏和引用,成为魏晋文学研究的经典范例,至今无人超越。《魏晋风度及文章与药及酒之关系》的学术成就,除与鲁迅深厚的学术修养和严谨的治学精神密切相关外,更由鲁迅独特的文学史研究观念所决定。

《魏晋风度及文章与药及酒之关系》与今天绝大多数的文学史书写形态相异,更近于今人眼中的思想史、文化史和文人心态史,这正是鲁迅文学史观的独特之处。在鲁迅看来,研究人类精神生活和精神产品的文学史与思想史、文化史等并无明显分界。《魏晋风度及文章与药及酒之关系》开篇即明示是"文学史上的一部分",并以"作者的环境、经历和著作"为最基本的研究依据,既是对刘勰"时序"说的继承,又体现出鲁迅本人对文学史独特的观察和把握方式。鲁迅文中称:"季札说:'中国之君子,明于礼义而陋于知人心。'这是确的,大凡明于礼义,就一定要陋于知人心的,所以古代有许多人受了很大的冤枉。"这句话对于理解《魏晋风度及文章与药及酒之关系》和鲁迅的文学史研究思路,颇为关键。鲁迅的文学史研究,其最突出的特点就是对世态人心的透彻把握,据此进一步透视一个时代的文学精神,其发现常出人意表,道他人所不能道,而又准确贴切,令人折服。即使是对文体及其艺术风格的分析,也每从社会思想和文人心态入手,颇多知心之论。如对汉末魏初文风的评价,鲁迅即从当时的政治环境和文化风气出发,指出居乱世须尚刑名立严法,为治世清平则须反清流斥执拗,遂促成文章清峻、通脱的风格,并据此肯定曹操的才能和功绩,从而将思想史、文化史与文学史相融会。鲁迅之所以不将文学史与思想史、文化史截然分界,恰恰是因为它们都是对人类精神世界的探究方式,需要对世态人心的强烈关注和深入观察,而维系它们的纽带正是"人",是鲁迅终其一生的"立人"思想。

自1906年中断在仙台医专的学业转向文学启蒙以后,"人"的概念开始引起鲁迅的关注。这一概念及其不同表述方式逐渐成为鲁迅著述中的一个关键

<hr>

① 王富仁:《鲁迅与中国文化》,王富仁:《中国文化的守夜人——鲁迅》,北京:人民文学出版社2002年版,第5页。

词。与此同时,出于对中国现实的强烈关注和民族危机的深切忧虑,"立人"成为鲁迅思想方式与文化行动的基点,并进而成为鲁迅整个精神世界的核心。而作为鲁迅精神世界重要组成部分的学术研究,"立人"思想也一直贯穿其中,成为鲁迅文学史研究的逻辑起点。基于"立人"思想,鲁迅在中国文学史研究中首先注重对世态人心的透视,由"观人心"的角度立论,从而在人所共知的研究材料中见他人所不能见,得出新颖且令人信服的结论。即以常被后世研究者称道的对嵇康阮籍的评价为例,嵇阮二人一直以反礼教的姿态为人熟知,亦因此而为人诟病。鲁迅却认为,他们的反礼教,实际是太爱礼教之故,是因为痛感魏晋时人以崇礼教为名,实则毁坏礼教的风气,激而变成反对礼教。正是基于"立人"这一文学史研究的逻辑起点,才使得"人"成为鲁迅文学史关注的中心,把握文学现象的基本尺度。《魏晋风度及文章与药及酒之关系》充分体现出鲁迅这一独特的文学史观念——"人史"观。

晚清至"五四"时期特殊的历史境遇使文学担负起摆脱民族危机,实现精神自救的重任。"五四"时期对"人"的发现,更是通过文学获得,又通过文学记录和传播。这使文学得以居于现代中国思想界的灵魂地位,表现为大规模的思想运动首先以文学运动的方式展开。在中国文学史上,就"人的文学"这一命意而论,"五四"新文学当为翘楚。而作为学术研究的文学史,亦以"人"的确立为最终指向,使"人的文学史"的理念植入"五四"以后中国文学史的精神因素之中。鲁迅在这方面既有开创之功,又是最坚定、走得最远的一位。包括《魏晋风度及文章与药及酒之关系》在内的一系列文学史著述,既保持了严谨扎实的学理性,又时时与现实人生紧密相关。可见,通过文学史研究实现对"人"的关注和把握,实现对现实的参与是鲁迅学术研究的基本出发点。应该承认,鲁迅深厚的学术修养和严谨的治学态度,使其文学史著述具有很强的学理性。但是,学理探讨只是他思考问题的路径,却决不是他思考的终点。同样,鲁迅论文学史时迭出新见,也不是仅仅从若干研究材料中得来,而恰恰是对文学史的独特思考,使他能够对普通材料做出新的诠释。鲁迅的学术研究,更鲜明地体现为强烈的主体参与意识和深入的现实关怀。这也是鲁迅异于同时代文学史家的独特之处。在文学史研究中,鲁迅以"人"为中心,时时以己心照人心,又时时以人心观己心,既实现了对人心的深刻洞察,又鲜明地凸显着一个自我的存在——这是一个时刻关注国家、民族、社会乃至整个人类命运的思想者的主体精神,是一种强烈的现实感受和朴素的人间情怀。鲁迅以"人史"作为维系文学史精神价值的命脉,从而真正实践了"文学是人学"的主张。

第四章　鲁迅在广州夏令学术演讲会演讲史料补遗

　　1927年7月,鲁迅应国民党政府广州市教育局的邀请①,在广州市立夏令学术演讲会②上发表演讲,题为《魏晋风度及文章与药及酒之关系》,于7月23、26日分两次讲完③。演讲的记录稿连载于1927年8月11—13、15—17日《广州民国日报》副刊《现代青年》第173—178期;同年,鲁迅在记录稿的基础上又加以修改,发表于1927年11月16日《北新》半月刊第2卷第2号;该文后来辑入上海北新书局1928年10月出版的《而已集》,在编辑过程中又经鲁迅进一步修订,成为作者生前的定稿。④鲁迅在广州期间曾多次发表公开演讲,以这一次最为知名。一方面,演讲体现出鲁迅独特的文学史观,可以视为未完成的《中国文学史》的魏晋部分⑤;另一方面,处在"四一五"清党后的特殊历史时刻,鲁迅在论学之中包含讽世之意,显示出借助学术演讲介入现实的言说策略⑥。基于此,这次演讲及其相关史料得到了学术界的重视,在一些研究著作和史料汇编中均有所涉及。特别是20世纪70年代以来,尤为突出。如中山大学中文系编《鲁迅在广州》(广州:广东人民出版社1976年版)⑦,山东师范学院聊城分院中文系、图书馆编《鲁

---

① 《鲁迅日记》1927年7月10日记载:"蒋径三,陈次二来约讲演。"鲁迅:《日记十六》(一九二七年),《鲁迅全集》第16卷,北京:人民文学出版社2005年版,第29页。
② 《广州民国日报》1927年7月6日有《市教育局举办夏期学术演讲会》的报道,标题作"夏期",正文则作"夏令"。在该报此后的相关消息中,均作"夏令"。而"演讲会"或"讲演会"之名称,则一直混用。本文据原刊辑录,不作统一。行文中则一律写为"演讲会"。
③ 《鲁迅日记》1927年7月23日记载:"上午蒋径三,陈次二来邀至学术讲演会讲二小时,广平翻译。"7月26日记载:"上午往学术讲演会讲二小时,广平翻译。"鲁迅:《日记十六》(一九二七年),《鲁迅全集》第16卷,第30、31页。
④ 笔者曾对这三个版本予以汇校,并以迄今为止最新校订出版的人民文学出版社2005年版《鲁迅全集》为参照,作《〈魏晋风度及文章与药及酒之关系〉汇校记》。经过汇校,发现各版本(包括《鲁迅全集》)之间的差异共有202处。
⑤ 许寿裳:《亡友鲁迅印象记·一五·杂谈著作》称"鲁迅想要做《中国文学史》"的魏晋六朝部分的标题是"酒,药,女,佛","他那篇《魏晋风度及文章与药及酒之关系》(《而已集》),便是这部文学史的一部分。"鲁迅博物馆鲁迅研究室《鲁迅研究月刊》选编:《鲁迅回忆录》(专著)上册,北京:北京出版社1999年版,第252、253页。
⑥ 鲁迅在1928年12月30日致陈濬信中说:"弟在广州之谈魏晋事,盖实有慨而言。'志大才疏',哀北海之终不免也。近来南朔奔波,所阅颇众,聚感积虑,发为狂言。"《鲁迅全集》第12卷,第143页。
⑦ 人民文学出版社1981年版《鲁迅全集》第3卷中《而已集》由中山大学中文系负责文本校勘和注释工作,这一史料汇编即为注释工作的产物。该社2005年新版《鲁迅全集》第3卷中《而已集》的文本校勘和注释的修订工作,则由天津师范大学文学院负责。

迅在广州》(聊城：山东聊城印刷厂1977年印行)，朱金顺辑录《鲁迅演讲资料钩沉》(长沙：湖南人民出版社1980年版)，马蹄疾《鲁迅讲演考》(哈尔滨：黑龙江人民出版社1981年版)，薛绥之主编《鲁迅生平史料汇编》第四辑(天津：天津人民出版社1983年版)等。①以上史料汇编，或摘录鲁迅日记书信，或征引其他当事人(如将演讲译为广东话的许广平和演讲稿的记录者欧阳山)的回忆，或搜集报刊上的报道，较为全面地呈现出此次演讲的全过程。然而，以上诸书对于相关史料的搜集尚未臻完备，且相互之间屡有重复。鲁迅的日记和书信，记录此次演讲的信息非常简略。许广平、欧阳山等人提供的史料均属于事后追忆，难免记忆有误、甚或渲染夸大之处。相对而言，报纸上刊载的消息距离演讲发生的时间较近，也更具可靠性。而以上史料汇编中所收多限于发表在《广州民国日报》上的《市夏令学术讲演题录》②一则。事实上，作为当时广州最大的官方报纸，《广州民国日报》上刊载的相关史料尚有多则。本文辑录该报登载的其他相关史料，并略加分析，以补充以上史料汇编之不足。

1927年7月6日，《广州民国日报》第九版《本市新闻》栏刊载题为《市教育局举办夏期学术演讲会》的报道，这是该报最早出现的有关夏令学术演讲会的消息：

市教育局举办夏期学术演讲会

市教育局局长刘懋初，接事以来，锐意整顿，对于提倡市民学术研究，特趁暑假期间，举办夏令学术演讲会，供给一般市民以比较高深的学术研究机会。其中科目，有哲学、教育、社会、经济、政治、艺术、医学等科。每科均聘请名人及专门学者拟题讲演。期间约六星期。每日由上午七时三十分至十时三十分。地址在市立师范。本期拟额招三百人。凡属市民，有相当听讲能力者，皆得报名听讲。报名时征收听讲金二角，不另收费。现已呈候市厅批准开办，闻报名日期，拟由十日开始云。③

---

① 以上史料汇编相互之间具有一定的关联：山东师范学院聊城分院中文系、图书馆编《鲁迅在广州》参考并采用了中山大学中文系编《鲁迅在广州》中的史料，并有所拓展；薛绥之主编《鲁迅生平史料汇编》第四辑中"鲁迅在广州"部分，编者为李伟江、饶鸿竞、吴宏聪，也均来自中山大学中文系。值得一提的是，李伟江先生对于"鲁迅在广州"的相关史料搜集最勤、研究最为深入、成就也最为突出，除以上几种史料汇编外，遗著《鲁迅粤港时期史实考述》(张钊贻、李桃编，长沙：岳麓书社2007年版)代表着迄今为止相关研究的最高成就。
② 这一标题与原刊略有出入，详见下文。
③ 原刊一律用逗号断句，本文在引录过程中改为现今通行的标点使用和书写方式，并将繁体字转换为简化字，竖排版改为横排版，下同。

两天后，即7月8日，该报又在同版同栏刊登《夏令学术演讲会之简章及内容》，更加详细地介绍了演讲会的相关情况：

夏令学术演讲会之简章及内容

报名日期——七月十日至十五日　　地址：永汉北路市立师范

市教育局为提倡市民学术研究起见，特在暑假期间，举办夏令学术演讲会。兹探得其简章及各科之内容概略如下：

简　章

一、本讲演会，利用暑假间期①，讲演各种学术，使一般市民，得有研究较高深的学术机会为宗旨；二、本讲演会暂设在永汉北路市立师范内；三、凡本市市民不拘性别，有志研究学术，经本讲演会认为有相当学力者，皆得报名；四、本讲演会听讲席额定三百名，如报名人数超过定额时，则采用抽签法，以定去取；五、本讲演会开讲期间，由七月十八日至八月廿八日止，计六星期。每日讲演时间，由七时三十分至十时三十分；六、本演讲会②所讲科目，分哲学、教育、政治、经济、艺术、社会学、医学、自然科学等科。但上列科目，得体察情形临时增删之（本期为供给本市教育界人员之研究起见，特别注重教育学一科）；七、报名者须缴纳听讲费二毫，既纳费后，除抽签不当选者外，余概不发还；八、报名日期，由七月十日至十五日止；九、报名地址在市立师范。

拟开各科之内容概略

（哲学）哲学概论、人生哲学、现代哲学趋势、人生问题、教育哲学，（社会学）社会学概论、社会主义及其派别、社会政策、民族心理、群众心理、革命心理、社会心理，（教育学）（1）现代教育思潮、（2）小学教育、（3）中等教育、（4）心理概论、（5）儿童心理、（6）教育心理、（7）教学法、（8）教室管理、（9）训育问题、（10）学校卫生、（11）儿童参考用书研究、（12）教育统计、（13）教育行政、（14）学潮研究、（15）市民教育、（16）学生运动、（17）设计教学法、（18）道尔顿制研究、（19）儿童游乐研究、（20）儿童社会想

---

① 当作"期间"，原文如此。
② 此处作"演讲会"。

象、(21)革命教育,(经济学)国民经济、社会经济组织、中国经济概况、资本主义研究、共产主义之解释、民生主义真解、合作社研究,(政治)政治概论、中国政治略史、政党、外交政策、帝国主义、五权宪法、三民主义,(自然科学)科学概论、发明与文明、小学校理科教授之讨论,(医学)社会卫生、传染病论及预防法、本市卫生行政,(文学)文学概论、文学起原①、民众文学、近代中国文学概论,(美术)美学浅论、美术史、近代美术趋势,(市政)市政研究。

从《拟开各科之内容概略》看,确实特别注重教育,所列演讲内容最为丰富。而虽然已经公开清党,却仍包含有关社会主义、共产主义之内容。文学一科,内容较少,均属概论性质。可见,尽管主办方很可能已经确定邀请鲁迅开讲,但尚不知具体题目,也就未能列入。

7月12日,《广州民国日报》在第九版《本市新闻》栏再度发布题为《市教育局将办夏令学术讲演会》的消息,除举办讲演会的意义及讲演的时间地点外,还详细介绍了经费预算。因与鲁迅关联不大,故不录。

7月13日,该报在第六版《教育消息》栏又刊载题为《市立夏令学术讲演会进行情形》的报道,披露了讲师名单,周树人的名字位列其中:

市立夏令学术讲演会进行情形

市教育局为提高市民学术上之修养及研究起见,决于暑假期间,举办学术讲演会。所有讲师业经延聘学术界有名人物担任。查文学方面,已请定周树人、江绍原、胡春霖、杨伟业诸先生担任。教育由许崇清、黄希声、萧悔尘、王仁康、李应南、汪敬熙、陈衡、谭祖荫诸先生担任。医学由司徒朝、陈彦、伍伯良、李奉藻诸先生担任。政治由谢瀛洲、邓长虹、高廷梓、刘懋初诸先生担任。经济由孔宪铿、黄典元、郭心嵩②诸先生担任。市政由周学棠先生担任。社会学由区声白、崔载杨先生担任。自然科学由陈宗南、费鸣年③、柳金田先生担任。美术由胡振天、梁銮先生担任。查该会已于十一日在市师开始报名,十五日截册。故连日报名者均其踊跃云。

---

① 当作"起源",原文如此。

② 当作"郭心崧",原文有误。

③ 当作"费鸿年",原文有误。

在同日第九版的《本市新闻》栏,还刊载了觉悟社发布的《市立夏令学术讲演会之进行》的消息,也介绍了聘请的各科讲师,内容与前文几乎完全相同,唯"郭心嵩"作"郭心崧","费鸣年"作"费鸿年"。为避免重复,兹不录。

7月14日,《广州民国日报》第六版《教育消息》栏刊登题为《本市夏令学术讲演会讲题录》的报道,介绍了部分讲师演讲的具体题目,其中鲁迅的讲题为《魏晋风度及文章与药及酒之关系》:

本市夏令学术讲演会讲题录

本市夏令学术讲演会已聘定名人担任讲演,兹将各讲师所拟定之讲题或科目探述如下:邓长虹讲现时国际政治,黄希声讲学习原则、教室问答及智力发达程序,周树人讲魏晋风度及文章与药及酒之关系,胡根天①讲中国画及西洋画之境界、近代美术之趋势、与吾人应有的认识,陈彦讲传染病及预防法,区声白讲中国社会问题,崔载扬讲各国民族心理,黄典元讲个人主义的经济与社会主义的经济之比较批评,周学棠讲市政研究,王仁康讲革命教育,司徒朝讲卫生行政及社会卫生,陈宗南讲近代科学思想,陈荣讲教育管理,高廷梓讲什么是不平等条约、什么是帝国主义,陈融、曹受坤讲民法,刘懋初讲市民教育及教育行政,李应南讲教育哲学、现代教育思潮、学校卫生设计教学法、儿童游乐研究及发明与文明,李奉藻讲医学、陈衡讲社会心理学,杨伟业讲设计教学法及文学,此外如许崇清、萧悔尘、谢瀛洲、孔宪铿、胡春霖、郭心崧、何思敬、汪静熙、费鸿年、谭祖荫、梁銮、伍伯良、柳金田诸先生讲题尚未确定云。

这段报道曾收录于前文提及的五种史料汇编中,标题均作《市夏令学术讲演题录》,与原刊略有出入,时间只注明1927年7月,未具体到日。且开头均标有"(觉悟社)"字样,似乎是由该社供稿。查原刊,并无这一标注。据笔者推测,很可能是最先出版的中山大学中文系编《鲁迅在广州》的编者将这篇报道与刊载于同一栏目的前一篇题为《市校教联会执监委员会议记》的报道(标注为"觉悟社云")相混淆所致,当然也不排除是与前述觉悟社发布的《市立夏令学术讲演会之进行》相混淆所致。而此后出版的诸书均参考《鲁迅在广州》,故一仍其旧。

---

① 当作"胡振天",原文有误。

夏令学术演讲会于7月18日开幕。7月21日《广州民国日报》第六版《教育消息》栏刊载标注为"本报专访"的报道《教育局夏令学术演讲会开幕礼纪》，较为详细地介绍了开幕式的情况："是日会员到会者四百余人。市长林云陔、教育局长刘懋初及各讲师皆莅会。"林云陔和刘懋初还即席发表了演说。查鲁迅当天日记，并无出席开幕式的记录①，故不再抄录这篇报道。

7月23日，鲁迅进行了第一次演讲。当天的《广州国民日报》第九版《本市新闻》栏刊登消息《周树人先生文学讲演》：

周树人先生文学讲演
在市夏令学术讲演会

本市夏令学术讲演会，业于昨十八日开始，计报名人数约四百一十人。连日出席听讲人数，总在三份二以上，情形其为踊跃，秩序亦见整肃。查今日自上午八时起，系由文学巨子鲁迅先生主讲，题目系《魏晋风度及文章与药及酒之关系》。现闻到会请求特别旁听者甚众云。

这是鲁迅（周树人）的名字最后一次出现在《广州民国日报》有关市立夏令学术演讲会的报道中。不过，在担任讲师的诸人中，仅鲁迅得到了单独报道，可见该报甚至广州市政府对于鲁迅的重视。无独有偶，同年7月16日，鲁迅在广州知用中学发表题为《读书杂谈》的演讲，《广州民国日报》也予以专门报道。②因该报道并未涉及市立夏令学术演讲会，且收录于前述五种史料汇编中，故不再抄录。

以上辑录并简要分析了《广州民国日报》所刊鲁迅与广州市立夏令学术演讲会的相关史料。鲁迅与该报关系密切，不仅发表过多篇杂文，此次演讲的记录稿亦经鲁迅本人修订，连载于该报副刊《现代青年》。鲁迅发表这篇演讲的记录稿时，已辞去中山大学教职③，而仍受到当局邀请，并由官方报纸予以充分报道和极力推崇。可见，鲁迅与国民党政府广州市当局的关系，未必像一些回忆录和研究文章中所言，形同水火，剑拔弩张。而鲁迅在演讲中以学术介入现实、借古讽今的言说策略，由此更堪玩味。

---

① 《鲁迅日记》1927年7月18日："晴。上午立峨来。得汪馥泉信，一日发。夜朱辉煌等来，还泉廿。"鲁迅：《日记十六》（一九二七年），《鲁迅全集》第16卷，第30页。
② 《新文学巨子鲁迅先生之公开演讲》，《广州民国日报》1927年7月16日第九版《教育消息》栏。
③ 鲁迅辞职的原因及过程，李伟江先生《鲁迅与中山大学》一文论述最为稳妥详备，见《鲁迅粤港时期史实考述》，第21—30页。

第五章　鲁迅《魏晋风度及文章与药及酒之关系》的注释及其修订

对于《鲁迅全集》的研究,数十年来一直是学术界和出版界的一大热点。研究者首先从史料入手,还原不同版本《鲁迅全集》的出版背景和过程,概括其编辑特色,主要成果有叶淑穗、张小鼎《浩大的工程　卓越的劳绩——纪念三八年版〈鲁迅全集〉刊行四十周年》(《出版研究》1978年第12期)、刘运峰《1958年版〈鲁迅全集〉的编辑和出版》(《中国出版史研究》2017年第3期)、黄海飞《如何把关——林默涵批校1981年版〈鲁迅全集〉第六卷清样初探》(《文艺争鸣》2019年第6期)等。其中,几位曾参与各版《鲁迅全集》编辑的学人和出版人的文字,提供了大量的第一手资料,尤为可贵。如王士菁《一个无私的忘我的人——纪念雪峰同志》(《新文学史料》1981年第2期)、荣太之《鲁迅全集〉的注释出版及其他》(《鲁迅研究动态》1981第5期)、王锡荣《鲁迅全集〉的几种版本》(见唐弢等著:鲁迅著作版本丛谈》,北京:书目文献出版社1983年版)、王仰晨《略谈新版〈鲁迅全集〉的编辑出版》(《出版工作》1984年第1期)、王仰晨《鲁迅著作出版工作的十年(1971—1981)》(《鲁迅研究月刊》1999年第11期)、张小鼎《鲁迅著作出版史上的三座丰碑——二十世纪〈鲁迅全集〉三大版本纪实》(《出版史料》2005年第2期)、张小鼎《鲁迅全集〉四大版本编印纪程》(《新文学史料》2006年第2期)、朱正《略说〈鲁迅全集的五种版本〉》(《中国图书评论》2006年第4期)、张小鼎《体现新世纪学术水平的〈鲁迅全集〉——浅谈2005年版〈鲁迅全集〉的几个特色》(《鲁迅研究月刊》2006年第3期)、王世家《鲁迅全集〉第七卷校勘札记》(《鲁迅研究月刊》2007年第6期)、李文兵《关于2005年版〈鲁迅全集〉的统稿工作》(《新文学史料》2019年第2期)等。也有研究者从理论视角出发,阐释《鲁迅全集》出版的政治史和文化史意义,主要成果有程振兴《1938年版〈鲁迅全集〉中的"鲁迅"——以序言为中心的考察》(《鲁迅研究月刊》2009年第12期)、黄海飞《1958年版〈鲁迅全集〉的编注考释》(《中国现代文学研究丛刊》2018年第9期),谢慧聪、李宗刚《1981年版〈鲁迅全集〉的注释体例及其文学史意义》(《江西社会科学》2019年第8期)等。其中黄海飞的论文从"国家元典"概念出发,考察1958年版《鲁迅全集》的编注与国家意识形态之间的复杂关系,尤为有见。

在迄今已出版的四个版本的《鲁迅全集》中①，为鲁迅作品作注释，始于1958年版②，在1981和2005年版的《鲁迅全集》中，注释又得到不同程度的增补修订，成为《鲁迅全集》的突出特色。对于《鲁迅全集》注释的研究，也有较多成果问世。研究者或专门考察某一版本的注释情况，或针对某些具体的注释条目提出商榷。后者数量最多，限于篇幅，不一一列举。现有的研究成果，对于1958至2005年间各版《鲁迅全集》注释及其修订过程的梳理，以及背后的政治史和文化史意义的挖掘，尚有不够详细和全面之处，对于注释因时因势而变这一动态过程的关注，尤为不足。本文试图以《鲁迅全集》第三卷《而已集》中《魏晋风度及文章与药及酒之关系》一文的注释在不同版本中的历时性生成和流变过程为中心，考察数十年间《鲁迅全集》注释中的学术与政治因素。之所以选择《魏晋风度及文章与药及酒之关系》，理由有三：1.这是一篇学术演讲的记录，涉及大量历史人物、古代文学文化知识和典籍，从普及鲁迅作品的角度有详尽注释的必要；2.鲁迅在特定的历史背景下发表这次演讲，谈古兼及论今，使该文内涵丰富复杂，用语颇多隐微曲折之处，也有赖于注释加以索隐发微；3.《魏晋风度及文章与药及酒之关系》篇幅较长，注释数量众多且类型多样，更能代表《鲁迅全集》注释的常态，充分呈现出蕴含其中的诸多理念和策略。可见，对该文的注释涉及史料的钩沉、知识的考辨、事实的厘清与价值的发扬等诸多层面，是《鲁迅全集》注释中一个颇具代表性的文本。

一

1958年版《鲁迅全集》由冯雪峰主持出版，林辰、孙用、杨霁云、王士菁担任收集、整理、注释和编辑工作。③据王士菁回忆：早在1950年初夏，冯雪峰就和他谈及注释鲁迅作品的事。④同年10月，冯雪峰撰写《鲁迅著作编校和注释的工作方针和计划草案》（以下简称《草案》），确定了《鲁迅全集》注释工作的基本原则：

① 《鲁迅全集》迄今共有1938年、1958年、1981年和2005年出版的四个版本，出版详情参见张小鼎：《〈鲁迅全集〉四大版本编印纪程》，《新文学史料》2006年第2期。前揭朱正论文中所谓"五种版本"，包括人民文学出版社1973年版。该版本是对1938年版的重新排印。
② 这部《鲁迅全集》从1956年出版第一卷，至1958年十卷全部出版，因此按惯例称为"1958年版"。其中第三卷出版于1957年5月。
③ 荣太之：《〈鲁迅全集〉的注释出版及其他》，《鲁迅研究动态》1981年第5期。
④ 王士菁：《一个无私的忘我的人——纪念雪峰同志》，《新文学史料》1981年第2期。

二、注释

1.注释工作是繁重而困难的,必须一边工作,一边作谨慎的深入和广博的学习和研究,并且还必须把这样的学习和研究算作我们工作中重要的部分。

学习和研究:首先是毛泽东思想和思想方法,最近三十年来的中国革命史和中国近百年史,等。

其次是鲁迅著作的内容和思想,近代世界文艺思想,中国古文学知识,等。

2.注释必须绝对严守科学的客观的方法态度和历史的观点,正惟如此,事实上就不能不有关于时代环境的说明和带有历史评价的意义。这不仅是关于鲁迅本人的,而尤其是关于和鲁迅有关联的一切人物,事件和思想学说。

因此,注释的方法和观点,必须是马列主义、毛泽东思想的科学历史的方法和观点。

立场和标准,是中国人民革命的利益和前进方向。而注释的目的固然在于使读者能够更容易地读鲁迅作品,但还必须能起一种对于鲁迅思想的阐明作用,使鲁迅思想的进步的、革命的、新民主主义的本质更昭明于世。

3.注释以普通初中毕业学生能大致看得懂为一个大概的标准,因此不仅注释条文的文字必须浅显而简要,并且注释的范围也不得不相当广:

a.古字、古语和引用古籍的文句与掌故之不易懂者和不常见者。

b.外国语、外国人和引用外籍文句、学说与掌故之不为一般人所熟识者。

c.引用民间俗语和故事等等之不为一般人所熟识者。

以上三种,除注明出处及原意外,有必要时还须指明引用者之用意。对于被引用的古人和外人,有必要时也略加介绍,如有指出他们思想之本质的必要时并也加以简单的指出。

d.鲁迅著作中所涉到的当时的人物、掌故与引用的说话和文字,以及一切被鲁迅加了括弧的用语,等等。

此项注释的注意点同于上面的三项,但必须说明得更详细些。

e.因文字简练和为了讳忌而隐晦曲折,一般读者不易了解的地方,略加点明和解释。

f. 为了讳忌而以暗示和以×××隐指的当时的人与字,加以索隐和考证。

g.作品发表时的时代环境和写作的真实用意所在,不为现在一般读者所明了的,加以扼要的说明。

h.其他。[①]

1958年版《鲁迅全集》中的注释基本依照以上原则,"对鲁迅作品的写作背景、涉及的古今人物、历史事件以及社团、书籍、报刊乃至典故、名物、方言土语、引文出处等等,尽可能一一加以注释疏证"[②]。其中,《魏晋风度及文章与药及酒之关系》的注释共66条,与其他各篇的注释一并附于第三卷末。除第一条概括该文的发表情况和创作背景外,其余65条都是对该文中涉及的历史人物和事件、古代文学文化知识、引用的诗文语句及其典籍出处的注解,人物如曹操父子、何晏、王弼、嵇康、阮籍、陶潜等,事件如黄巾起义、党锢之祸等,典故如青白眼、扪虱而谈等,诗文语句如"诗赋欲丽""文以气为主""何以解忧唯有杜康"等,典籍如《文选》《抱朴子》《世说新语》等,大体上就事论事,以常识介绍为主,尽可能减少注释者的主观议论。值得关注的还是注释1,部分地起到了题解的作用:

本篇最初发表于1927年11月16日《北新》半月刊第2卷第2号。题下小注"九月间"有误,据《鲁迅日记》应为7月23日、26日。夏期学术演讲会为广州市教育局所主办。按这时正是国民党反动派在广州举行了"四一五"反革命政变之后,鲁迅为了表示对国民党反动派屠杀革命群众的抗议,已坚决辞去中山大学一切教职;当时他在广州也非常危险,反动派除了不断派人对他进行"访问"以外,还散布种种谣言,企图造成陷害他的借口(参看本书《答有恒先生》);请他公开演讲,也有窥测他态度的用意。针对着这种情况,鲁迅在这次关于中国古典文学的演讲里也就曲折地对国

---

① 王士菁:《一个无私的忘我的人——纪念雪峰同志》,《新文学史料》1981年第2期。

② 张小鼎:《鲁迅著作出版史上的三座丰碑——二十世纪〈鲁迅全集〉三大版本纪实》,《出版史料》2005年第2期。

民党反动派进行了揭露和讽刺。①

这条注释略有错误，《魏晋风度及文章与药及酒之关系》最初连载于1927年8月11、12、13、15、16、17日广州《民国日报》副刊《现代青年》第173至178期，《北新》半月刊所载是鲁迅的修改稿。此外，"举行了……政变"这一动宾搭配，也和语法不尽相合。鲁迅的这次演讲，诚有讽世之意。②但广州市教育局是否有意借助此次邀请，对鲁迅加以"窥测"，尚难以定论。其余如注释2将黄巾起义概括为"东汉末年的农民起义军，其首领为巨鹿人张角，他利用一般在压迫下宛转求生的农民的迷信心理，创立太平道教，以团结和组织农民……但后来终于在官军和地主武装的残酷镇压下失败"③，注释5评价曹操为"他是当时的大政治家，同时又是杰出的诗人。他和其子曹丕、曹植，都喜欢延揽文士，奖励文学，为当时文坛的领袖人物"④，立论尚属持重公允，实现了冯雪峰所撰《草案》中"绝对严守科学的客观的方法态度和历史的观点"的要求。注释4则力图从"马列主义、毛泽东思想的科学历史的方法和观点"出发，将著名的"党锢之祸"描述为"东汉末年，宦官专权，政治黑暗，民生痛苦；统治阶级内部的一部分官僚，为了维护刘汉政权和自己的地位，便与太学生结为一气，议论朝政，揭露宦官的罪恶"⑤，其中一些表述方式也呈现出特殊年代的政治色彩。而对于鲁迅演讲中的一些知识性错误，如将杀害嵇康的司马昭误记为司马懿等，在注释中都得到了订正。

总之，1958年版《鲁迅全集》开鲁迅作品注释之先河，以筚路蓝缕之功，广征博引，撰写注释达5800余条，约54万字，凝结着编注者的心血，对于鲁迅作品、尤其是《魏晋风度及文章与药及酒之关系》这类学术文章的主要内容和观点，以及相关历史文化知识的普及，实有功绩。

---

① 《而已集·魏晋风度及文章与药及酒之关系》注释，《鲁迅全集》(第3卷)，北京：人民文学出版社1957年版，第543页。
② 鲁迅在致友人书信中说："弟在广州之谈魏晋事，盖实有慨而言。'志大才疏'，哀北海之终不免也。迩来南朔奔波，所阅颇众，聚感积虑，发为狂言。"鲁迅：《281230 致陈濬》，《鲁迅全集》第12卷，北京：人民文学出版社2005年版，第143页。
③ 《而已集·魏晋风度及文章与药及酒之关系》注释，《鲁迅全集》(第3卷)，北京：人民文学出版社1957年版，第543页。
④ 《而已集·魏晋风度及文章与药及酒之关系》注释，《鲁迅全集》(第3卷)，北京：人民文学出版社1957年版，第544页。
⑤ 《而已集·魏晋风度及文章与药及酒之关系》注释，《鲁迅全集》(第3卷)，北京：人民文学出版社1957年版，第544页。

二

1958年版《鲁迅全集》的编辑出版、特别是在鲁迅作品注释方面所取得的成就,应该得到公正的评价,但随着时间的推移,也显露出不足:"在注释方面则有的过繁,有的过简;有的学术气息较重,普及性不足;有的因当时未能查得资料而应注未注;有的略有舛错等等。"①有鉴于此,原人民文学出版社的几位编辑于1971年提出重版鲁迅著作的想法,在此后的数年间历经波折,终于促成新版《鲁迅全集》编辑工作的启动,并从1975年底开始,陆续以单行本的形式重新编注出版鲁迅作品的"征求意见本",对1958年版《鲁迅全集》的注释予以修订和补充。②

"征求意见本"在1958年版《鲁迅全集》注释的基础上,调动全国20余所高校的研究力量,以每种作品集为单位,"花费了大量的人力、物力、财力,查阅旧的报刊资料,访问当事人和知情人"③,对原有的注释进行了全面的修订增补。据统计,先后有近200人参加了注释工作④,这在《鲁迅全集》注释的历史上是空前的,很可能也是绝后的。"征求意见本"的主要编注工作完成于"文化大革命"期间,为体现"三结合",各高校纷纷联合工厂、部队、公社以至商店等组成注释组。《魏晋风度及文章与药及酒之关系》收录于《而已集》,这部杂文集的注释工作原计划由中山大学承担,但在1976年9月出版的《而已集》(征求意见本)中,"本书注释者"署名方式如下:

中国人民解放军海军三八〇〇一部队
广州业余大学文艺班、写作班
广州鲁迅纪念馆
中山大学中文系七四级师生

《而已集》注释组⑤

---

① 王仰晨:《鲁迅著作出版工作的十年(1971—1981)》,《鲁迅研究月刊》1999年第11期。
② "征求意见本"先后出版了27种,统一使用红色封面,因此被称为"红皮本"。
③ 荣太之:《〈鲁迅全集〉的注释出版及其他》,《鲁迅研究动态》1981年第5期。
④ 荣太之:《〈鲁迅全集〉的注释出版及其他》,《鲁迅研究动态》1981年第5期。
⑤ 鲁迅:《而已集》(征求意见本),北京:人民文学出版社1976年版,扉页。

主要工作实际上仍由中山大学中文系完成。从编注体例看，"征求意见本"为每篇作品增加了一则题解，注释则置于正文之后，不再统一附于卷末，更便于查询阅读。其中，《魏晋风度及文章与药及酒之关系》的注释扩充至89条，较之1958年版增加了四分之一。注释的增补修订，一方面涉及中外历史文化常识。如注释《三国志演义》、注释[19]"方士"、注释[25]"类书"、注释[32]"袁氏兄弟"、注释[39]《老子》、注释[51]"解散方"、注释[76]"直隶"等条目，均属新增。特别是注释[27]"为艺术而艺术"，解释为：

> 资产阶级所鼓吹的文艺观，为法国诗人戈蒂叶（1811—1872）所提倡，认为艺术应该超越一切功利而存在，创作的目的在于艺术本身，不必与现实社会政治有关。与"为人生而艺术"的文艺观相对立。①

1958年版《鲁迅全集》该条目作：

> "为艺术而艺术"原为法国哲学家库让（V.Cousin，1792—1867）在巴黎大学的讲义中的用语。它的意思是艺术可以超越一切功利而存在，创作的目的就在于艺术作品本身，不必与现实社会有关；和"为人生而艺术"正相反对。②

两相对照，"征求意见本"修正了"为艺术而艺术"的提倡者，其余修订主要涉及文字表述，唯将"现实社会"改为"现实社会政治"，一词之增添，体现出特殊年代的对于政治因素的着重强调。另一方面，"征求意见本"对注释的增补修订，强化了意识形态色彩。如注释修订为：

> 广州夏期学术演讲会，是国民党广州市教育局一九二七年暑期举办的。七月十八日在广州市师范学校礼堂举行的开幕式上，国民党广州市长林云陔、教育局长刘懋初均在会上作反共演说。他们打着"学术"的旗

---

① 《而已集·魏晋风度及文章与药及酒之关系》注释，鲁迅：《而已集》（征求意见本），北京：人民文学出版社1976年版，第136页。
② 《而已集·魏晋风度及文章与药及酒之关系》注释，《鲁迅全集》第3卷，北京：人民文学出版社1957年版，第546页。

号,进行反共活动,蒙骗和拉拢知识分子。本文副标题"九月间"应为"七月间"。①

　　较之1958年版,文字有明显压缩。除作品的发表信息移入新增的题解外,其余表述言简意赅,政治批判性更强。注释"黄巾"也有意去除1958年版"农民的迷信心理"等措辞,而增补"给东汉政权以沉重的打击"②,进一步强化了注释的政治正确性。

　　"征求意见本"中关于曹操生平的注释,着重强调其"三国时期法家的代表人物"③这一身份,亦为1958年版所无。其余新增的有关曹操的注释,亦注重突出其"法家"身份,如注释[11]将"刑名"解释为"循名责实以定赏罚,这是法家法治的主要精神"④;注释[15]对曹操曾三次下令求征人才,不论出身地位,以示用人为贤的做法,评价为"这是对提倡'仁''孝'的儒家路线的公开挑战"⑤;注释[36]提出"曹操杀孔融,是当时的一场儒法斗争"⑥等;无不体现出"文革"后期"评法批儒"运动的时代印记。尤其是注释[36],在强调儒法斗争、突出政治站位的同时,又特别指出"本来曹操认为不孝的人也可以用,而又以不孝的罪名杀孔融,不过是借口而已"⑦,字里行间中也流露出对曹操以矫词构陷并杀人的不满和无奈,但表述颇为隐晦,意在不影响曹操作为"法家"代表人物的政治正确性。

　　"征求意见本"中的个别注释略显多余,如注释专门解释正文中"曹操在史上的年代也是颇短的"一句。这一句并无深意,也不存在理解的障碍,增加注释反而可能造成枝蔓丛生,徒增繁琐。此外,为促进鲁迅作品的普及,"征求意见

①　《而已集·魏晋风度及文章与药及酒之关系》注释,鲁迅:《而已集》(征求意见本),北京:人民文学出版社1976年版,第132页。
②　《而已集·魏晋风度及文章与药及酒之关系》注释,鲁迅:《而已集》(征求意见本),北京:人民文学出版社1976年版,第132页。
③　《而已集·魏晋风度及文章与药及酒之关系》注释,鲁迅:《而已集》(征求意见本),北京:人民文学出版社1976年版,第133页。
④　《而已集·魏晋风度及文章与药及酒之关系》注释,鲁迅:《而已集》(征求意见本),北京:人民文学出版社1976年版,第134页。
⑤　《而已集·魏晋风度及文章与药及酒之关系》注释,鲁迅:《而已集》(征求意见本),北京:人民文学出版社1976年版,第134页。
⑥　《而已集·魏晋风度及文章与药及酒之关系》注释,鲁迅:《而已集》(征求意见本),北京:人民文学出版社1976年版,第137页。
⑦　《而已集·魏晋风度及文章与药及酒之关系》注释,鲁迅:《而已集》(征求意见本),北京:人民文学出版社1976年版,第137页。

本"对一些生僻字和多音字增加了汉语拼音。

值得一提的还有新增的题解。这篇接近1000字的题解,在介绍发表情况和时代背景的基础上,着力从政治层面突出《魏晋风度及文章与药及酒之关系》的积极意义和鲁迅的进步立场:

> 鲁迅深刻具体论述了各派政治势力都使用暴力,以贯彻自己的政治主张和路线,曹操如此,司马氏也如此;但前者是为巩固进步势力,后者则为维护反动势力。鲁迅着重用司马昭之流捏造罪状,屠杀异己的事实,来影射国民党反动派以莫须有的罪名屠杀共产党人和革命人民的血腥暴行。文章还指出司马氏打着"崇奉礼教"的招牌,利用"礼教"之名作为加罪于人的手段,暗示蒋介石之流口称是孙中山三民主义的信徒,实际上是背叛孙中山,破坏联俄、联共、扶助农工的新三民主义的叛徒,给予有力的鞭挞和谴责。鲁迅还以大无畏的反潮流精神,对汉末杰出的政治家、军事家和文学家曹操作了正确的评价,充分肯定了曹操的历史地位和作用。为我们研究历史,古为今用,提供了光辉的范例。讲演对文学与政治的关系也作了深刻的论述,指出一切文艺都是一定政治的产物,所谓超政治的诗文是不存在的。①

这篇题解出现在正文第一页的页脚,意在为作品的政治立场进行定性式分析,为读者提供解读的标准。鲁迅在演讲中对曹操的政治和文学才能确有佳评,但对其杀人、尤其是寻找借口杀人以排除异己的行径则予以否定,这与鲁迅对司马氏的态度无异。题解将同样使用暴力的曹操和司马昭,分别归入进步和反动阵营,明显体现出"儒法斗争"的思维方式,主观色彩过于强烈,也就无法实现题解的标准性。题解是"征求意见本"的一大特色,后来引发不小的争议,未能出现在1981年版《鲁迅全集》中,与标准的难以确立密切相关。

较之1958年版《鲁迅全集》,"征求意见本"充分调动了全国高校的学术力量,在较短的时间内和较为恶劣的政治环境下,广收博采,对于鲁迅作品注释中的人物、事件、史实、掌故、典籍等知识性条目有明显的扩充,促进了鲁迅作品的普及,为1981年版《鲁迅全集》的编注奠定了坚实的基础。与1958年版《鲁迅全

---

① 《而已集·魏晋风度及文章与药及酒之关系》注释,鲁迅:《而已集》(征求意见本),北京:人民文学出版社1976年版,第116页。

集》侧重史料的钩沉、知识的考辨和事实的厘清相比,处于特殊年代的"征求意见本"更专注于政治立场和价值观念的宣扬,意识形态色彩更为突出。与鲁迅在《魏晋风度及文章与药及酒之关系》中借古讽今的隐微曲折相比,"征求意见本"在注释这篇学术演讲中牵涉的历史人物和事件时,表达更为直接,有时也不得不迎合时代,顺应现实,做出让步和妥协。

三

在1958年版《鲁迅全集》和"征求意见本"的基础上,人民文学出版社组织研究力量,对鲁迅作品及其注释进行了新的修订,于1981年出版了16卷本《鲁迅全集》。①1981年版《鲁迅全集》的注释,充分吸收了之前出版的两种注释本的优点,注释较详尽,总数达23000多条,240万字左右,较1958年版增加三倍以上。②这一版本的注释原则如下:

> (1)以1958年版《全集》的注释为基础,吸收"征求意见本"的新成果;(2)明确以中等文化程度的读者为对象;(3)不作"题解"("征求意见本"对每篇作品都作了包括作品的时代背景、主题思想等的题解);(4)强调科学性、准确性和稳定性,对某些历史问题必须做到公正、客观,力求还历史的本来面目。③

从注释的内容及其实际效果看,确实遵循了以上原则。其中,《魏晋风度及文章与药及酒之关系》的注释,减少到70条。注释简要介绍发表情况,指出"本篇记录稿最初发表于一九二七年八月十一、十二、十三、十五、十六、十七日广州《民国日报》副刊《现代青年》第一七三至一七八期④,订正了1958年版《鲁迅全集》注释的错误;删除了"征求意见本"中的题解,将部分内容写入注释"广州夏期学术演讲会"条目中:

<hr />

① 从1979至1981年间,人民文学出版社"鲁迅著作编辑室"在1958年版《鲁迅全集》和"征求意见本"的基础上,将鲁迅作品的各种单行本一一定稿,统一使用绿色封面,因此被称为的"绿皮本"。"绿皮本"先后出版了16种,其注释与1981年版《鲁迅全集》基本一致,故不列入本文的论述范围。
② 王仰晨:《略谈新版〈鲁迅全集〉的编辑出版》,《出版工作》1984年第1期。
③ 王仰晨:《略谈新版〈鲁迅全集〉的编辑出版》,《出版工作》1984年第1期。
④ 《而已集·魏晋风度及文章与药及酒之关系》注释,《鲁迅全集》第3卷,北京:人民文学出版社1981年版,第517页。

国民党政府广州市教育局主办,一九二七年七月十八日在广州市立师范学校礼堂举行开幕式。当时的广州市长林云陔、教育局长刘懋初等均在会上作反共演说。他们打着"学术"的旗号,也"邀请"学者演讲。作者这篇演讲是在七月二十三日、二十六日的会上所作的(题下注"九月间"有误)。作者后来说过:"在广州之谈魏晋事,盖实有慨而言。"(一九二八年十二月三十日致陈濬信)他在这次关于中国古典文学的演讲里,曲折地对国民党反动派进行了揭露和讽刺。①

　　与"征求意见本"中的同一条注释相对照,内容和立场相近,但文字表述更为准确细致,也更注重修辞效果。表述准确,如将"国民党广州市"改为"国民党政府广州市",将"广州市师范学校"改为"广州市立师范学校"等。将"国民党广州市长"改为"当时的广州市长",既符合史实,又避免了用词的重复。修辞效果,如给邀请一词加上引号,寄意遥深。注释"党锢"条目,在1958年版注释中称为"统治阶级内部的一部分官僚,为了维护刘汉政权和自己的地位,便与太学生结为一气,议论朝政,揭露宦官的罪恶"②;"征求意见本"与此大体相近,唯将"结为一气"改为"联合",并补充了"这是当时统治阶级内部的斗争"这一断语③;1981年版则调整为"统治阶级内部一部分比较正直的官僚,为了维护刘汉政权和自己的地位,便与太学生互通声气,议论朝政,揭露宦官集团的罪恶"④,并去掉了前引"征求意见本"中的断语。通过以上增删修改,感情色彩和评判立场均有明显不同。注释"曹操"条目,表述也更为简练克制,删除了全部涉及法家的内容。对曹操杀孔融,也只通过引用典籍描述事件经过,避免定性式分析。注释[21]"为艺术而艺术"条目,补充了戈蒂叶提出这一观点的文献出处——小说《莫班小姐》序。此外,还删除了"征求意见本"中"刑名""祖述""禅让""直隶"

① 《而已集·魏晋风度及文章与药及酒之关系》注释,《鲁迅全集》第3卷,北京:人民文学出版社1981年版,第517页。
② 《而已集·魏晋风度及文章与药及酒之关系》注释,《鲁迅全集》第3卷,北京:人民文学出版社1957年版,第544页。
③ 《而已集·魏晋风度及文章与药及酒之关系》注释,鲁迅:《而已集》(征求意见本),北京:人民文学出版社1976年版,第133页。
④ 《而已集·魏晋风度及文章与药及酒之关系》注释,《鲁迅全集》第3卷,北京:人民文学出版社1981年版,第518页。

"总理的信徒"等较为繁琐或带有明显倾向性的注释。对生僻字和多音词,也不加汉语拼音。

可见,1981年版《鲁迅全集》中的注释,以1958年版和"征求意见本"为基础,在分寸的把握上近乎前者,在内容的丰富性上则直承后者,相对而言,更注重知识的全面准确和表述的细致稳妥,尽量避免现实政治和注释者主观倾向的干扰,这对鲁迅作品的准确理解和全面普及,更有帮助。

时隔20年,《鲁迅全集》的编辑出版工作再次启动,经过几十位学者和出版人近四年的辛勤耕耘,新版《鲁迅全集》于2005年正式发行。2005年版《鲁迅全集》的注释,仍遵循1981年版的方针:"即以具有中等文化程度的读者为主要对象,这些读者能够阅读鲁迅著作,在文字读解上没有障碍,但对作品涉及的历史文化背景不甚了解,需要注释来帮助理解作品的内容;注释的任务是提供相关的背景资料和相关的知识,帮助读者自主地理解鲁迅的作品。"[1]2005年版《鲁迅全集》新增注释1500条。[2]其中第三卷(包括《华盖集》《华盖集续编》《而已集》)的编注工作,由天津师范大学文学院教授王国绶负责。[3]

2005年版《鲁迅全集》中,《魏晋风度及文章与药及酒之关系》的注释仍为70条,条目与1981年版一致,内容上稍作修订。除编排体例和书写规范的调整,如时间统一改为阿拉伯数字外,此次修订主要侧重于知识的准确性和表述的分寸感。如注释"黄巾"条目,将1958和1981年版"但后来终于在官军和地主武装的残酷镇压下失败"[4]改为"后来在官军和地主武装的镇压下失败"[5]("征求意见本"作"后来在东汉统治者和豪强地主武装的联合进攻下失

---

[1] 李文兵:《关于2005年版〈鲁迅全集〉的统稿工作》,《新文学史料》2019年第2期。

[2] 张小鼎:《体现新世纪学术水平的〈鲁迅全集〉——浅谈2005年版〈鲁迅全集〉的几个特色》,《鲁迅研究月刊》2006年第3期。

[3] 在"征求意见本"和1981年版《鲁迅全集》的编注过程中,《华盖集》《华盖集续编》的校勘、注释和编辑工作由天津师范学院中文系(后更名为天津师范大学文学院)负责,王国绶先生参与了这两个单行本的编注工作。其中,《华盖集》(征求意见本)注释者署名"天津大沽化工厂、天津市邮政局工人理论组、天津师范学院中文系",《华盖集续编》(征求意见本)注释者署名"天津拖拉机厂工人理论组、天津师范学院中文系"。笔者曾有幸承担了2005年版《鲁迅全集》第三卷中鲁迅作品正文和注释中引文的校勘。

[4] 《而已集·魏晋风度及文章与药及酒之关系》注释,《鲁迅全集》第3卷,北京:人民文学出版社1957年版,第543页。《而已集·魏晋风度及文章与药及酒之关系》注释,《鲁迅全集》第3卷,北京:人民文学出版社1981年版,第517页。

[5] 《而已集·魏晋风度及文章与药及酒之关系》注释,《鲁迅全集》第3卷,北京:人民文学出版社2005年版,第539页。

败"①,政治倾向性更为明显),删除了"但""终于""残酷"等词语,淡化了感情色彩。注释"董卓"条目,将1981年版"东汉末年的大军阀。灵帝时为并州牧"②改为"东汉末灵帝时为并州牧";注释"党锢"条目,去掉了"统治阶级内部"等词语;均淡化了评价历史人物和事件的政治倾向性。值得关注的还有注释[10]"刘师培"。该条目在1958年版《鲁迅全集》中表述为:

> 刘师培(1884—1919),一名光汉,字申叔,江苏仪征人。清朝末年曾参加同盟会,常在《民报》发表鼓吹反清的文字;但后来却变节成为清朝两江总督端方的密探;入民国后,他又依附袁世凯,与杨度、孙毓筠等人组织筹安会,竭力赞助袁世凯窃国称帝的阴谋。③

整体上从中国革命史的立场出发,内容与表述的政治倾向性均较为明显。"征求意见本"中修改为:

> 刘师培(1884—1919) 字申叔,江苏仪征人,清末曾参加光复会和同盟会的活动,不久为清朝两江总督端方所收买,出卖革命党人。辛亥革命后,与杨度等组织"筹安会",为袁世凯阴谋称帝效劳,后任北京大学教授。④

将"参加同盟会"和"参加同盟会的活动"相比较,在革命的参与度上明显有高下之分。"不久"一词,压缩了刘师培的革命生涯。"出卖革命党人",进一步凸显其人生污点。以上修改,均使注释的政治立场更为鲜明。在1981年版《鲁迅全集》中修订为:

> 刘师培(1884—1919) 一名光汉,字申叔,江苏仪征人。清末曾参加

① 《而已集·魏晋风度及文章与药及酒之关系》注释,鲁迅:《而已集》(征求意见本),北京:人民文学出版社1976年版,第132页。
② 《而已集·魏晋风度及文章与药及酒之关系》注释,《鲁迅全集》第3卷,北京:人民文学出版社1981年版,第517页。
③ 《而已集·魏晋风度及文章与药及酒之关系》注释,《鲁迅全集》第3卷,北京:人民文学出版社1957年版,第545页。
④ 《而已集·魏晋风度及文章与药及酒之关系》注释,鲁迅:《而已集》(征求意见本),北京:人民文学出版社1976年版,第134页。

同盟会的活动,常在《民报》发表鼓吹反清的文字;但后来为清朝两江总督端方所收买,出卖革命党人。入民国后,他又依附袁世凯,与杨度、孙毓筠等人组织筹安会,竭力赞助袁世凯窃国称帝的阴谋。①

整合了1958年版和"征求意见本"的表述,立场依旧。2005年版则修订为:

> 刘师培(1884—1919) 字申叔,江苏仪征人。1907年在日本加入同盟会,后成为清朝两江总督端方的幕僚。民国后与杨度、孙毓筠等人组织筹安会,助袁世凯实行帝制。②

更注重从史实出发,力求对人物进行较为客观公允的评价,避免掺杂任何政治倾向和感情色彩,符合2005年版注释"强调科学性、准确性和稳定性,对某些历史问题必须做到公正、客观,力求还历史的本来面目"③的基本原则。

总之,2005年版《鲁迅全集》的注释,吸收了1981年后20年间的研究成果,较之此前各版本,在内容的科学性和表述的客观性等方面,把握得更为准确到位。当然,注释是一项永远也无法彻底完成的艰巨工程,随着时代的变迁和研究的推进,对于鲁迅作品的注释,仍有进一步拓展与深化的空间。

以上简要论述了1958至2005年间对于鲁迅《魏晋风度及文章与药及酒之关系》一文的注释及其修订,力图以小见大,呈现《鲁迅全集》注释生成与流变的艰难历程。半个多世纪以来,几代学人和出版人对于《鲁迅全集》编校注释工作的生命投入和心血凝结,使之成为一部学术史和出版史上的精品和经典。而在注释过程中,学人和出版人与现实政治、历史文化和自我心灵的对话和砥砺,也成为半个多世纪以来中国政治与思想文化形态的一个缩影。

---

① 《而已集·魏晋风度及文章与药及酒之关系》注释,《鲁迅全集》第3卷,北京:人民文学出版社1981年版,第519页。
② 《而已集·魏晋风度及文章与药及酒之关系》注释,《鲁迅全集》第3卷,北京:人民文学出版社2005年版,第541页。
③ 王仰晨:《略谈新版〈鲁迅全集〉的编辑出版》,《出版工作》1984年第1期。

参考文献

基本文献

《北京大学日刊》。

《民国日报》（广州）。

单演义标点：《鲁迅小说史大略》，西安：陕西人民出版社1981年版。

许寿裳保存：《中国小说史大略》，鲁迅博物馆鲁迅研究室编：《鲁迅研究资料》第17辑，天津：天津人民出版社1986年版。

鲁迅：《而已集》（征求意见本），北京：人民文学出版社1976年版。

鲁迅：《中国小说史略》，北京大学第一院新潮社1923、1924年版。

鲁迅：《中国小说史略》，北京大学第一院新潮社1925年版。

鲁迅：《中国小说史略》，北新书局1925年版。

鲁迅：《中国小说史略》，北新书局1931年版。

鲁迅：《中国小说史略》，北新书局1935年版。

《鲁迅全集》（10卷本），北京：人民文学出版社1956—1958年版。

《鲁迅全集》（16卷本），北京：人民文学出版社1981年版。

《鲁迅全集》（20卷本），北京：人民文学出版社2005年版。

林辰、王永昌编：《鲁迅辑校古籍丛编》，北京：人民文学出版社1999年版。

鲁迅博物馆编：《鲁迅译文全集》，福州：福建教育出版社2008年版。

[日]伊藤漱平、中岛利郎编，杨国华译：《鲁迅增田涉师弟答问集》，上海：华东师范大学出版社1989年版。

曹伯言整理：《胡适日记全编》，合肥：安徽教育出版社2001年版。

杜春和、韩荣芳、耿来金编：《胡适论学往来书信选》，石家庄：河北人民出版社1998年版。

胡适：《胡适古典文学研究论集》，上海：上海古籍出版社1988年版。

胡适：《胡适红楼梦研究论述全编》，上海：上海古籍出版社1986年版。

欧阳哲生编：《胡适文集》，北京：北京大学出版社1998年版。

唐德刚译：《胡适口述自传》，北京：华文出版社1992年版。

中国社会科学院近代史研究所中华民国史组编：《胡适来往书信选》，北京:中华书局1979—1980年版。

研究文献（中文）

阿英:《小说闲谈四种》,上海:上海古籍出版社1985年版。

鲍晶编:《刘半农研究资料》,天津:天津人民出版社1985年版。

[日]柄谷行人著、赵京华译:《日本现代文学的起源(岩波定本)》,北京:生活·读书·新知三联书店2019年版。

北京大学校史研究室编:《北京大学史料》(第一卷),北京:北京大学出版社1993年版。

曹伯言、季维龙编著:《胡适年谱》,合肥:安徽教育出版社1986年版。

陈伯海:《中国文学史之宏观》,北京:中国社会科学出版社1995年版。

陈国球:《文学史书写形态与文化政治》,北京:北京大学出版社2004年版。

陈国球:《文学如何成为知识?——文学批评、文学研究与文学教育》,北京:生活·读书·新知三联书店2013年版。

陈平原:《陈平原小说史论集》,石家庄:河北人民出版社1997年版。

陈平原:《老北大的故事》,南京:江苏文艺出版社1998年版。

陈平原:《文学史的形成与建构》,广州:广东教育出版社1999年版。

陈平原:《中国大学十讲》,上海:复旦大学出版社2002年版。

陈平原:《中国现代学术之建立——以章太炎、胡适之为中心》,北京:北京大学出版社1998年版。

陈平原:《文学的周边》,北京:新世界出版社2004年版。

陈平原:《作为学科的文学史》,北京:北京大学出版社2011年版。

陈平原主编:《中国文学研究现代化进程二编》,北京:北京大学出版社2002年版。

陈平原主编:《现代学术史上的俗文学》,武汉:湖北教育出版社2004年版。

陈平原编:《文学史的书写与教学》,北京:北京大学出版社2018年版。

陈平原、夏晓虹编:《二十世纪中国小说理论资料》(第一卷),北京:北京大学出版社1989年版。

陈平原、夏晓虹编:《北大旧事》,北京:生活·读书·新知三联书店1998年版。

陈洪:《中国小说理论史》,合肥:安徽文艺出版社1992年版。

陈维昭:《红学通史》,上海:上海人民出版社2011年版。

陈曦钟、段江丽、白岚玲:《中国古代小说研究论辩》,南昌:百花洲文艺出版社2006年版。

陈以爱:《中国现代学术研究机构的兴起——以北大研究所国学门为中心的探讨》,南昌:江西教育出版社2002年版。

陈玉堂:《中国文学史书目提要》,合肥:黄山书社1986年版。

储大泓:《读〈中国小说史略〉札记》,上海:上海文艺出版社1981年版。

戴燕:《文学史的权力》,北京:北京大学出版社2002年版。

董乃斌、陈伯海、刘扬忠:《中国文学史学史》,石家庄:河北人民出版社2003版。

[法]米歇尔·福柯著,谢强、马月译:《知识考古学》,北京:生活·读书·新知三联书店1998年版。

高日晖、洪雁:《水浒传接受史》,济南:齐鲁书社2006年版。

[美]格里德著,鲁奇译:《胡适与中国的文艺复兴》,南京:江苏人民出版社1996年版。

耿云志:《胡适年谱》,香港:中华书局香港分局1986年版。

耿云志、闻黎明编:《现代学术史上的胡适》,北京:生活·读书·新知三联书店1996年版。

耿云志编:《胡适评传》,上海:上海古籍出版社1999年版。

顾潮:《历劫终教志不灰——我的父亲顾颉刚》,上海:华东师范大学出版社1997年版。

顾颉刚:《当代中国史学》,上海:胜利出版公司1942年版。

顾颉刚:《顾颉刚日记》,台北:联经出版事业股份有限公司2007年版。

顾颉刚编著:《古史辨》第一册,上海:上海古籍出版社1982年版。

郭希汾编译:《中国小说史略》,上海:中国书局1921年版。

郝平:《北京大学创办史实考源》,北京:北京大学出版社1998年版。

贺昌盛:《晚清民初"文学"学科的学术谱系》,北京:中国社会科学出版社2012年版。

胡不归等:《胡适传记三种》,合肥:安徽教育出版社2002年版。

胡从经:《中国小说史学史长编》,上海:上海文艺出版社1998年版。

胡颂平编著:《胡适之先生年谱长编初稿》(校订版),台北:联经出版事业公司1990年版。

[美]华勒斯坦等著,刘健芝等编译:《学科·知识·权力》,北京:生活·读书·新知三联书店1999年版。

[英]凯·贝尔塞等著,黄伟等译:《重解伟大的传统》,北京:社会科学文献出版社1999年版。

黄霖:《近代文学批评史》,上海:上海古籍出版社1993年版。

黄霖等著:《中国小说研究史》,杭州:浙江古籍出版社2002年版。

黄霖、韩同文选注:《中国历代小说论著选》(上、下卷),南昌:江西人民出版社1982、1985年版。

[美]海登·怀特著,陈永国、张万娟译:《后现代主义历史叙事学》,北京:中国社会科学出版社2003年版。

季维龙编著:《胡适著译系年目录》,合肥:安徽教育出版社1995年版。

蒋瑞藻:《小说考证》,上海:商务印书馆1935年版。

李庆:《日本汉学史》(第二部),上海:上海外语教育出版社2004年版。

李伟江:《鲁迅粤港时期史实考述》,张钊贻、李桃编,长沙:岳麓书社2007年版。

梁实秋:《梁实秋怀人文录》,北京:中国广播电视出版社1991年版。

梁柱:《蔡元培与北京大学》,北京:北京大学出版社1996年版。

林辰:《林辰文集》,王世家编校,济南:山东教育出版社2010年版。

林传甲、朱希祖、吴梅著,陈平原编:《早期北大文学史讲义三种》,北京:北京大学出版社2005年版。

刘龙心:《学术与制度——学科体制与现代中国史学的建立》,北京:新星出版社2007年版。

刘师培:《刘师培中古文学论集》,陈引驰编校,北京:中国社会科学出版社1997年版。

刘勇强、潘建国、李鹏飞:《古代小说研究的十大问题》,北京:北京大学出版社2017年版。

鲁迅博物馆鲁迅研究室编:《鲁迅诞辰百年纪念文集》,长沙:湖南人民出版社1981年版。

鲁迅博物馆鲁迅研究室编:《鲁迅藏书研究》,北京:中国文联出版公司1991年版。

鲁迅博物馆鲁迅研究室编:《鲁迅年谱》(增订本),北京:人民文学出版社

2000年版。

鲁迅博物馆鲁迅研究室《鲁迅研究月刊》选编：《鲁迅回忆录》专著、散篇，北京：北京出版社1999年版。

鲁迅博物馆藏：《周作人日记》（影印本），郑州：大象出版社1996年版。

罗志田：《权势转移——近代中国的思想、社会与学术》，武汉：湖北人民出版社1999年版。

罗志田：《二十世纪的中国思想与学术掠影》，广州：广东教育出版社2001年版。

罗志田主编：《20世纪的中国：学术与社会·史学卷》，济南：山东人民出版社2001年版。

罗志田：《裂变中的传承——20世纪前期中国的文化与史学》，北京：中华书局2003年版。

罗志田：《国家与学术——清季民初关于"国学"的思想论争》，北京：生活·读书·新知三联书店2003年版。

罗志田：《近代中国史学十论》，上海：复旦大学出版社2003年版。

马越编著：《北京大学中文系简史（1910—1998）》，北京：北京大学出版社1998年版。

苗怀明：《风起红楼》，北京：中华书局2006年版。

苗怀明：《二十世纪中国小说文献学述略》，北京：中华书局2009年版。

宁宗一主编：《中国小说学通论》，合肥：安徽教育出版社1995年版。

欧阳健：《中国小说史略批判》，太原：山西人民出版社2008年版。

欧阳哲生选编：《解析胡适》，北京：社会科学文献出版社2000年版。

浦江清：《浦江清文录》，北京：人民文学出版社1958年版。

钱钟书：《谈艺录》（补订本），北京：中华书局1984年版。

桑兵：《国学与汉学——近代中外学界交往录》，杭州：浙江人民出版社1999年版。

桑兵：《晚清民国的国学研究》，上海：上海古籍出版社2001年版。

单演义编：《鲁迅在西安》，西安：西北大学鲁迅研究室资料组1978年印行。

单演义：《鲁迅在西安》，西安：陕西人民出版社1981年版。

上海鲁迅纪念馆编：《中国现代作家手稿及文献国际学术研讨会论文集》，上海：上海文化出版社2016年版。

[美]施瓦茨著，叶凤美译：《寻求富强：严复与西方》，南京：江苏人民出版社

1989年版。

　　石昌渝：《中国小说源流论》，北京：生活·读书·新知三联书店1994年版。

　　舒新城编：《中国近代教育史资料》，北京：人民教育出版社1981年版。

　　司马朝军、王文晖合撰：《黄侃年谱》，武汉：湖北人民出版社2005年版。

　　孙昌熙：《鲁迅"小说史学"初探》，济南：山东教育出版社1989年版。

　　谭正璧：《中国小说发达史》，上海：光明书局1935年版。

　　[英]汤因比等：《历史的话语——现代西方历史哲学译文集》，桂林：广西师范大学出版社2002年版。

　　唐弢等：《鲁迅著作版本丛谈》，北京：书目文献出版社1983年版。

　　唐德刚：《胡适杂忆》（增订本），上海：华东师范大学出版社1999年版。

　　陶东风：《文学史哲学》，郑州：河南人民出版社1994年版。

　　[美]梯利著，葛力译：《西方哲学史》（增补修订版），北京：商务印书馆1995年版。

　　田汝康、金重远选编：《现代西方史学流派文选》，上海：上海人民出版社1982年版。

　　王得后：《〈两地书〉研究》，天津：天津人民出版社1982年版。

　　王汎森：《中国近代思想与学术的系谱》，长春：吉林出版集团责任有限公司2011年版。

　　王汎森：《天才为何成群地来》，北京：社会科学文献出版社2019年版。

　　王富仁：《中国鲁迅研究的历史与现状》，杭州：浙江人民出版社1999年版。

　　王富仁、赵卓：《突破盲点——世纪末社会思潮与鲁迅》，北京：中国文联出版社2001年版。

　　王富仁：《中国文化的守夜人》，北京：人民文学出版社2002年版。

　　王富仁：《鲁迅与顾颉刚》，北京：商务印书馆2018年版。

　　王国维：《宋元戏曲史》，上海：华东师范大学出版社1995年版。

　　王森然：《近代名家评传》（二集），北京：生活·读书·新知三联书店1998年版。

　　王学珍、郭建荣主编：《北京大学史料》（第二卷），北京：北京大学出版社2000年版。

　　王瑶主编：《中国文学研究现代化进程》，北京：北京大学出版社1996年版。

　　[美]韦勒克、沃伦著，刘象愚等译：《文学理论》，北京：生活·读书·新知三联书店1984年版。

[美]韦勒克著,丁泓等译:《批评的诸种概念》,成都:四川人民出版社1988年版。

温庆新:《〈中国小说史略〉研究——以中国小说史学为视野》,北京:九州出版社2017年版。

吴俊:《鲁迅评传》,南昌:百花洲文艺出版社1992年版。

夏晓虹:《觉世与传世——梁启超的文学道路》,上海:上海人民出版社1991年版。

萧超然等:《北京大学校史》(修订本),北京:北京大学出版社1988年版。

许怀中:《鲁迅与中国古典小说》,西安:陕西人民出版社1982年版。

许钦文:《在老虎尾巴的鲁迅先生:许钦文忆鲁迅全编》,上海:上海文化出版社2007年版。

许逸民:《古籍整理释例》(增订本),北京:中华书局2014年版。

薛绥之主编:《鲁迅生平史料汇编》,天津:天津人民出版社1981—1986年版。

严耕望:《治史三书》,沈阳:辽宁教育出版社1998年版。

[日]盐谷温著,陈彬龢译,《中国文学概论》,北平:朴社1926年版。

[日]盐谷温著,君左译,《中国小说概论》,《小说月报》第17卷号外《中国文学研究》(下册),上海:商务印书馆1927年版。

[日]盐谷温著,孙俍工译:《中国文学概论讲话》,上海:开明书店1929年版。

杨亮功:《早期三十年的教学生活·五四》,合肥:黄山书社2008年版。

[美]余英时:《重寻胡适历程——胡适生平与思想再认识》,桂林:广西师范大学出版社2004年版。

袁进:《中国小说的近代变革》,北京:中国社会科学出版社1992年版。

袁进:《中国文学观念的近代变革》,上海:上海社会科学院出版社1996年版。

张静庐:《中国小说史大纲》,上海:泰东图书局1920年版。

张菊香、张铁荣编:《周作人年谱》,天津:天津人民出版社2000年版。

张文江:《渔人之路与问津者之路》(修订版),上海:上海文艺出版社2020年版。

赵景深:《〈中国小说史略〉旁证》,西安:陕西人民出版社1987年版。

赵英:《籍海探珍——鲁迅整理祖国文化遗产撷华》,北京:中国文史出版社1991年版。

郑振铎:《郑振铎古典文学论文集》,上海:上海古籍出版社1984年版。

中国社会科学院文学研究所鲁迅研究室编:《鲁迅研究学术论著资料汇编(1913—1983)》第1—4卷,北京:中国文联出版公司1985—1987年版。

钟敬文著/译,王得后编:《寻找鲁迅·鲁迅印象》,北京:北京出版社2002年版。

周勋初:《当代学术研究思辨》,南京:南京大学出版社1993年版。

周作人:《知堂回想录》,石家庄:河北教育出版社2002年版。

朱有瓛主编:《中国近代学制史料》,上海:华东师范大学出版社1992年版。

朱正:《鲁迅手稿管窥》,长沙:湖南人民出版社1981年版。

竺洪波:《近三百年〈西游记〉学术史》,上海:复旦大学出版社2006年版。

左玉河:《从四部之学到七科之学——学术分科与近代中国知识系统之构建》,上海:上海书店出版社2004年版。

左玉河:《移植与转化——中国现代学术机构的建立》,郑州:大象出版社2008年版。

研究文献(英文)

Laurence A. Schneider:*Ku Chieh-Kang and China's New History*,University of California Press,1971。

研究文献(日文)

鹽谷溫述:《支那文學概論講話》,東京:大日本雄辯會1919年版。

丸尾常喜訳注:《中國小說の歷史的変遷》,東京都:凱風社1987年版。

中島長文訳注:《中國小說史略》,東京:平凡社1997年版。

后 记

　　这是我关于"学者鲁迅"研究的第二本书，其中的各章节，大半作于2005年博士毕业之后，小半则是对旧作的修订、甚至重写。十五年来，对"学者鲁迅"研究若即若离，既源于一直在讲授"中国现代文学"课程，所读所写不限于鲁迅，更不限于鲁迅的学术研究；也是因为越来越体会到"学者鲁迅"研究的困境，自身的知识结构存在明显的短板，于中国古代文学研究，常常感到力所不逮，于鲁迅学术研究背后的思想史价值，亦缺少发现的眼光，论述每浮于表面，言不达意、言不尽意之处甚多。十五年来，时断时续，仅仅积累下这些极不成熟的文字，即将付梓，却丝毫感受不到预想中的得意或充实，反而愈发惶恐，不得不怀疑自己的能力。

　　书中的各章节，曾以单篇论文的形式发表，得到众多师友的鼓励和提携。书稿能够由百花文艺出版社刊行，使我有幸由这家著名出版社的读者，而成为作者。在此，向多年来帮助我的诸位师友，表示衷心的感谢。

　　是为记。

鲍国华
2020年5月4日